民国世界文学经典译著·文献版（第五辑：英国美国小说）

◆长篇小说◆

汤姆莎耶

Tom Sawyer

[美]马克·吐温（MarkTwain）著
月祺 译

上海三联书店

图书在版编目(CIP)数据

汤姆莎耶 / [美] 马克 · 吐温著 ; 月祺译 .
—上海：上海三联书店，2018.4
ISBN 978-7-5426-5843-2

Ⅰ . ①汤…　Ⅱ . ①马… ②月　Ⅲ . ①儿童小说—长篇小说—美国—近代
Ⅳ . ① I712.84

中国版本图书馆 CIP 数据核字（2017）第 040492 号

汤姆沙耶

著　　者 / [美] 马克 · 吐温 (MarkTwain)
译　　者 / 月　祺

责任编辑 / 陈启甸
封面设计 / 清　风
责任校对 / 江　岩
策　　划 / 嘎　拉
执　　行 / 取映文化
监　　制 / 姚　军

出版发行 / 上海三联书店
(201199) 中国上海市闵行区都市路 4855 号 2 座 10 楼
电　　话 / 021-22895557
印　　刷 / 常熟市人民印刷有限公司

版　　次 / 2018 年 4 月第 1 版
印　　次 / 2018 年 4 月第 1 次印刷
开　　本 / 650 × 900　1/16
字　　数 / 360 千字
印　　张 / 24
书　　号 / ISBN 978-7-5426-5843-2 / I・121
定　　价 / 118.00 元

出版人的话

中国现代书面语言的表述方法和体裁样式的形成，是与20世纪上半叶兴起的大量翻译外国作品的影响分不开的。那个时期对于外国作品的翻译，逐渐朝着更为白话的方面发展，使语言的通俗性、叙述的完整性、描写的生动性、刻画的可感性以及句子的逻辑性……都逐渐摆脱了文言文不可避免的局限，影响着文学或其他著述朝着翻译的语言样式发展。这种日趋成熟的翻译语言，推动了白话文运动的兴起，同时也助推了中国现代文学创作的生成。

中国几千年来的文学一直是以文言文为主体的。传统的文言文用词简练、韵律有致，清末民初还盛行桐城派的义法，讲究“神、理、气、味、格、律、声、色”。但这也在一定程度上限制了情感、叙事和论述的表达，特别是面对西式的多有铺陈性的语境。在西方著作大量涌入的民国初期，文言文开始显得力不从心。取而代之的是在新文化运动中兴起的用白话文的句式、文法、词汇等构建的翻译作品。这样的翻译推动了“白话文革命”。白话文的语句应用，正是通过直接借用西方的语言表述方式的翻译和著述，逐渐演进为现代汉语的语法和形式逻辑。

著译不分家，著译合一。这是当时的独特现象。这套丛书所选的译著，其译者大多是翻译与创作合一的文章大家，是中国现代书面语言表述和中国现代文学创作的实践者。如林纾、耿济之、伍光建、戴望舒、曾朴、芳信、李劼人、李葆贞、郑振铎、洪灵菲、洪深、李兰、钟宪民、鲁迅、刘半农、朱生豪、王维克、傅雷等。还有一些重要的翻译与创作合一的大家，因丛书选入的译著不涉及未提。

梳理并出版这样一套丛书，是在还原中国现代文学史上的重要文献。迄今为止，国人对于世界文学经典的认同，大体没有超出那时的翻译范围。

当今的翻译可以更加成熟地运用现代汉语的句式、语法及逻辑接轨于外文，有能力超越那时的水准。但也有不及那时译者对中国传统语言精当运用的情形，使译述的语句相对冗长。当今的翻译大多是在著译明确分工的情形下进行，译者就更需要从著译合一的大家那里汲取借鉴。遗憾的是当初的译本已难寻觅，后来重编的版本也难免在经历社会变迁中或多或少失去原本意蕴。特别是那些把原译作为参照力求摆脱原译文字的重译，难免会用同义或相近词句改变当初更恰当的语义。当然，先入为主的翻译可能会让后译者不易企及。原始地再现初时的翻译本貌，也是为当今的翻译提供值得借鉴的蓝本。

搜寻查找并编辑出版这样一套丛书并非易事。

首先确定这些译本在中国是否首译。

其次是这些首译曾经的影响。丛书拾回了许多因种种原因被后来丢弃的不曾重版的当时译著，今天的许多读者不知道有所发生，但在当时确是产生过一定的影响。

再次是翻译的文学体裁尽可能齐全，包括小说、戏剧、传记、诗歌等，展现那时面对世界文学的海纳百川。特别是当时出现了对外国戏剧的大量翻译，这是与在新文化运动影响下兴起的模仿西方戏剧样式的新剧热潮分不开的。

困难的是，大多原译著，因当时的战乱或条件所限，完好保存下来极难，多有缺页残页或字迹模糊难辨的情况，能以现在这样的面貌呈现，在技术上、编辑校勘上作了十足的努力，达到了完整并清楚阅读的效果，很不容易。

“民国世界文学经典译著·文献版”首编为九辑：一至六辑为长篇小说，61种73卷本；七辑为中短篇小说，11种（集）；八、九辑为戏剧，27种32卷本。总计99种116卷本。其中有些译著当时出版为多卷本，根据容量合订为一卷本。

总之，编辑出版这样一套规模不小的丛书，把世界文学经典译著发生的初始版本再为呈现，对于研究界、翻译界以及感兴趣的读者无疑是件好事，对于文化的积累更是具有延续传承的重要意义。

2018年3月1日

[美]馬克·吐温（MarkTwain）著　月祺譯

湯姆莎耶

中華民國三十五年六月初版

馬克吐溫

趙景深

馬克吐溫(Mark Twain, 1835–1910)是一個頂有趣的人。你瞧，他那一撮鬍子，亂蓬蓬的頭髮，愛笑不笑由你。幼時他有一個女朋友名叫弗萊瑟兒 (Laura Hawkins Frazer)，他跟她怪要好的。他同她在一個私塾裏念書，一同去上學。要是馬克吐溫有了橘子和糖果，第一自然不能忘記他那弗萊瑟兒，一定要分給她喫。有一天弗萊瑟兒生病，可把馬克吐溫急壞啦，他急得面孔像墳墓一般的陰鬱。他的母親還當是他生了病，連忙拿了一帖藥給他喫。他自己不喫，拿給貓喫，害得貓接連翻了好幾個觔斗。後來他在湯姆莎耶裏面，寫湯姆莎耶假生病，大概是把他的老把戲拿出來了。

這不好笑？還有有一次馬克吐溫寫信給他的母親，上書「親啓」二字，他的母親以爲有什麼天大的祕密事情，連忙躲在一個人家所看不到的地方，把這封信偸偸的拆開來看。不看猶可，這一看呀，你說怎麼樣？滿紙都是咱們中國的字，他母親一個字也不認得。原來是馬克吐温跟他的母親開玩笑。

這件事也許是咱們中國所說的不孝，但當時他的母親只是一笑置之。因爲他的母親不比尋常，生平好客，談笑生風；每多諧趣。她是懂得幽默的人。有其母必有其子，家學淵源，馬克吐温便成了一個幽默小說家。

馬克吐温的眞名並不是馬克吐温，他的眞名是克來曼斯 (Samuel L. Clemens)。馬克吐温是他寫文章的時候所用的筆名。他的文學生涯很長久，他的第一本書在一八六七年出版以後，許多美國有名的大詩人和大散文家都還不曾死，許多文學家像一陣煙一樣的化爲烏有，可是他還是屹然獨立。他的讀者一直擁護到底，並且還是傳代的，祖父愛讀他的書，孫子也愛讀他的書。平生著作有二十五卷的全集本。他之得名爲幽默小說家，是由於他的實力，並不是偶然的機會造成的。

可是，如果你僅僅說他是一個幽默小說家，實在有些對不起他。你瞧他那一對憂鬱的眼睛，對你湛然的望着這裏面有的是熱情，有的是忠誠在他的幽默裏有的是眼淚。

我們只可以說，他的早期作品或處女作著名的跳蛙（The Celebrated Jumping Frog, 1867）壓根兒是幽默的，這本書是他在各報投稿的短篇文字的結集。此後的作品可就要「然而大轉彎」了。世界文學史話和美國文學的精神的作者瑪西（John Macy）的比方打得好：「格利佛遊記有兩種版子，一種是給成人看的，一種是給未成熟的冒險者看的。版子所差有限；只是讀者心理的不同而已。在少年看來，格利佛遊記是與魯濱孫漂流記、寶島同類的書，在成人看來，這就成了人性的極大的嘲諷，衆生相的描繪，對於僞善者的赤裸裸的暴露。」這種笑是不愉快的。馬克吐温做了整整四十年的小丑。說也不信，他的書可以賣幾十萬，但他的我個人對於貞德的回憶（Personal Recollections of Joan of Arc, 1895）在五年之間（一九〇四——一九〇八）卻只賣掉一萬六千。他自己也說：「我是爲了愛好而寫作的，並不希望他能賣。」世人每每只賞識他那無意識的幽默，而忘了他的珍寶。

特蘭特(W. P. Trent)在美國大作家裏甚至以堂堂英國之尊來說話。他說白雷特·哈特(Bret Harte)的幽默適可而止，馬克吐温則是多餘的；哈特的幽默是温柔的，馬克吐温則是粗獷的：這種多餘的粗獷只有野蠻的美國纔有。

我們如一考察馬克吐温的作品，便知他的幽默只是附屬物，主要的是瑪西所說的嘲諷。例如傻子旅行(Innocents Abroad, 1869)這部使馬克吐温得到幽默小說家稱號的書，完全是嘲笑英國的風俗習慣的。康涅狄格央岐人在阿述國王朝廷上(A Connecticut Yankee at King Authur's Court, 1889)是攻擊過去封建制度的罪惡和武士道的。沾汚哈德栗堡的人(The Man that Corrupted Hadleyburg, 1899)則是嘲諷過去和現在的人類社會的。他實在是有力而且眞誠的社會改革家。他最恨的就是舊時代和新時代的虛僞。

馬克吐温一生所過的是奮鬬的生活。他在一八三五年十一月三十日生於密蘇里(Missouri)的弗羅里達(Florida)。他的父親是經商的，並略知法律，在一八四七年逝世，這年馬克吐温便在報上開始作稿。十八歲的時候他到紐約和菲列得爾菲亞去了一年，以排字爲生。他從來不曾進過學校，他的教育是一八五七年在密希希比(Mississippi)河當汽船水手得來的。不上兩年，他已經能夠從新奧爾良(New Orleans)很平穩的航行到聖路易(St. Louis)。他在船上的事情都記在他的密希希比河上的生活(Life on the Mississippi, 1883)裏。他在這船上遇見許多歷史上的大人物。戰爭使他失了水手的位置。他的哥哥被林肯任爲諾易瓦達(Nevada)新領土的第一個書記，馬克吐温則做他哥哥的私人書記，不受薪金。他在此地得到軍隊的經驗。這時是一八六二年，馬克吐温的筆名就在這時用起，他寫了些短文刋在維基尼阿(Virginia)城的事業(Enterprise)裏。大家都鼓勵他那說笑話的天才。一八六五年他就在舊金山的呼聲(Call)報館得到一個位置。他在這以前，曾開過礦，現在他就把這經歷寫在他的耐苦記(Roughing It, 1872)裏。這裏面所寫的都是邊界生活。這是他親身的經驗，寫當時諾易瓦達一般人的採礦熱。以前白雷特·哈特也寫過採礦，完全是他的幻想。當時誰又到過野蠻的西部呢？歐亨利說得好，你就是在牧牛場裏放一個看馬的，讀者還是一樣的看下去。馬克吐温是用寫實主義的方法介紹美國西部的第一人。著名的跳蛙出版，好幾家報館如阿爾泰·加尼福尼亞(Alta California)之類便都請他做通信員與一隊旅行者同去，使他報告得有趣一些。結果便是傻子旅行，這些文章印成書後第一年便賣去十萬本。一八六七到七〇年他遊行演講了四年。一八七〇年他娶阿麗薇亞·蘭格敦(Olivia Langdon)爲妻，在布法羅 (Buffalo) 住了一年。後來他就移居於哈特伏德 (Hartford)。一八七三年他又旅行到倫敦去演講。一八七八年的旅行使他寫了一本國外流浪記 (A Tramp Abroad, 1880)。一八八五年他用盡心血來開辦維白斯脫印刷所 (Charles L. Webster Publishing Co.)。文人經商大概命運相同，他與司各脫 (Walter Scott) 和巴爾紮克 (Balzac) 一樣，弄到賠本倒閉，負債完結。巴爾紮克像野猪似的晝夜不停的寫作，償還了賬。馬克吐温也愛面子，虧空了許多錢，便周遊世界，藉演講還清賬目。美國人最重榮譽和信實，因此格外的看重他。白雷特·哈特不及他被人看重，就在這一點上。回國以後，就住在紐約．後又住在康涅格狄的勒定(Redding)。一九一〇年四月二十一日就死在這個地方。死後二十五年他那未完成的自傳(Autobiography)出版。他的最詳細的傳記是配因(Albert Bigelow Paine)的三卷作。霍偉爾(Howells)的我的馬克吐溫也是一本好書。馬太斯 (Brander Matthews) 教授對於馬克吐溫全集的序言對於他是深有了解的。費爾普斯 (William Lyon Phelps) 教授在近代小說家論(Essays on Modern Novelists)的一篇馬克吐溫也是頂刮刮的文章。

他生平的著作年表如下：

一八六七　著名的跳蛙

一八六九　傻子旅行

一八七二　耐苦記

一八七三　鍍金的時代(The Gilded Age)

一八七五　速寫(Sketches)

一八七六　湯姆莎耶(Tom Sawyer)

一八七八　速寫(Sketches)

一八八〇　國外流浪記

一八八二　王子與貧民(The Prince and the Pauper)

　　　　　被竊的白象　(The Stolen White Elephant)

一八八三　密希希比河上的生活

一八八四　赫克萊培來芬(Huckleberry Finn)

一八八九　康湼狄格央岐人在阿逑國王朝廷上

一八九二　愉快的故事(Merry Tales)

　　　　　美國的請求者(The American Claiment)

一八九三　一百萬鎊的銀行支票(The £1,000,000 Bank Note)

一八九四　湯姆莎耶在外國(Tom Sawyer Abroad)

愚笨的威爾遜(Pudd'nhead Wilson)

一八九五 我個人對於貞德的回憶

一八九七 沿赤道而行(Following the Equator)

一八九九 沾污哈德栗堡的人

一九〇一 給那坐在黑暗裏的人(To the Person Sitting in Darkness)

一九〇二 雙銃身偵探案(A Double-Barrelled Detective Story)

一九〇五 國王廖波德的獨語(King Leopold's Soliloquy)

一九〇六 夏娃的日記(Eve's Diary)

一九〇七 基督徒的科學(Christian Science)

一九〇九 史唐姆菲爾德軍長天國行記(Captain Stormfield's Visit to Heaven)

莎士比亞死了麼(Is Shakespeare Dead?)

一九一〇　演講集(Speeches)

以上這些書，有許多是一般人所不大注意的，除了專門研究文學的人以外。但湯姆莎耶和她的姊妹篇赫克萊培來芬卻是永遠有其光輝的，卻是可數的著名少年讀物之一。

作者在湯姆莎耶裏學着白朗(Brown)和愛倫·坡(Allan Poe)用恐怖和神祕，使他的故事增加趣味。例如，墓場的夜半謀殺，攜帶可怕的刃的匪類等恐怖的事情，大半都是銀幣小說之類。主人公是一個說謊者，因說謊而修了他的德行；他的冒險的行事可以引起無思慮的大笑和賢明的受傷。大家以為主人公淹死了，但主人公卻躲在禮拜堂裏看他們為他舉行葬儀，這明明是對於人類憂傷的嘲諷。湯姆沙耶寫的是兒童生活不守法律的野蠻面，但其中卻充滿了人性。這是頭等的小說，作者是行為和風俗的畫家，著名的性格的分析者，戲劇結構的大師。這本書對於美國兒童有很深的了解，從小村莊的人物來擴大的了解全人類的人性。漂泊者、負販者、一切本地的人物都是如實的寫着的，都是從頑童的眼裏看出來的。這本書裏兒童的簡單觀察和他所看見而不懂的事情恰成悲哀的對照。

湯姆莎耶裏找金子和洞中的冒險都是舊式銀幣小說的好材料。馬克吐温像史蒂文生一樣，是有孩提之心的聰明人，使傳統的孩子故事成爲文學作品。除去金洞中的冒險以外，大半都是眞實的生活，是一切年輕人的偉大傳記。美國的成人小說還不曾成人時，少年小說卻已有了四個不朽的作者，這就是一個壞孩子的故事（Story of a Bad Boy）的作者愛爾哲齊（Aldrich）、小馬白克爾的逃跑（Flight of Pony Baker）的作者霍偉爾（Howells）、孩子時代（Being a Boy）的作者華勒爾（Warner）以及湯姆莎耶的作者馬克吐温。這些書都是幽默和自然主義對於聖羅諾（Rollo）時代的反動。

與一切眞的孩子書一樣，湯姆莎耶寫的是舊時代的社會情形和習慣。赫克萊培來芬的範圍則更爲擴大。這不僅僅是一本孩子的書，也不僅僅是一本關於孩子的書。這是從未成人的天眞的聖人眼中所看見的各種社會的研究。喜歡分類的人每每把赫克萊培來芬當作新型的冒險小說。有人稱赫克萊培來芬爲「密希希比河的俄德西」(Odyssey of the Mississippi)，其實這是不恰當的稱譽。這書是近代的寫實主義，在美國文學作品中是無所倚傍的，這是不可計數的創作力的勝利之一。這本書的諧趣不及湯姆莎耶，篇頁卻較多。主人公仍是說謊者和流浪漢。赫克萊培來芬與逃跑的黑奴爲伴，乘木排下密希希比河，每到一處，就遇見一件驚奇的事情。這是一齣鬧劇，最後湯姆莎耶出場，要救黑奴，（其實他是自由的）正是銀幣小說的慣技，這些驚人的場面都活潑而且緊張。這是一本有力的書，在文壇可以有永久的地位。他的人物是生動的，無論好人壞人都是眞的男女。不但湯姆莎耶寫得有聲有色，就連副角如黑奴傑姆、老太婆等人也都寫得活龍活現。這本小說的動作雖是鬧劇，卻極有含蓄的趣味。大自然的描寫，如晝夜陰晴，颶風大浪，平波靜水，都非常活躍。考貝(Cooper)從來沒有像馬克吐溫這樣寫過大河的變換的光和影。他的倫理也是值得注意的。我們已經知道，他是個社會改革家，他最恨的是虛僞，他時常嘲笑錯誤。他的倫理的誠懇影響了黑奴籲天錄(Uncle Tom's Cabin)的作者司吐活夫人(Mrs. Stowe)。與其說他是美國的幽默小說家，不如說他是社會小說家；他並且是美國寫實主義的先驅。

參考：

Macy: The Spirit of American Literatnre

Long: American Literature

Trent and Erskine: Great American Writer

一九三一，一，二六。

原序

這書中所記載的故事，大多數是實事；有一二件是我自身的遭遇，其餘的屬於幾個我的兒童時代的同學。赫克·芬是世事的寫生；湯姆·莎耶也如此，但不是從一個人的寫生，他乃是我所認識的三個孩子的特性的組合，所以是屬於混合式建築的。

書中涉及種種古怪的迷信，都是通行於當時，就是說，三四十年以前的孩子們和奴隸們中間的。

雖然寫本書的目的大部分是爲了供男孩子們和女孩子們的欣賞，但我希望成年的男女們別爲了這緣故便與本書絕緣，因爲在我的原意中，有一部分是打算美妙地提醒成人們，使他們回憶他們自己在某一時期曾是怎樣的人物，曾有怎樣的感想和談話，曾獻身於怎樣的奇異的企圖中。

馬克·吐温

一八七六年在哈得富尉。

第一章

「湯姆！」

沒有回答。

「湯姆！」

沒有回答。

「這孩子怎麼樣了呢，咦？你，湯姆！」

老婦人把她的眼鏡拉到眼睛下面，從鏡片上方望出去，向屋中找尋繼而她又把眼鏡掀到眼睛上面，從鏡片下方望出去。對於像孩子這樣的小東西，她素來不從鏡片中望出去看的這一副眼鏡是她的裝飾品，顯示她心中的誇傲，是爲時髦而不是供實用的；她的一對眼瞼一樣的能夠看得很明白。她惘然的張望了一回，便說道——雖然不很粗厲，卻已經使得屋中的傢具都聽清楚了：「好，我賭咒，如果我捉住你，我要——」她的話還沒有說完，因爲這時候她正俯下身子，用掃帚在床子底下撈撥，所以她要換一口氣。她找不到甚麼東西，祇跑出一隻貓來。

「我從來沒有看見過比這更壞的孩子！」

她走到開着的門邊，站在門檻裏面，向滿園的蕃茄藤和毒茄草中張望。卻看不見湯姆。她提高喉嚨，對準了遠近的角度喊道：

「你——你湯姆！」

她身後起了一陣輕微的聲音，她旋轉身去，恰好拉住那小孩的背心的掛帶，不讓他逃走。「呀！我怎麼沒有想到那小房間。你在那邊做甚麼？」

「沒做甚麼。」

「沒做甚麼！看看你的兩手，看看你的嘴巴。那是甚麼東西？」

「我不知道，姨母。」

「哼，我倒知道呢。這是菓醬啊，所以弄到滿手滿嘴。我對你說過四五十次，如果你動一動那菓醬，我就要剝你的皮。把皮鞭拿來。」

皮鞭在空中呼呼地響，挨打是挽回不過來了。

「啊唷，看看你的後面哪，姨母！」

老婦人急忙轉身來把衣裾拉起，以防危險，不料那孩子卻立刻乘間逃走，爬上那高高的籬笆，從這上面溜去了。他的姨母坡萊惶然的呆立了一陣，然後破口而作溫和的一笑。

「該死的孩子，又上他的當了！他屢次的戲弄我，難道還不夠使我留心防備他這一次的把戲嗎？年老的愚人纔是最大的愚人。俗語說得好，老狗學不會新把戲。但是，天知道，他從來沒有玩過重複的把戲，我怎樣料得到他的新鮮玩意兒呢？他似乎知道能夠玩弄我多少時候還不至於使我動怒，他更知道如果他能夠設法敷衍我一下，或使我笑一笑，事情便平靜了，我不能打他一打哩。我對這孩子不盡我的責任，這是實在的，天知道啊。古書說得好，小孩不打不成材。我明知道，我重犯了姑息的罪過，害了我們雙方面。但是，哎喲，他的傷痕已經夠多啦！他是我的去世的親姊姊的孤兒，可憐的東西喲，我總不忍心去打他一下。每次我縱容了他，我的良心責備我；每次我責打他，我的老心更其難過。聖經上有一句話，人爲婦人所生，日子短少，多有患難，（原文見約伯記第十四章——譯者）我看來當眞不錯。他今天下午必定逃學，明天我准定罰他做一天的工作。在星期六這一天別的孩子都休假，偏叫他去做工未免有些辣手罷。他嫌惡工作比甚麼都利害，但是我必須對他盡一點責任，免得害了他。」

湯姆當眞逃學，而且玩了個暢快。他回到家裏，只剛好幫助黑兒及姆鋸第二天用的木頭，劈炊晚餐用的柴料。及姆做了四分之三的工作，同時湯姆正好把幹過了的玩意兒講給及姆聽。湯姆的小兄弟（實在是異母兄弟）雪特已經把他的一份工作（收拾木片）做完了；他是一個安靜的孩子，不胡鬧，不淘氣。湯姆正在喫晚餐，趁空兒偷些糖菓喫，玻萊姨母卻在旁用種種的狡獪而奧妙的問題來盤問他，要想逗引他露出破綻來。她和多數思想簡單的人們相像，自信有運用隱密的策略的天才；由於她愛嬌的心理她喜歡設出些最顯露的計劃以賣弄她的不大高妙的機智。她說，「湯姆，今天學校裏很溫暖吧？」

「是的，很溫暖。」

「熱得很利害吧？」

「是的。」

「你想去泅水吧，湯姆？」

恐怖激動了湯姆，他感到一陣不安的狐疑。他看看坡萊姨母的面色，卻看不出甚麼來。他便說：

「不，——不想去。」

老婦人伸出她的手，摸了摸湯姆的襯衣，她說：

「你欠著得暖熱些吧。」

一想到自己已經發見湯姆的襯衣沒有潮溼，而誰也沒有注意到這正是他伸手出來的存心，她得意極了。但是湯姆已經料到她再要怎樣駁詰他。這纔給他占了先。

「有人把水龍頭的水冲在我們的頭上——我的頭上還溼哩。看見嗎？」坡來姨母想到自己忽略了附帶的證據，錯過了一齣妙計，便惶惑了。繼而她想起了一個新鮮的主意：

「湯姆，有人在你頭上冲水時，你總沒有把我縫綴過的你的襯衣領頭解開來罷？解開你的短衣紐扣來看！」

這一來湯姆逃過了難關。他解開短衣。他的襯衣領頭密密的縫綴着。

「討厭！你去罷。我斷定你逃了學，而且泅了水。可是我且饒恕你。湯姆，我且把你當作俗語所謂燒掉了毛的貓看，外相雖討厭，總還有些可取的。且饒你這一回。」

她一半惋惜，因爲她的妙計失敗了，卻也一半快活，因爲湯姆偶然也有一次順從的行爲。

可是雪特說話了：

「喲，我記得你縫綴他的領頭是用白線的，現在變成黑線了。」

「是啊，我當眞是用白線縫綴的！湯姆！」

他的話還沒有完，湯姆已經跑走了。他一壁跨出門口，一壁說，

「雪特，我要打你。」

走到僻靜的地方，湯姆把插在衣襟的兩枚帶線（一枚帶白線，一枚帶黑線）的針拔出來察看了一下。他說道：

「要是沒有雪特，她當眞看不出來的。她有時用白線縫，有時用黑線縫。我早就留意一下她縫的是甚麼線那就多麼好——我是顧不得許多了。但是爲了這件事我睹咒一定要打雪特。不打他一頓氣是不出的。」

他不是村中的模範兒童。但是他卻熟悉那個模範兒童，而且憎惡他。

過了兩分鐘，或者還不到兩分鐘，他把苦惱完全忘掉了。並非因爲他的苦惱對於他沒有像成人的苦惱對於成人那般劇烈，卻是因爲他有了一個新鮮有力的主意，這主意

把那些苦惱壓倒，使他暫時把牠忘懷；正如成人在興奮於新事業的時候不復記憶過去的不幸一樣。這一個新鮮主意就是他新近從一個黑人那里學得的吹脣這一個珍奇玩意兒；他不怕困難的要吹得順暢。這是一種奇異的像鳥鳴一般的音調，一種流暢的歌唱，是用舌尖短促而間斷地觸及上顎而吹出來的。讀者諸君大概還記得兒時如何幹這玩意兒的罷。經過一番勤勉與留心，他不久就學會吹脣的訣竅了。他在街上踱過去，滿口的音調，滿肚的高興。他的得意，正和發見一顆新星的天文家的得意一樣。在堅強，深切而且純粹的快樂一方面，占便宜的當然是孩子，不是天文家哩。

夏天的下午是長的。天還沒有暗。湯姆突然停住了吹脣。一個陌生人出現在他的面前；是一個比他略微大些的孩子。在聖彼得堡的這個冷落的小鄉村，來了一個陌生人，不論多大年紀，不論是男是女，都是一回新奇的事情。這個孩子穿得漂亮，而且在這個平常日子穿得漂亮。他頭上戴一頂精緻的帽子，密密地扣着的藍布短衣簇新而且整潔，他的褲子也是這樣。他著了皮鞋。可是那天還是星期五啦。他又紮着一條光亮的絲領帶。他的城市風樣幾乎奪去了湯姆的靈魂。湯姆看着這個孩子的華美的裝束，越看越感着自己的衣服襤褸。兩個孩子都不開口。一個動一步，別一個也動一步——只是向側動，成一個圈子兩人臉對着臉，眼對着眼，儘這麼着。終於湯姆先開口說：

「我能夠打倒你的！」

「我要看你試一試。」

「好，我能夠試一試。」

「不，你不能的。」

「我倒能夠。」

「不，你不能。」

「我能夠。」

「你不能。」

「能夠。」

「不能。」

不舒服似的停頓了一刻，——湯姆又說：

「你叫甚麼名字？」

「這用不着你管，可不是。」

「我要管。」

「那你爲甚麼不管呢？」

「如果你多說我就要管。」

「多說——多說——多說——你管罷。」

「呵，你自以爲時髦煞人麼？是不是？我就是一隻手縛住在背後，也還能夠一隻手打倒你；如果我要打的話。」

「那你爲甚麼不試一試呢？你說你能夠的。」

「我動手了，如果你捉弄我。」

「啊，——就算捉弄你，怎麽樣，——你這種人不在我的眼裏。」

「你自以爲算時髦嗎？哼！」

「啊，怎樣的帽子哪！」

「你不歡喜牠，你可以把牠搓成一團的。你敢打落牠嗎？敢作敢爲的人纔說得老話。」

「你是混蛋！」

「混蛋是你。」

「你說得聲勢洶洶，膽氣是一點沒有的。」

「噢——膽氣沒有的就是你。」

「哪哪——你再多說不中聽的話，我就拾起石子來拋過你的頭上了。」

「啊，看你拋。」

「是啊，我要拋的。」

「那你爲甚麼不拋呢？你爲甚麼儘說着要拋？你爲甚麼不拋呢？因爲你害怕罷。」

「我不害怕。」

「你害怕。」

「我不。」

「你是。」

又停頓了一刻。彼此更加注視，更加挨近。終於兩人肩挨着肩了。湯姆說：

「走開！」

「你走開！」

「我不走開。」

「我也不走開。」

他們這麼站着各人伸出一隻脚來擺成步勢，大家用全力推撞，怒目而視。誰也不能占優勢。兩人都掙扎得身熱臉紅了，這纔各自弛緩下來，卻還當心地留意着對方。湯姆說：

「你是孱頭，是小狗。我要告訴我的大哥哥，他能夠用小手指頭打人的。我要叫他一同來打你。」

「你的大哥哥我怕甚麼呢？我有一個哥哥，比你的大哥哥更大；他能夠把你的大哥哥抓住了擲到籬笆外去。」（兩個哥哥都是想像的。）

「你扯謊。」

「你只能說不能行。」

湯姆用他的拇足指在塵土上劃了一條線，說道：

「你敢跨過這條線，我就打得你不能起身。」

於是陌生孩子立刻跨過去，說道：

「你說你會打，請你打。」

「不要擠到身邊來；你還是留心些。」

「你說你會打，你爲甚麼不打？」

「我賭咒，爲兩個銅子我就打。」

陌生孩子從衣袋中拿出兩枚大銅子來，帶着嘲笑的神氣拿給湯姆看。

湯姆把兩個銅子打落到地上。

不一會，兩個孩子在泥地上打滾了，像貓兒一般扭做一團；兩人互相扭頭髮，拉衣服。鼻子，弄得滿身灰土。不久一場爭鬪完畢了，湯姆騎在陌生孩子的身上，用拳頭打他。

「噯唷唷！」他說。

陌生孩子掙扎着想脫身。他呼號着，大半是出於忿怒的緣故。

「噯唷唷！」拳頭不絕的打在陌生孩子的身上。

終於陌生孩子喊出一聲窒息着的「噯囉！」湯姆纔讓他起來，說道，「如今教訓了你。下次別胡亂戲弄人。」

陌生孩子走開去了，揮着衣上的灰土，嗚咽着，抽噎着，間或朝後面看看，搖搖頭，恫嚇着說下次碰到湯姆的時候一定不饒他。湯姆用嘲笑的言語回答他，得意揚揚地跑開了。

湯姆剛轉身走，陌生孩子拾起一塊石子，擲過去，中了湯姆的肩部，急忙旋轉身飛一般地逃跑了。湯姆追趕他，追到他的住宅。湯姆在門口擺好步勢，等待了好些時候，怕敵人從裏面走出來；可是敵人祇從窗口對他做了兔臉，便不見了。後來敵人的母親走出來，喊湯姆一聲下流孩子，把他趕走。他便走開了，嘴上還說着便宜了那孩子。

他囘到家中已經很晚了。他悄悄地爬進窗口，猛不提防地出現於他的姨母的面前。姨母一看到他的衣服弄得這麼樣子，星期六假日罰他做苦工的主意更加堅決了。

第二章

星期六的早晨到了。這是夏天，一切都顯得光明而且新鮮，洋溢着生氣。各人的內心都在歌唱；要是在穉嫩的心靈，這音樂便浮到脣邊來了。各人的臉龐欣欣然，各人的脚步躍躍然。玫瑰樹滿開着花，花香充溢空間。

在村的那邊，有一座高聳的卡迭甫小山滿是綠油油的草木，宛如一塊樂土，柔嫩的，恬靜的，而又誘惑的。

湯姆出現於人行道上，攜着一桶白粉漿和一枝長柄的刷帚。他把籬笆察看了一番，喜悅消失了，深愁壓上他的心頭。三十碼闊九尺高的籬笆喲！他感到生活是空虛的，而生存祇是一重負擔。他嘆一口氣，把刷帚向桶中一浸，刷在籬笆最上層的一塊板上；重刷了一回；又重刷了一回。他看看已經刷白的一條痕跡，又看看尚未刷白的廣泛的籬笆，便沮喪地坐倒在小木凳上了。及姆手挈着鉛桶口唱着「水牛」歌，一跳一躍地從門口出來了。到公衆的水龍頭汲水這一件工作，在以前的湯姆的心目中是十分憎厭的，但現在卻又兩樣了。他記得在那邊有許多的伙伴。白色的，雜色的和黑色的男女小孩常在那邊等候輪班，休息，交換玩具，吵嘴，打架，遊戲。他又記得，水龍頭雖然祇離開一百五十碼路，但是叫及姆汲一桶水回來，至少要費一小時，而且還是要有人催促纔行。於是湯姆說道：

「喂，及姆，我替你汲水，如果你替我刷籬笆。」

及姆搖搖頭，說道：

「不行，湯姆少爺。太太叫我汲水，叫我不要停留，不要和誰胡纏。她說她猜到湯姆少爺會叫我代刷籬笆的，所以她吩咐我祇管我自己的事——她說她要來看你刷籬笆。」

「啊，你別管她怎樣說，及姆。她老是這麼說的。把鉛桶給我——我祇走開一分鐘。她不會知道的——。」

「啊，我不敢，湯姆少爺。太太要打我。她一定要打我。」

「她她從來不打人。她有時祇用針箍打在頭上，但這有甚麼要緊？她話說得兇，但說話是不會使人受傷的！及姆，我給你一顆石彈吧。我給你一顆白石球吧！」

及姆猶豫不決了。

「白石球，及姆；這是好玩具。」

「噯！好是很好，但是，湯姆少爺，太太怪可怕的。」

及姆總究是常人——這個引誘實在太利害了。他放下鉛桶，拿了白石球。但是不到一分鐘，他又挈了鉛桶飛奔開去，湯姆起勁地塗刷籬笆，坡萊姨母從田野囘來，手中拿着一隻拖鞋，眼中顯出勝利的神氣。

湯姆力竭了。他想起早先計劃好的這一天的遊玩來，憂愁增加了好多倍。一會兒，一班自由的孩子就要打這里經過作種種佳妙的遊玩，他們看見他在做工一定要老大嘲笑他——想到這一點使他忿恨得冒火了。他搬出他的財寶來看看——一件件的玩具，石球和皮帶；把這些東西給人家，和人家掉換工作做，也許夠了罷，但要買換半小時純粹的自由卻不夠。他於是把這些窮財寶還入袋中，把要向孩子們買換甚麽的念頭打消了。在這暗澹失望的當兒他忽然動了靈感，眞是一個偉大的靈感哩。他拿起刷帚，安靜地工作去了。這時候，班·羅格斯走上來村中所有的孩子中，湯姆最害怕的，就是這個孩子的嘲笑。班三脚兩跳地跑上來，顯出一副趾高氣揚的神氣。他口中喫着蘋菓，間時喊出一聲有腔調的長叫，接着便是一聲沉重的「Ding dong dong, ding dong dong」。原來他正在扮着輪船哩。他走近來，便弛緩了速率，佔了街路的中央，身體向右邊傾側，費力似地慢慢兒轉側因爲他扮的是「大密梭里」輪船的緣故，還裝着富麗堂皇的神情，自以爲是吃水九尺的。他是船身，船主和汽笛聯合在一起，因此他得想像着自己是站在本船上層甲板上，發着號令，執行着號令的。

「停下來朋友！Ling-a-ling-ling！」進路幾乎到盡頭了，於是他慢慢兒轉向人行道上去。「把船掉頭罷！Ling-a-ling-ling！」他的兩臂伸直了，向兩邊一撳。「打右舷掉頭罷！Ling-a-ling-ling! Chow! Ch-Chow-wow-chow!」他的右手同時劃着大圈子，因爲這是代表着四十尺的輪子的。「打左舷掉頭罷！ Ling-a-ling-ling! Chow-ch-chow-chow!」左手開始劃圈子了。

「右舷方面停住罷！ Ling-a-ling-ling! 左舷方面停住罷！向右舷一直進駛罷！停下來！慢慢兒轉側！ Ling-a-ling! Chow-ow-ow! 喂喂拿出索具來罷！你在那里幹甚麽？繞過那個有索眼的木樁去！現在就泊在那個碼頭罷！停了引擎罷朋友！ Ling-a-ling-ling!」

「Sht! s'sht! sht!」（試做着汽管的聲響）

湯姆繼續粉刷着——不去瞧那隻輪船。辨睨視了一回，說道：

「唏咦！你喫苦了罷，可不是！」

湯姆沒有回答他。他用漆工的眼光看看剛刷上白粉的地方；又刷一刷，又看看。湯姆的嘴爲了辨所喫的蘋菓而垂涎，但他卻沒有停止工作。

「喂，老朋友；你在做工罷，嘻？」

「呀，是你，辨！我沒有留意。」

「我是泅水去啦，我是。你也只想去罷？可是？」

湯姆注視了他一會兒，說道：

「甚麼你叫做工？」

「怎麼，那不是做工嗎？」

湯姆重又粉刷着，不經意地回答：

「是啊，也許是做工，也許不是做工。我所知道的，祇是這件事於湯姆・莎耶很合意罷了。」

「啊啊，你是說你歡喜幹這件事嗎？」

刷帚繼續揮動着。

「歡喜幹這件事！我不懂我爲甚麼不應該歡喜這件事。一個孩子那得每天有粉刷籬笆的機會？」

這一句話造出新的光景來了。辨停止喫蘋菓。湯姆儼然地揮動他的刷帚——朝後一步，看看刷得好不好——又刷一刷——又看看刷得好不好。辨留心看着每一刷，逐漸逐漸的感到興味，逐漸逐漸的全神貫注了。終於他說道：

「湯姆，讓我刷一刷。」

湯姆考慮了一下：快要應許了，卻又改變了主意：「不行，不行！我看起來着實不行，辨。你想，坡萊姨母特別注意這座籬笆——恰在臨大路的一面，你知道——要是在屋後的籬笆，那就我不在意，她也不在意了。哪哪，她特別注意這座籬笆，要刷得十分當心；我計算起來，能夠把這座籬笆刷得好好的，在一千個孩子中祇找得出一個來，也許在二千個孩子中祇找得出一個來罷。」

「不見得罷——當眞如此嗎？啊，來呵，讓我試一試，祇少許試一試。要是我做了你，我一定讓你試的，湯姆。」

「辨，我沒有甚麼不願意，當眞的。祇是坡萊姨母不肯啦。你聽，及姆要刷，她一定不讓他刷。她也不叫雪特刷。你看我多麼熟手？要是你幹起來，怕會弄出甚麼岔兒的——」

「笑話！我祇當心就是。讓我試試看罷。喂！我給你蘋菓心喫。」

「好，你來。不行，辨，現在不行；我怕——」

「我給你整個蘋菓喫！」

湯姆把刷帚一丟，臉上現出勉強的神氣，心中卻是滿腔的喜悅。於是那隻「大密梭利」一輪船在太陽下面揮汗工作了，而這位退職的漆工卻坐在近旁蔭下的木桶上，垂擺着他的兩隻腿，咀嚼着他的蘋菓，同時又計畫着如何更多欺弄些老實人受他擺弄的資料不少哩：孩子們頻頻向這裏走來；他們來時嘲笑着他，後來卻停留在這里替他粉刷了。辨力竭了，湯姆找到別來·弗秀接下去，他是用一隻結實的紙鳶向湯姆買做這個差使的；別來·弗秀玩罷了，瓊尼·密斐用一隻串了線的假老鼠來買做這個玩罷了，便有那個接下去。湯姆在朝晨本來是一個窮苦的孩子，到了下午的中段變得財寶累累了。除了上面說及的幾件東西以外，湯姆還賺得十二顆石彈，一具不完全的口琴，一片藍色瓶玻璃，一枝軸管，一枚不能開鎖的鑰匙，一段粉筆，一個玻璃瓶塞頭，一個錫兵，一對蝌蚪，六枚爆竹，一隻獨眼小貓，一個黃銅門球，一條狗項圈，一枝刀柄，四塊橘子皮，還有一個朽壞的舊窗框。他一直過的是暢快閑散的光陰——一大羣伙伴陪着他，而一座籬笆還塗上了三層白粉！要是粉漿還沒有用完，全村的孩子們都會給湯姆弄得破產的。

湯姆自己想，世界究竟還不十分空虛。他發見了一個關於人類行爲的大法則，卻沒有了解牠。這法則就是：成人或兒童所渴慕的東西就是他難以獲得的東西。如果湯姆是一個聰明的大哲學家，和這本書的作者一樣，他一定理會得：非做不可的就是工作，做不做隨便的就是遊戲。懂了這個道理，他纔明白爲甚麼製造人造花，或在脚踏車上演技，是一種工作，而用大木球擂倒並列的九柱或爬勃郎山倒是娛樂。在英國，富裕的紳士們常常在夏季費了很多的錢，駕了四馬客車一天趕二三十里路以取樂；要是出工資叫他們幹這事，那就這樂事變成一種工作，他們無論如何不肯幹了。

第三章

湯姆走到坡萊姨母的面前。這時她正坐在那一間優雅的後房中的開着窗門的窗口。這一間後房是寢室，朝餐室，午餐室和圖書室聯合在一起的。夏日的温和空氣，恬靜的沈默，花的芳香，蜜蜂的嗡嗡聲，使她俯了頭在織物上面打盹。她在室中沒有一個伴侶，祗有一隻貓兒，而這貓兒也蜷伏在她的裙下睡着了。她的眼鏡擱在額上。她一看見湯姆，便猜測湯姆一定躲避了許多時候，卻又詫異着他竟有這麼大的膽量到她這里來。他說道：

「現在我可以去玩玩罷，姨母？」

「甚麼，幹好了嗎？你刷了多少呢？」

「全刷完了，姨母。」

「湯姆，別騙我。我不相信。」

「我不騙你的，姨母；眞的全刷完了。」

坡萊姨母不大相信他的話。她親自走出去去看；她只想看到湯姆的話有二成眞實，也就覺得滿意了。她一看到整座的籬笆已經刷白了，不但刷白，而且很精緻的重刷了幾層，連地面也刷上了一條，這時候她的驚異眞是難以用言語形容了。她說道：

「啊啊，我想不到有這個樣子！這是瞞不過我的；只要你有心，你眞幹得啦，湯姆。」說到這里，她覺得太褒奬他了，便改了口氣說，「可是你有心的時候眞少哩，不由的我要說。好，你去玩一玩罷；可是別再在一星期有幾趟淘氣，別讓我來打你。」

他的顯赫的成績使她感動得這麼利害，至於她領他走入廚室，揀了一個頂好的蘋菓給他，又加上一番勸勉的話。當她用聖經般的詞藻結束了她的演詞時，他竊取了一片炸麵卷。

他帶跳帶走的出去，瞧見雪特正跨上到二層樓後房去的步梯。他隨手抓了一握泥土，向雪特拋去。泥土像雹子一般在雪特身旁飛舞。等到坡萊姨母振起精神走出來援救時，已經有六七塊泥土擊中雪特的身上，而湯姆也已經從籬笆上爬出去了。那里本來有門，可是湯姆照常是來不及從門口走出的。他的心平靜下來，因爲現在他總算報了雪特瞧破他的黑線之仇了。

他繞道走到姨母家的牛舍後面一條小路上。他走遠了，不至於被姨母追獲責罰了，便一直走到村中的方場上，那里兩羣「軍隊式」的孩子們已經聚會着預備戰鬪，這是預先約定了的。湯姆是兩隊中一隊的總司令；霞・哈褒（他的心腹朋友）是別一隊的總司令。這兩位總司令並不親身作戰——這是比他們更小的孩子們的事情——卻並坐在高墩上指揮着軍事行動，叫副官們傳令。經過了長期的劇烈的戰鬪，湯姆的一隊得了大勝。於是計算死傷，交換俘虜，簽訂和議，又約定了下次的戰期；於是排隊退軍，湯姆也獨自回家來了。

當他打及夫・薩邱的家走過的時候，他瞧見園中有一個陌生的姑娘——一個可愛的藍眼睛的小姑娘，拖着兩條黃頭髮編成的長辮，穿着白色的夏衣，繡花的褲子。剛纔打了勝仗的英雄，這時居然輕易地降服了。那位阿密·勞倫斯姑娘不復在他的心坎上，連一點記憶都沒有了。他本來以爲自己是如癡一般愛上她的；他本來是把熱情當作崇慕看的，此刻卻覺得那只是霎時間的可憐的小偏見罷了。他勾引她已有數月了，不過一星期前她纔承認他；在這短短的七天，他做過世上最快活最驕傲的孩子；然而祇在這一瞬間，她宛如一個不速之客，訪謁完畢，從他的心坎上告別走了。

他以崇拜的眼色，偷看這個新天使，直至她瞧見了他；於是他裝做沒有知道她在旁的樣子，賣弄了種種幼稚可笑的舉動，要想博得美人的嘆賞。他這麼「賣弄」了一會；後來正當他賣力表演的緊要關頭，他斜眼一看，瞧見那小姑娘向屋子走回去了。湯姆走到籬笆邊，靠在這上面，悲嘆着，盼望着她多停留一刻兒。她停了一步，便走入門內去了。當她一脚踏上門檻的時候，湯姆深深地嘆了一口氣；但是她在快要看不見的當兒卻將一朶如意花擲過了籬笆，他的臉上便即有喜色了。他跑過去，停住在離如意花一二尺的路上，用手遮住了眼睛向路上望過去，彷彿他在那方向發見了甚麼有興味的事似的。他登時拾起一枝稻桿平躝在他的鼻上頭向後彎轉；在他使勁地左右搖擺他的身體的當兒，他漸漸兒漸漸兒湊近了如意花；終於他的赤着的足踏在花上，柔軟的足指把牠鈎住，便像獲得了珍寶似的一跳一跳的走開去，轉了一個彎頭了。可是他剛把如意花藏在懷中，緊貼着胸膛，——祇過了一分鐘又回過來了。

他回到籬笆旁徘徊着，先前似的「賣弄」着，不覺已到了黃昏；可是他不再看見那小姑娘走出來了，雖然他安慰着自己也許她從那一個窗口望見他的熱心的舉動罷。終於，他勉強地走回家中，幻想充滿着他的不幸的頭腦。

整個晚餐，他毫無心緒，他的姨母詫異着，「他可着了甚麼了。」他爲了用泥土擲雪特的事受了老大的責駡，但他卻並不在意。他試着瞞過姨母的眼睛偷糖喫，便被她敲了手指。他說道：

「雪特偷糖喫，你老是不打他的。」

「他不像你這般欺侮人啦。我一不留心，你就偷糖喫。」

一會兒，她踏進廚室去了。雪特如逢大赦似的走近糖瓶。向湯姆顯出驕傲的神氣，幾乎使他難受。可是雪特一失手，糖瓶落地破碎了。湯姆高興極了，連話也說不出一句。他打定主意不說一句話，就是姨母走進來的時候也不開口，祇是靜坐着，直等到她問起誰敲壞這個糖瓶時，纔告訴她是雪特敲壞的，於是他可以眼見一個嬌兒挨打，世上比這更暢快的事怕沒有了罷。他高興得這麼利害，至於當老婦人回到室中瞧見了破瓶，眼睛噴出火來的時候，他幾乎不能自持了。他想，「她快問了罷！」但是其次一瞬間，他便橫倒在地上了。威武的手掌又擊起來要打了。湯姆喊道：

「停了罷，你爲甚麼打我？瓶是雪特敲破的！」

坡萊姨母惘然停了手，湯姆乞憐地看着她，等候着安慰的話。可是她開口卻這麼說道：

「哼！你不會受錯打的。你雖然沒有敲破糖瓶，卻幹了同樣的壞事，當我走開的時候。」

於是她的良心責備她了。她極願說幾句和善撫愛的話；可是一想到這麼辦等於自己承認打錯了他，這是於自己的威嚴有礙的，便不說了。她靜默着，帶着不快活的心懷處理她的事務去了。他在屋角撒嬌，悲不可抑。他知道姨母心中是在向他謝罪，想到這一層也就有些自慰了。可是他不願意降服。他知道有一道懇切的眼光透過了一層薄淚時刻瞥視他，可是他卻當做沒有留意。他幻想着：他病臥着快要死了，姨母俯伏在他臉上，懇求他對她說一句恕免的話，他偏旋轉了面孔，一聲不響地死去了。啊，那時候她不知道要如何感傷呢？他又幻想：他從河中給救了起來，擡到家中，已死了，頭髮全溼，手足冰冷，苦痛的心靜止了。她怎樣的伏在他身上，怎樣的眼淚像雨一般流下來，口中祈禱着上帝放還她的孩子，說從此不再不再虐待他了！可是他直躺在那里，冷冰冰的，蒼白的，一動也不動——這個小小的可憐人已經喫盡苦頭了。他這樣的沉迷於幻想，竟至感情奮激，悲痛梗住喉頭，眼睛淌滿了淚，一霎眼，便從鼻端滴下來了。他迷戀着悲愁的憧憬，視爲非常神聖，甚至不願有甚麼塵世的快樂來攪擾了；所以，過了一會，當他的表姊瑪麗經一星期的久別之後，從鄉間回來，滿臉喜氣，跳躍着從這一個門口走入室中時，他便立刻站起身來從那個門口跑出去了。他遠遠地遊蕩開去，避開了孩子們常到的熟地，去找一處僻靜的和他的靈魂調和的地方。他見河中有木筏在蕩漾，便跑過去坐在牠的邊沿上，玩味着河流的浩闊與荒涼，同時他盼望着在這里立時溺斃，祇求免去自然所安排的種種不適意的臨死的苦痛而已。於是他想起懷中的一朶如意花來了。他拿出來看，已經乾枯了，然而這個卻還大大地增加了他的慘澹的欣喜。他幻想：如果給她知道了，不知道她憐憫他否？她會啼哭，雙手圍住他的頸頸，安慰他嗎？或者她會冷淡地走開，和其他世人一般嗎？這個幻想引起了愉快的受難的苦痛，那苦痛幾次三番在他的心裏盤旋體察，直至他覺得十分疲倦了。最後他嘆了一口氣，站起來，在昏黑中走開去。約摸到九點半或十點鐘上下，他走到那寂寞的街上，他崇拜着的不認識的天使，就是住在這里的。他停了步，沒有甚麼聲息，只見一片暗淡的燭光從三層樓的窗帷裏邊透出來。天使是在這裏面罷？他爬過籬笆，悄悄地穿過樹叢，一直走到窗下。他懷着柔情仰首張望了許久，繼而平臥在地上，把枯萎的如意花捧在手中。他盼望着就這樣的死去——逃出冷酷的世界，頭上沒有庇蔭，沒有和善的手來揮拭他的額上的冷汗，沒有親愛的臉龐伏在他的身上悲悼他。可是明天朝晨，當她探首窗外時，便會瞧見他的。那時候她大概會落下一滴眼淚或微微的嘆一口氣，來悼惜這個英武少年的慘死的罷？

窗門開開來；女僕的粗厲的聲音衝破了莊嚴的靜默，於是窗口倒下來的水淋透了平臥着的殉道者的遺骸。

受難的英雄跳起來，打了一個舒氣的噴嚏。空中起了一陣如射箭一般的嘯聲，夾雜着喃喃的罵聲，接着又是一陣玻璃的震顫聲，一個小小的模糊的影子跨過了籬笆，像飛一般的向昏暗中過去。

不多時之後，當湯姆全身脫了衣服預備上牀，正在臘燭光下察看他那溼透了的外衣時，雪特醒過來了。但是倘說他有要開口問個明白這一個隱約的念頭，那麼他那時是改變主意，不做聲了——因爲湯姆的眼裏有着危險的眼光的緣故。湯姆沒有做禱告便上牀就睡，於是雪特把這沒有做禱告的事暗暗地記住在心裏。

第四章

太陽從一處恬靜的地方昇起，照臨在氣象昇平的村莊上，好像是一種祝福。早餐完了，坡萊姨母作家庭的禱告；她起頭念了一篇完全用經文堆砌，略帶些微文飾的禱詞；念完後，又宣讀一章令人肅然起敬畏之心，彷彿置身於西乃山上的摩西律。（西乃山乃上帝傳十誡與摩西之地——譯者）

然後湯姆眞所謂「秣馬厲兵」地去從事「誦讀經文。」雪特則早已在幾天前把他的功課讀熟。湯姆這時拚命地在暗記着五節聖經；他揀了登山訓衆裏的一段，因爲他再也找不出比這更短的小節了。

溫習了半點鐘，湯姆只模模胡胡地記住了他的功課的概略，因爲他的心在人類思想的全部領域中漫遊，他的手忙着作渙散心神的消遣。瑪麗拿起他的書本聽他背誦，他試着模模胡胡地背下去。

「虛心的人——人——人——」

「有——」

「是呀——有；虛心的人有——有——」

「有福了——」

「有福了；虛心的人有福了，因爲——因爲」

「天國——」

「因爲天國。虛心的人有福了，因爲天國——是他們的。哀慟的人有福了，因爲——

因爲——」

「他們——」

「因爲他們——他們——」

「必——」

「因爲他們必，噯呀，我記不淸是甚麼字了！」

「必得！」

「噢，必得！因爲他們必得——因爲他們必得——必——得——哀慟——哀——慟——哀慟的人——人——有——有——有福了，因爲他們——他們——他們甚麼？你爲甚不提我一個字，瑪麗？你這樣吝嗇是甚麼道理？」

「唉，湯姆，你這可憐的蠢東西，我不是故意和你爲難。我是不會和你爲難的。你必須再去讀幾遍。你不要灰心，湯姆，你一定可以讀得熟——而且你讀熟了，我還有一樣極好的東西給你哩！哦，那樣你才是個聽話的孩子。」

「好！甚麼東西，瑪麗？告訴我是樣甚麼東西。」

「你別管牠，湯姆。你得知道，凡我說是好的，總該是好的。」

「一定呀，瑪麗。好，我再去認眞地讀讀看。」

於是他「認眞地再讀」了；在好奇與冀求的雙重壓迫之下，他高興地讀了，果然得到燦爛的成功。

瑪麗給了他一把值一角二分半錢的「巴洛式」新摺刀，一陣愉快的感覺掃遍他的全身，連兩脚都發震。的確，這把刀並不好切甚麽東西，但牠卻是一把「眞正」的巴洛式摺刀，所以其中有着無限的光彩——至於美國西部的小孩子，總以爲這樣的一種武器，從其毀損物件的効用上說，是可以自己仿造的，這卻是一件不可理解的事，而且恐怕是永遠不可以理解了吧。湯姆想用這把刀去刻劃食櫥，正預備先在衣櫃上試一試，恰巧給瑪麗喚去換衣服到主日學校上課去。

瑪麗給了他一洋鐵面盆的水和一塊肥皂，他接過來跑到門外，把面盆放在一張小凳上；他把肥皂在水裏一浸，就把面盆放在地上；捲起衣袖，輕輕地把水倒在地上，然後跑進廚房，拿毛巾在門背後用力地擦着臉。但是瑪麗把毛巾奪了去說道：

「呵，你不害羞嗎，湯姆？你不要這樣頑皮。水不會碰痛你的。」

湯姆有點兒慌張了。他又拿面盆來打了水，這一回，他對着面盆呆望了一會，決了決定，然後吸一大口氣，開始洗面了。他這一次跑進廚房，閉着兩眼，伸手去摸毛巾，臉上的肥皂泡和水往下直滴，這是他洗了臉的鐵證。但是當他的面孔由毛巾裏露出來的時候，臉上依舊沒有洗乾淨；因爲污垢已經洗去了的地方，只齊到他的下巴和上下顎，好像一個假面具；在這條綫的下面和兩旁，有一片未經灌溉的黑土，向下方擴展，前前後後圍滿了一頭頸。瑪麗拉住他的手幫他洗了臉，他這才成個人形，才像個她的兄弟，臉上不復是黑白相間的了。他的潤溼了的頭髮梳刷得很光潔，短短的鬈髮，梳成文雅的時式的，向兩邊平分的樣子。（他私自經心着意地抹平了那鬈髮，勻披在頭上，因爲他要把鬈髮梳的柔美，而他原來的那樣子，他嫌太不成個體統了。）然後瑪麗拿出一套他兩年來只在星期日穿著的衣服——這套衣服他們乾脆地叫做他的「其餘的衣服」——於此，我們就可以知道他的衣箱的大小了。他自己穿好了以後，瑪麗就「給他弄端正來」；她替他把乾淨的內衣鈕上，一直鈕到下巴底下的一個，又把他的寬大的襯衫翻領披在肩上，再替他把衣服刷了刷，把一頂有斑點的草帽戴在他的頭上。他此刻漂亮得多了，可是覺得不很舒服；他的不舒服完全在眉目之間顯露出來；因爲他渾身給衣服牽制住，他眞恨透乾淨了。他希望瑪麗忘記了他的鞋子，但是這個希望終成泡影；她照例把鞋子用蠟擦過，然後拿來放在他的面前。他忍不住發怒了，他說他不願做的事偏偏常叫他做。但是瑪麗和婉地勸他說：

「來，湯姆——你是個聽話的孩子呀？」

於是他一面咆哮着，一面把脚伸進了鞋子。瑪麗立刻收拾好了，三個孩子便一同走向主日學校去，湯姆恨透這所地方，但雪特和瑪麗卻是非常歡喜的。

主日學校的上課時間是九時至十時半，以後便做禮拜。這三個孩子之中有兩個是常常坐着傾聽講道的；另一個雖然坐在那裏，但心裏想的卻全是別的事情。這教堂裏的高背而無墊子的座位可以坐三百個人，但房子湫隘而簡陋，屋頂上有一個用松板製的木座，聊充尖塔。他們跑到門口時，湯姆退後了一步，招呼一個穿着華美的衣服的朋友說：

「喂，比爾，拿到一張黃票嗎？」

「是的。」

「你要甚麼東西來換？」

「你有甚麼東西來換？」

「一塊糕和一個釣魚鈎子。」

「先給我看一看。」

湯姆給他看了。他很滿意，於是各人的東西換了主人。然後湯姆以兩顆石彈換了三張紅票又不曉得拿甚麼無用的小件東西換了兩張藍的。別的許多孩子跑來的時候他在半路上把他們攔住，向他們買各種顏色的票子，他繼續花了十幾分鐘的工夫。然後他帶着一羣淸潔而喧吵的男女孩子進了禮拜堂，跑到他的座位上，馬上就和靠近他的第一個小孩子爭吵了起來於是他們的先生——一位莊嚴的中年人——跑來阻止了他們；可是他剛轉身走，湯姆又去拉一個坐在他前面一張凳子上的孩子的頭髮，等到那孩子轉過身來的時候他的眼睛早已望着書上了；他又用針來刺在別一個孩子的身上，隨即聽見那孩子「啊唷」地一聲，他就又給先生申斥了一頓。湯姆這一級的孩子，完全是一個模子做的——手脚不停，喧嘩，慣會淘氣。到了他們背誦功課的時候，沒有一個能夠完全記得，總要時時加以提示。然而他們竟是這樣地混過去了，並且每人得了些小藍票子的獎品，每一張票子上面印着一節經文；背出兩節經文，就拿到一張藍票子。十張藍票子等於一張紅票子，可以掉換；十張紅票子等於一張黃票子；有了十張黃票子，主任就換給學生一本平裝的聖經（在那物價便宜的時候，值四角大洋）。讀者中有幾個肯專心致意地暗記二千節經文，去換一本即使是多蕾的聖經呢？可是瑪麗卻就費了兩年耐心的功夫，這樣地得了兩本聖經；還有一個祖先是德國人的小孩子，曾得過四五本呢。有一次，他絲毫不打頓挫地背了三千節聖經；但是因爲用腦太過度，從那時起他就幾乎變成了一個獃子——對於學校，這是一樁大不幸的事，因爲每逢行典禮的時候，主任（照湯姆的說法）總是教這孩子站在客衆面前讓他「出風頭」的。只有年齡大一點的孩子才想把票子保存起來，而致力於獲得聖經這遲緩的工作，所以接受這種獎品，是一件稀罕而有名譽的事；那成功的學生在這一天自然是偉大而光榮的，在場的每個同學看見了，心裏都燃着新鮮的欽羡之火，這種欽羡是每每過了兩三個星期還不能釋然於懷的。湯姆的心裏當然是永遠不希望受到這樣的一種獎品，但是隨着這獎品而俱來的榮譽，他卻確曾費了許多的時日，以整個的心靈來渴望過了。

在相當的時候，那個主任站在演壇之前，手裏拿着一本合攏着的讚美詩，食指夾在書葉之間，令人注意。當一個主日學校的主任作例行的短短的演說時，手裏必定要有一本讚美詩，正如在音樂會中一個站在臺上臉朝着前面的獨奏的歌者手裏拿着一張不可少的樂譜一樣，——然而為甚麼要這樣，眞是莫名其妙；因為這本讚美詩或這張樂譜，在拿的人都是用不着的。這位主任是一個身體瘦長，約摸有三十五歲年紀的人，頤下長着沙色的鬍鬚，頭上披着沙色的短髮；他帶了一個挺硬的衣領，上邊一直齊到耳際，尖角向前彎曲，剛好和嘴角平行——好像是一道圍牆，只准他向前眺望；如果要向旁邊望時，則必須轉動全身。他的下巴支在一條領帶上，這領帶闊而且長，宛如一張鈔票，兩頭垂着飄帶他的皮鞋頭向前豎起，（在那時候，這樣式很時髦，）好像雪橇一樣——這是由於少年人耐心地坐着幾個鐘頭地用足尖抵着牆壁的一種結果。瓦特斯先生態度誠懇，心地忠實；他對於舉行聖禮，執掌聖職，都非常虔誠，使不與世事相混，以致於不知不覺之中，在主日學校裏所發出的聲音，有一種與平日完全不同的特別腔調，他這樣地開口說道：

「嗳，孩子們，我要你們大家竭力把身體坐端正來，並且注意聽我一二分鐘的話。嗳，那就對了。那才是好孩子應該有的樣子。我看見有一個女孩子眼睛望着窗子外面——我恐怕她以爲我在外面——或者就在樹上和小鳥談心呢。〔一陣喝采似的竊笑聲。〕我要告訴你們，我看見了這許多明亮雪白的小面孔聚集在像這樣的一種地方，大家都好學乖，我心裏是多麼愉快呀。」

就是這樣的一類話。以下的話無須寫下來。這種演說有一成不變的模型，我們大家都是非常熟悉的。

這一段才說了三分之二，忽然中斷了，因爲有幾個壞小孩子又打架頑皮起來，屋內煩躁與耳語的聲音向四下擴展，一直冲到像雪特和瑪麗這樣的堅定的磐石邊。但是突然間，一切的鬧聲都隨着瓦特斯先生的聲音的消退而漸漸停止，演說終於在沈寂中完結了。

大半的學生的耳語，是由於一件罕見的事而發生的——幾個參觀的人跑進來；泰卻律師，伴着一個上了年紀的，身體很瘦的男人，一個灰髮華裝，容貌堂堂的中年紳士，和一個貴婦——顯然是紳士的妻子。這貴婦手裏攙着一個小孩子。湯姆剛才是手脚不停，而且滿肚子懷着委屈與怨恨，和良心的苛責——他不敢囘視阿密勞倫斯，他容忍不住她的愛護的凝視。但當他看見這個小生客時，他的靈魂給幸福燃着了。他盡力地「炫耀自己」——打別的小孩子，拉人家的頭髮，扮鬼臉，總之，用盡方法來迷炫一個女孩子，要博得她的讚賞。他想起在這個天使的花園裏，他自身的渺小，未免是狂喜中的一點缺陷，不過這種缺陷已在掃過他全身的快樂之浪底下洗去了。這幾個參觀的人坐在崇高的位置上，瓦特斯先生把話說完了以後，就將他們介紹給全校的人。那中年紳士竟是一位大人物；他就是那地方審判官——總之，那是這些小孩子所曾瞻仰過的一個最威嚴的人；他們都不懂他身體上有什麼特別的成分；所以他們的心理一半想聽他吼叫，一半又怕他吼叫。他是從十二里外的君士坦丁堡來的——所以他一定遊歷過許多地方，而且見過大世面——他這雙眼睛，還曾經看見過據說有一個洋鐵屋頂的地方審判廳。這種種的感想所吸收來的畏懼，就由莊嚴的沈默和一行行閃動着的眼睛中透露出來。這就是偉大的泰卻法官，是他們自己的律師的兄弟。傑夫泰卻跑上前去和這位大人寒喧，全校的人對他都懷着妒意。要是他聽見了這些耳語，那眞好說是奏給他靈魂聽的音樂哩。

「看他呀，傑姆！他竟跑上去了。喂，看哪！他去和他握手了；他在和他握手呀。啊，你羨慕傑夫吧？」

瓦特斯先生要「炫耀自己」，匆匆忙忙地辦理公務，發號令，下評語，向這裏，那裏，以及無論什麼地方，只要找到了一樣目的物，就指手畫脚地教導起來。圖書館員也「炫耀自己」，他奔來奔去，臂彎裏挾着兩捧的圖書，忙得「不亦樂乎」，想討那位起碼的當局的歡喜。年輕的女教員們「炫耀自己」——在方才被掌摑了的學生面前窈窕地彎着身子，向壞的孩子舉起警戒的手指，在好的孩子的頭上親熱地撫摩着。年輕的男教員們也「炫耀自己」，對學生加以小小的呵責以及其他關於威權的表現和紀律的注意；男女教員大半總在演壇旁邊的圖書館裏找事情做這些事情在平時，他們也曾反覆地做過，並且覺得是非常討厭的。女孩們以各種方法來「炫耀自己」，男孩們更起勁地「炫耀自己」，空中塞滿了紙團和打架的憤怒聲。此外就是那個偉人，他坐着，對滿屋子的人展露出莊嚴的淡笑，在自己的尊嚴的陽光中曝曬着自己，因爲他也在「炫耀自己」呢。瓦特斯先生只有一件事不稱心，那就是他沒有機會發給聖經獎品，顯示出一樁了不得的事來。好幾個學生只有幾張黃票，但沒有一個人是有十張的——他在幾個高材生旁邊跑來跑去詢問着。他寧願犧牲一切，只要那個德國孩子能夠精神康復，重回校裏來就好了。

正在這絕望的當兒，湯姆·莎耶手裏拿看九張黃票，九張紅票，和十張藍票跑上前來，要求掉換一本聖經。這眞是晴天一聲霹靂啊瓦特斯不相信近十年來有這樣的一種請求。但這是無可欺騙的事，面前的確是些蓋過印章的票子，而且都是乾乾淨淨的。湯姆於是被擢升到與法官和別的幾個貴人一樣高的地位上去，這很大的新聞由內部傳出去了。這是近十年中一件驚人的消息，各人的感覺非常強烈，把這新興的英雄擡舉得和司法官一樣的崇高，同時全校所矚目的奇人已由一個而變爲兩個了。小孩們嫉妒的要死；尤其是那些把這可恨的光榮白送給湯姆而換得他出賣「粉牆權」所得來的東西的孩子，覺得非常後悔，他們這纔曉得自己被一個奸猾的騙子，草堆中的一條機譎的蛇所欺騙了。

獎品發給湯姆的時候，主任就當時的情境，竭力滔滔不絕地說了一番話；但不似出於天然的流露，因爲這個可憐的人本能地覺得，這是一種不可解的祕密；這個孩子的腦袋裏，會堆儲着二千節聖經，簡直是不近情理的事——顯然，一打已經是過分了。阿密·勞倫斯非常得意，她想要湯姆的眼睛望見她的得意，但他偏偏不望她。她很詫異，心裏着實有點兒不高興；繼而模模胡胡地懷疑，倏生倏滅；她留心看着他，看見了他偸偸的一瞥，於是她全明白了——她傷心，她嫉妒，她憤怒，她眼淚直流，她恨每一個人，尤其是湯姆。

湯姆被領到法官面前，他的舌頭被縛住了，他的呼吸很困難，他的心房打着戰——半由於這個人的可怕的偉大，但大半卻是爲了他還是「她的」父親。倘使在黑暗處，他眞要伏地向他叩首了。法官把手放在他頭上，稱他爲好孩子，問他叫甚麼名字。這孩子舌結氣喘，吞吞吐吐地說出：

「湯姆。」

「啊，不，不是湯姆——是——」

「湯姆士。」

「啊，那才對啊！我早想大概還要長一點哩。好，但是我以爲你還有一個哩，你一定肯告訴我的，是不是？」

「把你的另一個名字告訴這位先生，」瓦特斯說：「叫一聲『先生』。你不應該忘記了你的禮貌呀。」

「湯姆士·莎耶——先生。」

「對了！這才是個好孩子呢。好孩子，很有大人氣的好孩子。二千節是一個極大的，——極大的數目。你萬不可因爲學的時候費了許多的心血而惋惜；因爲世間唯有學問比甚麼都貴重；有了學問，才可以做偉人和好人；將來你也會成爲偉人和好人的，湯姆士，到那時候你要回想到現在，說，這全由於我小時候在可寶貴的主日學校裏所受的恩典，這全由於我親愛的教師的諄諄教誨；這全由於主任的鼓勵我，訓育我，給了我一本美麗而精緻的聖經，讓我一個人讀，常常地讀；總之，虧得有良好的教育呀！這就是你將來要說的話，湯姆士；你這二千節聖經是不賣錢的，那末——當然是不賣錢的。你此刻肯把你學的東西告訴一點給我和這位夫人聽吧——啊，我知道你是不賣錢的——因爲我們很嘉許用功的孩子。你一定知道十二門徒的名字的。你肯不肯把耶穌第一次遴選的兩個門徒的名字告訴我？」

湯姆的手摸着鈕扣，形容很忸怩。他漲紅了臉，眼睛下垂了。瓦特斯先生的神氣也非常沮喪。他對自己說，這孩子怕連這最簡單的問題也回答不來能——法官為甚麼要問他呢？他又不便說出口，只得對湯姆說：

「回答這位先生，湯姆士，不要怕」

湯姆依舊不開口。

「我曉得你肯告訴我，」那夫人說道。「第一次遴選的兩個門徒的名字是——」

「大衞和哥利阿！」(大衞係耶穌之先祖；哥利阿〔Goliah〕為哥利亞〔Goliath〕之誤讀，係猶太人之敵非利士人中的巨人，被大衞以投石機殺死者；至耶穌第一次遴選之二門徒乃彼得與其弟安得烈——譯者)

以下的情形，容我們罩上寬恕之幕，不去講牠了。

第五章

約在十點半鐘光景，那個小禮拜堂的起破聲的鐘開始響了，同時人們也集攏來預備做早禱。主日學校的學生滿佈在屋子裏，都和他們的父母坐在一起，以便照應。坡萊姨母進來了，湯姆，雪特，瑪麗也和她坐在一起。她吩咐湯姆坐在接近中間通路的座位上，使他遠離那開着的窗子和外面誘人的夏景。人羣擁塞在通路中；曾經過了好日子的年高而貧苦的郵務局長；市長和他的夫人——因爲在許多不必要的東西中，他們那裏是有一個市長的；保安官；貌美而時髦，約摸四十歲的道格勒斯寡婦——一個富有家財，樂善好施的女子，她的山莊是鎮上唯一的華第，就舉行祝典一事而論，對款待來賓之週到與豪闊，是在聖彼得堡的一處值得自傲的地方；傴僂而尊嚴的華德市長和華德夫人；從遠處來的新名人李佛生律師；其次是村中的美人，後面跟着一羣華服翩翩，飾着絲帶的失戀少年；更後便是鎮上的書記結爲一團——他們早經站在走廊裏看風光，油腔滑調地調戲着所有經過的姑娘們；最後來了模範童子威列·麥佛孫，他很仔細地照應着他的母親，好像她是用玻璃製成的一樣。他常伴着母親來做禮拜，他是主婦們所視爲得意的孩子。但小孩們齊心恨他，因爲他是這樣的懂禮貌；而且人家稱讚他「遠駕於別的小孩之上。」他的白手帕垂在褲袋之外——星期日都是這樣的。湯姆沒有手帕，他把有手帕的孩子都看做「假冒貴族的鄙夫。」會衆此時已經到全，鐘聲又響了，警告那些落後與離散的人，然後全堂肅靜了，只聽見走廊上唱詩班的竊笑和耳語的聲響。做禮拜的時候，唱詩班總是竊笑着耳語着。只有一次我看見過一個禮拜堂的唱詩班很有規矩，但是記不起在甚麼地方了。那是在許多年以前的事，我全然忘懷了，但大概是好像在外國能。

牧師說明了詩歌的首數，讀了一遍，讀的時候有一種風趣，那地方的人非常欽羨的一種特別的聲調，起先聲音柔和，往後漸漸地高上去，直到某一點時，在最高的一個字上加以重讀，隨即忽然低落，好像從跳板上跳落的一樣。

主其　　可憐
引我　　庸人
至天　　獵名
堂，假　　利，競
我安　　渡般
樂之　　血之
華——咻；　　海——洋！

人家稱他爲古怪的讀詩者，遇有禮拜堂懇親會的時候，他總給人家請去讀詩；當他讀完了的時候，貴婦們都要舉起手來，然後無力地垂下，擱在膝頭，圓睜着眼睛，搖動着頭，彷彿在說：「美麗極了，非言語所可形容；人間竟有這樣美麗的音調啊！」

詩歌唱完了以後，史潑萊格牧師轉過身來，望着揭示牌，宣讀集會結社，和別的事情的通告，瑣瑣屑屑，直叫人想起要聽着世界末日的雷聲才能完了的樣子——這種奇怪的習俗，在新聞紙發達的今日，還依舊保存在美國，連都會裏也有。古例愈不近情理，便愈難廢除。

牧師禱告了。那是一篇寬仁而普遍的禱詞，敍述得非常詳細：爲教會及教會中的孩子們祈求；爲村中其餘的教堂祈求；爲村莊本身祈求；爲縣祈求；爲州祈求；爲全州的官員祈求；爲合衆國祈求；爲全合衆國中的教會祈求；爲國會祈求；爲總統祈求；爲政府裏的官員祈求；爲在海中遭風浪的顚簸的可憐的水手祈求；爲在歐洲暴政和東方專制的鐵蹄之下呻吟的被壓迫的數百萬人祈求；爲光明與福音已至的地方上的有眼而不見，有耳而不聞的人祈求；爲海島上的異教徒祈求；末了，他懇求使他的禱詞在上帝面前蒙恩，好似撒在肥土上的種子，及時能夠得到豐富的收成。阿們！

衣服起了一片沙沙的摩擦聲，站着的會衆都坐下來了；本書的主人公那孩子，並不歡喜這首禱詞，他祇是忍耐着——就連忍耐怕還很費事呢。在牧師禱告的時候，他始終不得安靜；他無意識地細數着禱詞的節目——因爲他曉得禱詞的老格式以及牧師必定走的路徑——每當一件瑣屑的新事情插入禱詞的時候，他就撐着耳朶聽，全靈魂痛恨這句話。他認爲加得不適當，而且卑劣不堪。禱告到了中途的時候，一個蒼蠅飛落在他前面的一張椅背上，他的心緒給這蒼蠅撩亂了，蒼蠅只管輕輕地在擦着脚；用前脚捧住了頭，起勁地在摩刷着，好像要把牠和身體分裂開來似的，牠的細綫一般的項頸可以完全看見；又用後腿剔抹着翅膀，把牠們平貼在身體上，好像是牠的衣裾；牠在安靜地梳粧，彷彿知道是太平無事，絕無敵害來襲擊牠的。的確牠是很太平的；因爲湯姆的手奇癢得想去捕捉的時候，忽然又不敢——他相信假使正當禱告的時候做了這種事情，他的靈魂便登時要遭滅亡的。可是禱告到了末一句的時候，他的手偷偷地彎向前去；「阿們」一聲念完，蒼蠅也做了俘虜了。他的姨母看見了他這種舉動，吩咐他放了牠去。

牧師宣佈了他的題目，悠然單調地演講着，他的訓詞索然無味，以至有好許多的頭開始打盹了——但他卻談着無窮盡的可怕的刑罰，並且說預定的上帝的選民是非常少，簡直沒有幾個人得蒙拯救。湯姆數着訓詞的頁數；每每做過了禮拜，他能說出共有幾頁，但是訓詞的內容卻一點也不知道。然而這一次他倒有一會兒的工夫感着興趣，因爲牧師做了一幕活動影戲，扮演一千年後世人蒙召聚集的時候，獅子和羔羊要臥在一起，和一個小孩子要來引導他們的情形。但是這大展覽的搧動，教訓和道德，對於湯姆卻完全失了效力；他祇想着在將來的萬民前的這個偉人的光彩；他臉上怡怡然有喜色，心裏想，假使這獅子很馴服，他情願就做那個孩子。

當牧師囘復到那乾燥的訓詞時，他又陷於苦悶了。他忽然想到他的一件寶貝，於是把牠拿了出來。這是一個利顎的黑甲蟲——他稱牠是「噬人蟲。」他把牠貯在一個盛銅帽子的盒子裏。甲蟲一飛出來，就咬住了他的手指。他的手指一彈之下，甲蟲輾轉飛到通路中，仰跌在地板上，湯姆立卽把咬傷的手指含在嘴裏。甲蟲躺在那裏，脚在亂動，但因沒有着勁的地方，翻不過身來。湯姆瞟着牠，想捉牠，但是離牠很遠，手伸不到那裏。別的人因爲訓詞聽厭了，大家也以甲蟲解悶，都瞟着牠。

忽然有一隻吧兒狗蹓到通路上來，牠心裏很鬱悶，受了夏季軟軟的，幽靜的氣候的影響，覺得非常倦怠，厭惡着拘束，歎息着冀求環境的變換。他發現了那甲蟲；垂着的尾巴就直豎起來，搖了幾搖。他俯瞰那掠奪品；在牠周圍繞了一個圈子；先在遠處嗅着；又繞了一個圈子；漸漸放大了膽子，更靠近些去嗅；張開了牙關，仔細地去把牠咬起來，但沒有咬着；於是就再來一下，又是一下；他開始以此爲消遣了；牠把甲蟲夾在脚爪之間，低下頭想去喫牠，一連試了好幾次；後來覺得厭倦了，漸漸馬虎起來。牠點了點頭，下巴一些一些低垂下去，剛碰着了敵人，卻給牠咬住了。頓時一聲尖銳的嗥叫，吧兒狗的頭急速地一搖，甲蟲便被擲到六碼以外，又仰跌在地板上。鄰近的觀者心裏覺得好笑，有幾個把臉蒙在扇子和手帕後面，於是，湯姆快活極了。吧兒狗像很難爲情，大概牠心裏也覺得是這樣；但是心裏又非常惱恨，企圖報復。於是他跑到甲蟲那裏，又謹愼地去對付牠；從各方面向牠撲去，前脚伸在離那昆蟲不到一吋的地方，用牙齒近前去咬牠，顫動着頭，翻動着耳朵。但是過了一會兒他又覺得厭倦了，想去尋一個蒼蠅消遣，但是找不着；繼而又繞着一個螞蟻兒着圈子，把鼻子垂到地板上，但立卽又厭倦了，牠打着呵欠，歎着氣，完全把甲蟲忘記，剛剛坐在甲蟲的身上；於是這吧兒狗發了一陣痛楚的狂嗥，立起來在通路上跑，繼續嗥叫着；牠從聖壇前穿過屋子，溜到對面的通路上去；牠經過門前；牠嚷着要回家去；越想越覺苦痛，直至此時，他只是個長着毛的慧星，閃爍地，迅速地在軌道上旋轉着。最後這瘋狂的狗折回來，跳到他主人的膝頭上；他把牠擲到窗子外面去，苦痛的聲音漸次消沈，至遠處而滅絕了。

這時全禮拜堂的人悶笑得臉都漲紅了，講道也停止了。隨後牧師又開口復講，不過總是斷斷續續的，完全不能與人以感動了；他們即使聽着了最莊嚴的意思，也時常要躲在遠處座位背後嗤笑，就好像那可憐的牧師說了甚麼詼諧的話似的。當禱告終結，宣讀了祝福文的時候，會衆都得着釋放了。

湯姆回家去，心裏非常愉快，又揣想，做禮拜時只要有一些變化，總還覺得滿意。他只有一件事不稱心；他希望那隻狗和他的「噬人蟲」一同頑耍，卻想不到正好把甲蟲給吧兒狗弄死。

第六章

星期一的早晨到了，湯姆莎耶悶悶不樂。每到星期一的早晨，湯姆莎耶老是悶悶不樂，因爲從這時起他又要到學校中去挨受不易消度的一星期的磨難了。從那一天起他常常設想還是沒有插在中間的假日好，過了假日而重復去受覊束，是格外覺得難堪的。

湯姆躺着思量。他立刻想到最好是自己害了病，這纔可以留在家中不赴校了。也許是可能的吧。他檢查了全身，卻找不出甚麽病象來。他又復搜尋了一下。這時他彷彿覺得甚麽肚痛的徵候，於是他開始以熱切的希望來促進那些徵候。然而那些徵候不一會便低弱下去，隨卽全然消失了。他繼續沉思。突然間，他有了一個主意。他的上排牙齒當中，有一粒鬆動了。這眞是湊巧；他就可以藉此爲「引子」而呻呼起來，可是他立刻想到，如果以此爲推託，他的姨母會把這粒牙齒拔去，使他捱痛的。因此他主張還是把這一粒牙齒暫時保留着，另外想主意的好。一時間他想不出甚麼主意來。後來他記得曾經聽得一個醫生講過，一個病人爲了甚麼痛楚二三星期不能起牀，而且幾乎使他保不住一個手指。於是他很急切地從被單下面伸出他那酸痛的脚趾來，用手扳起牠，察看一番。他不知道該有怎樣的症象纔算得厲害。然而這機會似乎也值得利用的，他便抖擻精神，呻呼起來。

雪特睡着，沒有覺得。

湯姆呻呼得響起來，幻想着當眞感到脚趾的疼痛。

雪特仍然不動。

湯姆用力呻呼，至於喘息了。他休息一會，重又提高喉嚨，連串地呻呼着。

雪特的鼾聲如舊。

湯姆發惱了。他喊「雪特，雪特！」又推動他。這一步工作總算有效，而湯姆重又呻呼着。雪特打了一個呵欠，伸一伸腰，昂起身來支在肘上，對着湯姆看看。湯姆繼續呻呼着。雪特說道：

「湯姆喂湯姆！」

沒有回答。

「喂，湯姆！湯姆！湯姆甚麼事，湯姆？」他搖動湯姆的身體，焦急地注視他的面孔。

湯姆哭着說：

「啊，別這樣，雪特。別推動我。」

「怎麼啦，究竟甚麼事，湯姆？我得叫姨母來。」

「不要，沒有甚麼。過一會大約就好的，誰也不要叫他來。」

「可是我必須去叫的！別這麼呻呼了，湯姆，這是可怕的。你呻呼了多少時候呢？」

「幾個鐘頭了。啊唷唷，不要動。雪特，你害死我了。」

「湯姆，你爲甚麼不早一點叫醒我？啊，湯姆，別呻呼了！聽着你的呻呼使我心驚肉跳。湯姆，究竟甚麼事？」

「我恕免你一切事，雪特。（呻呼。）你對我幹過的一切事。我死了之後——」

「啊，湯姆，你不會死的，可不是？別這麼，湯姆。啊，別這麼。也許是——」

「我恕免一切人，雪特。（呻呼。）請你告訴他們，雪特。還有，雪特，請你把我的一片窗框和一隻獨眼貓送給那個到鎮上來的陌生姑娘，請你告訴她——」

雪特已經披上衣服跑出去了。湯姆現在當眞是感到疼痛的。他種種的幻想這麼美妙，至於他的呻呼的聲調宛如眞實的一般。

雪特奔到樓下，喊道：

「啊，玻萊姨母，快來！湯姆快死了！」

「快死了麼！」

「是呀。別躭擱，快來！」

「胡說！我不相信！」

她口上雖然說不相信，卻也奔到樓上去了，雪特和瑪麗跟在她後面。她面色變白，嘴脣發顫。她走到牀邊，便喘息着說：

「你湯姆！湯姆，你怎麼樣了？」

「啊，姨母，我——」

「你怎麼樣了——你怎麼樣了，孩子呀？」

「啊，姨母，我的發疼的腳趾潰爛起來了！」

老婦人坐倒在椅子上面，微微一笑微微一嚷，隨又且笑且嚷。這纔她鎮靜了，說道：

「湯姆，你這麼嬉弄我呀。現在別再胡鬧了，從牀上爬起來罷。」

呻呼停止了，腳趾的疼痛也消失了。湯姆覺得有些愚笨了，他說道：

「坡萊姨母，腳趾似乎潰爛起來，疼得使我完全忘記了我的牙齒。」

「你的牙齒，當眞，你的牙齒怎麼樣？」

「當中有一粒鬆動了，疼得可怕哩。」

「哪，哪，別再呻呼吧。張開你的嘴巴來。眞的，你有一粒牙齒鬆動了，可是這不會使你死的。瑪麗，給我一根絲線，再到廚房裏拿一塊火炭來。」

湯姆說道：

「啊，姨母，請你別把牠拔去，現在牙齒不痛了。還是不要動牠好。請你別把牠拔去，姨母。我不要逃學了。」

「啊啊，你不逃學麼？原來你這一番胡鬧，爲的是想逃學玩玩捕魚嗎？湯姆，湯姆，我這麼疼愛了你，你竟百般的淘氣，使我老年人傷心。」

說到這里，牙科醫生的器械預備好了。老婦人把絲線的一端緊縛着湯姆的牙齒，別的一端縛在牀柱上。她拿住一塊火炭，差不多對準了湯姆的面孔刺過去。這麼一來，一粒牙齒便搖擺着懸垂在牀柱上了。

可是無論甚麼苦頭，總是獲得報酬的。湯姆喫過了早飯，走到學校裏去，這時候路上碰見他的人，誰都羨慕着他，因爲他的上排牙齒有了一個窟窿，他可以用一種新奇的樣子來吐痰了。他牽集了一羣對於這種表演有興味的孩子跟在他的後面；其中有一個曾經割過手指，一向受人愛慕佩服的孩子，這時候驟然感到一個從者都沒有，減少了光榮，他心中悒鬱，用自己所不覺的輕蔑的態度說：像湯姆·莎耶一般的吐痰是一點不稀奇的；還有一個孩子卻說了一聲「酸葡萄！」（意指因不可得而被輕視之物，見伊索寓言——譯者）便像解除武裝的英雄一般遊蕩開去了。

不久，湯姆碰到那個小流氓了，這就是鎮上酒徒的兒子赫克萊培來·芬。鎮上的一般母親們都恨透赫克萊培來，而又非常畏懼他，因爲他是一個懶惰的，落拓的，下流的不良少年——尤其因爲她們的孩子們都佩服他，都願意違背了禁令而與他爲伍，都希望大着胆子做和他相類的人。在有一點，湯姆是和其他體面的孩子們相同的：這就是他羨慕着赫克萊培來的落拓不羈，而又是被嚴禁着不許和他一起遊嬉的。因爲如此，他一遇到機會，便和赫克萊培來一起遊嬉了。赫克萊培來常常穿着大人們丟棄的襤褸的衣服。他的帽子破的不堪，簷上截去了一大塊，他的外衣拖到脚跟，背後掛着一粒粒的鈕扣，他的褲子是只用一條吊褲帶攀吊的；空洞的褲襠低低地下垂；褲脚在沒有捲起時，拖在汚泥裏。赫克萊培來的行蹤完全有自主權。他晴天在階沿上過宿，雨天則睡在空桶中。他不上學校，不上禮拜堂，不稱任何人「先生」，不受任何人的吩咐；無論甚麼時候，無論甚麼地方，他歡喜釣魚就釣魚，歡喜泅水就泅水，歡喜多少時候就多少時候；誰也不來禁止他鬭毆；一到春季，他是第一個赤足者，到了冬季，他最後纔著上鞋子；他從來不洗浴，從來不著一件清潔的衣服，他汗出得很多。總括一句話：凡是使生命寶貴的東西，這個孩子都備有了。聖彼得堡的每個受管束的體面孩子都這樣想。湯姆向這個浪漫的小流氓打招呼道：

「喂，赫克萊培來！」

「喂，是你，你看這東西怎樣？」

「你拿的甚麼東西？」

「死貓。」

「讓我看，赫克。嘿，怪僵硬的。你從那里得來的？」

「從一個孩子那里買來的。」

「你用甚麼買來的？」

「我給他一張藍票和一個從宰牲房裏拿來的膀胱。」

「你的藍票從那里得來的？」

「兩星期前我用一枝鐵環桿和辦·羅格斯換來的。」

「喂——死貓做甚麼用？」

「做甚麼用？醫瘆子的。」

「當眞麼？不見得罷？我倒知道更好的方法。」

「我賭咒你不知道。是甚麼方法呢？你說？」

「腐柴水！」

「你試過沒有？」

「不，我沒有試過。但是僕勃·坦納是試過的。」

「誰告訴你的呢？」

「嘿！他告訴及夫·薩邱，及夫告訴瓊尼·培克，瓊尼告訴及姆·好立斯，及姆告訴辨・羅格斯，辨告訴一個黑人，那個黑人告訴我。就是這樣哪！」

「啊啊，他們都會說誑的。祇有那個黑人，我不認識他。可是我從來沒有見過一個不會說誑的黑人。嘻！現在告訴我僕勃・坦納是怎樣試的，赫克。」

「哪哪！他把手浸在盛滿了雨水的腐朽的斷株裏。」

「在白天嗎？」

「當然。」

「他面孔對着那斷株嗎？」

「是的。我想總是這樣。」

「他說些甚麽話沒有？」

「我想來他沒有說，我不知道。」

「哈哈！好蠢笨的用腐柴水醫瘮子的方法！這樣的醫治是一點沒有好處的。你必須獨自走到森林當中去，那里你知道有腐柴水的斷株的，到了恰是半夜的時候，你背向着斷株，將手擱在那里，嘴上這麼說：

麥子，麥子，injun meal 短下去。
腐柴水，腐柴水，這些疹子小下去。

這麼說過了，你就快快走開，閉着眼睛走十一步，隨後旋三個圈子，便走回家中，不准對誰講一句話。因為你一講話，你的符咒的功用便失卻了。」

「啊，聽來像一個好方法；但是僕勃·坦納的方法不是這樣的。」

「對啦，朋友，他當然不是這樣的；在這鎮上他是長着疹子最多的孩子，要是他當眞知道怎樣試用腐柴水，那就他的疹子一粒也沒有了。我用這方法，把我手上的數千粒疹子醫好了。有時我更用一粒豆醫疹子的。」

「是啊，豆是好的。我試過的。」

「你試過的嗎？怎樣試的？」

「你把一粒豆裂成兩爿，又把疹子割出血來，然後你把這血放在一爿的豆上面，到了約摸半夜時分，你走到交叉路口，在月光下面掘一個地洞，把一爿染血的豆埋在洞中，把另一豆爿燃燒起來。這麽一來，你可以瞧見那一爿染血的豆逐漸逐漸的拉長來，把另一爿吸收了，於是血就把瘮子移去，那瘮子立刻便不見了。」

「是的，是這樣的，赫克——是這樣的；可是如果當你埋下豆爿的時候口上說着：『豆下去，瘮子散去；不再長出討厭的東西！』那就格外靈驗。霞·哈褒是用這個方法的。但是喂——你用死貓醫瘮子是怎樣醫的？」

「哪哪，你拿了貓，在半夜前走到埋葬兇惡人的墓場去；到了半夜，有一個魔鬼走出來，也許有兩三個罷，但是你卻瞧不見他們，祇聽到一片風聲，也許會聽見他們談話的聲音的；一到他們捉住那人的時候，你就把你的貓向他們身後拋過去，一壁說：『魔鬼跟着屍骸去，貓跟着魔鬼去，瘮子跟着貓去，我斷送了你們！』那麽，瘮子便都除去了。」

「聽來似乎很好。你可試過嗎，赫克？」

「沒有試過，這是老婦人荷金斯告訴我的。」

「那我明白了，他們說，她是妖婦啦。」

「呀！湯姆，我知道她是一個妖婦。她用妖術迷惑過爹爹。爹爹親口這麼說的。一天，他在走路，他瞧見她在迷惑他，便拾起一塊石子來，要是她不躱避，一定給他捉住了。是啊，那天晚上，他喝醉了酒，倒臥在草棚旁，還折斷了一隻手臂啦。」

「可怕呀！他怎麼知道她是在迷惑他呢？」

「哪，爹爹說的，容易的。爹爹說：要是他們用眼睛釘住你，那就他們是在迷惑你，要是他們口中更喃喃地唸着，那就格外無疑了。他們口中喃喃地唸是在倒誦着上帝的禱詞啦。」

「喂，赫克，你待甚麼時候試這死貓呢？」

「今天晚上。我想今天晚上會有魔鬼到荷史·威廉的墓旁來的。」

「他是在星期六埋葬的，赫克。難道他們不會在星期六晚上就到他那里去嗎？」

「嘻，胡說！不到半夜，他們的符咒那里中用？一到半夜，就是星期日了。星期日魔鬼是不出來的，」

「我沒有想到這個。這是對的。我和你同去好嗎？」

「很好——要是你不害怕。」

「害怕麼！不會害怕的。你裝作貓叫不？」

「是呵，你有機會時也向我作貓叫。前次你要我四面作貓叫，後來老海斯用石子向我丟過來，說着：『惹厭的貓！』我便拿一塊磚頭抛進他的窗門中去——但是請你別說呀。」

「我不說的。那天晚上我不能作貓叫，因爲那時候我的姨母管住我；可是這會子我要作貓叫。喂，赫克，那是甚麼東西？」

「這不過是一個扁蝨。」

「那里得來的？」

「森林中捉來的。」

「你要我拿甚麼東西來換你這個扁蝨?」

「我不知道。我不想把牠出賣。」

「對啦。這究竟只是一個很微小的扁蝨呀。」

「啊,誰都能夠趕下扁蝨來,卻捉不往牠。我很中意這個扁蝨。在我看來這是再好沒有的扁蝨。」

「嘿!扁蝨多着哩。要是我想有一千個,我便能獲得一千個。」

「呀,那你爲甚麼沒有呢?原來你很明白你不能夠獲得囉。這是一個很早的扁蝨啦,我計算起來牠是我今年第一次看見的一個扁蝨哩。」

「喂,赫克,我願意把我的一粒牙齒來換你的扁蝨。」

「讓我看。」

湯姆拿出一個紙包來,當心地解開來。赫克萊培來看得眼紅了。他說:

「這是眞牙齒嗎?」

湯姆豎起嘴脣，把牙齒拔落的缺洞給他看。

「好，確實是眞的，」赫克萊培來說，「這是一樁公道的交易哩。」

湯姆把扁蝨放進原來盛那「噬人蝨」的銅帽子盒子裏，而赫克萊培來拿了牙齒。於是兩個孩子分別了，各人都覺得比以前富有些。

湯姆走到隔離的方正的校舍門口，活潑地跑進去，裝出規規矩矩的神氣。他把帽子望木釘上一丟，使鄭重地跑到他的座位。高坐在大木椅上面的先生這時正在打盹，嗡嗡的讀書聲弄得他困倦了。一陣讀書聲的間斷，使他醒了轉來，喊一聲：

「湯姆士・莎耶！」

湯姆明白他的姓名被整個地叫喚時，是有不幸的事情發生的。

「先生！」

「走上來。喂，朋友，你爲甚麼又遲到，和往常一樣？」

湯姆剛要開口說一段誑話來搪塞先生的責問，他看到兩條黃色的長髮辮垂在一個女學生的背後，一縷如電一般的愛的感應，使他認識這個背影；在女學生一壁只有在她的旁邊還賸着一個空位置。他頓時改變了主意說：

「我留在路上和赫克萊培來·芬談話啦！」

先生兀立着不動，湯姆待罪一般看着他。嗡嗡的讀書聲停下來；學生們詫異着這個戇孩子爲甚麼這樣沒有心肝，會老實說出這一句話來。先生說：

「你——你幹了甚麼？」

「我留在路上和赫克萊培來·芬談話啦。」

一個字也沒有說錯。

「湯姆士·莎耶，這是最叫人駭怕的一件錯事，我從來也沒有聽到過；光是笞打是不夠懲罰這個過失了。解開你的馬甲來。」

先生打得手酸了才罷休，而笞棒也折斷了不少。先生下了第二道命令：

「去和女學生們坐在一起，這是警戒你啦。」

一陣嗤嗤的竊笑，使得湯姆羞赧。但照實在講，湯姆的羞赧，與其說是因同學們的竊笑而起，不若說是起於他對於那個不認識的偶像的虔敬的畏懼以及伴隨着他的幸運的可怖的快樂，倒來得確當。他在松木長凳的一端坐下來，那個女孩子擡一擡頭，扭轉身去。全堂滿是觸肘，丟眼風，和耳語，湯姆卻兀坐着，兩臂支在他前面的一張長而低的書桌上，似乎在用功看書。過了一會，大家不注意他了，習慣的嗡嗡的讀書聲又鬨鬧起來。於是湯姆開始偷看那女孩子了。她覺察到他在偷看她，便對他「撅一撅嘴，」扭轉頭去。當她慢慢兒囘過頭來時，一個桃子放在面前了。她把牠推開去；湯姆輕輕的拿過來放在她面前；她又把牠推開去，神氣卻和平了些。湯姆又輕輕的拿過來；她於是讓牠放在面前，不去推開牠了。湯姆在石板上塗着：「請拿了這個——我還有許多哩。」女孩子看到這幾個字，卻沒有表示甚麼。於是湯姆開始在石板上面塗抹着，用左手遮住他的工作。那女孩子忍耐着不去瞧視；可是過一會兒，她的出於人情的好奇心使她漸漸的不耐煩起來。湯姆繼續塗抹着，顯然是無意識的。那女孩子顯出要看牠一看的神情來，可是湯姆卻裝作沒有理會。終於她耐不住，囁嚅地低語道：

「讓我看一看。」

湯姆啓示了他的工作的一部分，畫着的是一座模胡的房屋，有兩扇三角牆，一縷螺旋形的烟霧從烟突昇騰起來。女孩子居然被這一幅圖畫吸引住了，她忘記了其他一切這幅圖畫完成了，她睨視了一會，低語道：

「再畫一個人更好看哩。」

小畫家在屋子的前庭畫上一個像起重機一般的人形。他身體魁偉，可以跨過屋子；但女孩子卻不在意；她滿意這個巨人，低語道：

「這個人很好看哩——再畫些東西上去。」

湯姆畫上一個滴漏似的東西，在那上下左右，添加一個滿月形，和稻草一般的四肢，又使那攤開的手指抓住一把奇異的扇子。女孩子說道：

「有趣極了——可惜我不會畫。」

「這是容易的，」湯姆低語着。「我來教你。」

「呀，你教我嗎？甚麼時候？」

「中午。你回家喫飯去嗎？」

「要是你肯教我，我願意留在這裏。」

「好——那是好的。」

「你叫甚麼名字？」

「裴基・薩邱。」

「你的呢？啊，我知道的。你叫湯姆士・莎耶。」

「那是他們瞎叫我的名字。湯姆是我的好名字。你叫我湯姆罷，好嗎？」

「是。」

湯姆又在石板上面塗抹着，用手遮住了不讓女孩子看見。可是她卻不如先前的膽怯了。她要求看。湯姆說道：

「啊，沒有甚麼。」

「有的呀。」

「你不要看的。」

「我要看的，我當眞要看的。讓我看罷。」

「你別告訴人。」

「我不告訴人的——我一定，一定不告訴人。」

「你誰也不告訴嗎？你一生不告訴人嗎？」

「不，我一生不告訴人。就給我看吧。」

「啊，你不要看的呀！」

「你這麼擺弄我，我偏要看，湯姆。」她用她的手握住湯姆放在石板上面的手，試着推開牠。湯姆裝着堅持的神氣，卻慢慢兒移開他的手，於是女孩子瞧見了寫着的是「我愛你」這幾個字。

「啊，你這個壞痞！」她雖然用力向他的手上一擊，卻臉紅着顯出喜悅的神氣。

正在這緊要關頭，他突然感到他的耳朵上猛烈的一扭，以及上舉的衝動力。在全校的嗤笑之下，他便這麽的給拉過去，横過了屋子，落到他自己的座位上。先生站立他的面前，現出可怕的神氣，過了片刻，才移身回到他的座位去，一句話也沒有說。湯姆的耳朵雖然給扭痛了，他心中卻是一團高興。

閧鬧停止了，湯姆開始認眞讀書，可是他心中的紛擾太利害了。他先上讀文課，糊里糊塗地對付了一番。隨後上地理課，他把湖名當作山名，把山名當作河名，把河名當作洲名，弄得腦子裏又復起了一陣紛擾。隨後上拼法課，連極淺易的文字都弄不淸楚。終於他被叫到先生跟前交出了幾個月來他當作裝飾品佩帶的鐵製的徽章。

第七章

湯姆越想用心看書，他的心越散漫開來。終於，他嘆了一口氣，打了一個呵欠，把看書的念頭拋棄了。在他看來，放午假的時候是永遠不會到的。空氣死一般的沈寂。連呼吸的聲音都沒有。本來是惱人的時節，今天格外惱人。二十五個學生的催眠似的喃喃讀書聲，響得和蜜蜂的蟠蟠聲一般，酥軟了湯姆的神志。向外一望，柔軟而碧綠的卡迭甫小山山面高聳在驕陽下面，與遠處閃爍着而發紫色的熱霧相映照；幾隻鳥兒懶懶地在空中飛翔；幾隻母牛在地上睡着；此外便看不見甚麼生物了。

湯姆渴望着散學的時間到來，或者有甚麼可以消磨時間的有趣味的事情玩玩。他的手向衣袋中探索，他的臉上有喜色了。他偷偷的把銅帽子盒子拿出來。他把盛在盒內的那個扁蝨放出來，把牠放在長而平的書桌上。這個動物一遇到釋放，似乎臉上也有喜色，可是牠太急躁了：牠剛剛帶着感謝的神氣待爬開去，湯姆卻用扣針把牠一撥，叫牠另換一個方向。

湯姆的心腹朋友坐在他的貼旁，正和湯姆感着同樣的鬱悶，看到這個玩意兒，也一時興奮起來。這個心腹朋友便是霞·哈褒。這兩個孩子在校中整星期做密友，在星期六這一天卻成爲戰場上的敵人。霞從衣襟拿出一枚扣針來，幫助湯姆播弄着那個俘虜。兩人越玩越起勁。湯姆提議說，他們這麽玩是互相抵觸的，誰也不能把扁蝨玩個暢快。他便把霞的石板放在書桌上，在石板中央劃一條從上到下的直線。

「這樣吧，」他說，「扁蝨在你的境界內時，就讓你一直翻弄着牠，我祇旁觀而不動手；但是如果你把牠放走，牠到了我的境界內時，那就你不能動手，祇讓我一直翻弄着牠。」

「很好，照辦吧——趕牠一趕。」

扁蝨立刻從湯姆這邊脫逃，爬過了界線。霞把牠翻弄了一會，牠又爬過界線去了。牠忽而在這邊，忽而在那邊。一個孩子在聚精會神地翻弄着扁蝨，別的一個看得同樣的出神，兩人的頭靠攏在石板上面，兩人的心忘記了另外的一切。到了後來，似乎霞的運氣好，扁蝨常常在他的境界內。扁蝨向這邊爬，向那邊爬，向別的方面爬，和兩個孩子同樣的興奮和焦急；扁蝨剛要脫離霞的境界，而湯姆剛要伸手下去，不料霞的扣針巧妙地一撥，又把牠趕回去了：這樣的不止一次。後來湯姆不耐煩起來。誘惑委實太利害了。他居然拿着扣針伸手到霞的境界中去。霞頓時發惱。他說：

「湯姆，別動手。」

「我只要少許動牠一動，霞。」

「不，朋友，這是不公道的；你就別動手吧。」

「哼，我不去多弄牠啦。」

「別動手，我對你說！」

「我要動手。」

「你不許動手——牠是在我的境界內哩。」

「你看霞·哈褒，究竟是誰的扁蝨？」

「我不管是誰的扁蝨——牠在我的境界內，你就不能動手。」

「但是我一定要動手。牠是我的扁蝨，我歡喜怎麽對牠就怎麽對牠！」

兇猛的一擊打在湯姆的肩上，同樣的一擊打在霞的肩上；約摸在兩分鐘間，塵埃從兩件馬甲飛揚開來，（意卽兩個孩子被打——譯者）全校的孩子們得意地看着。兩個孩子玩得太出神了，所以先生的悄悄地跕着脚走過來站在他們的前面，以及因此而起的同伴們的一陣靜默，他們全沒有注意到。先生看着他們的玩耍好一會兒，纔動手驚動了他們。

放午假時，湯姆跑到裴基·薩邱身邊，對她耳語道：

「戴上你的帽子，裝做回家去的樣子；走到那路角上，你慢慢兒的落後，直到他們都趕上你前面，你便回轉身從那條徑路上走回來。我向別一條路走，同樣的走回來。」

湯姆擠在一隊學生當中走出去，裴基擠在另一隊學生當中走出去。不一會，他們兩人在那徑路口會遇了；他們走到校中，便占領了整個的學校。他們並坐着，一塊石板放在他們面前，湯姆把石筆授與裴基，把住着她的手在石板上畫了一幅房屋圖。他們的藝術興味漸漸減退了，兩人便談話起來。湯姆覺得非常得意。他說道：

「你愛鼠兒嗎？」

「不，我厭惡牠們。」

「是的，我也厭惡——活的鼠兒。但我說的是用一根線串着在你的頭邊迴旋的假鼠兒。」

「我也不大歡喜。我最歡喜的是咀嚼橡皮。」

「嘻，我也這麼說！我希望眼前就有！」

「你愛嗎？我有一塊。我讓你咀嚼一會，可是你必須還給我的。」

這當然是同意的，他們便輪流着咀嚼橡皮，得意時搖擺着他們的腿。

「你到過馬戲場嗎？」湯姆問。

「到過的，而且我要去時，爹爹會帶我去的。」

「我到過馬戲場三四次——好幾次。禮拜堂那里比得上馬戲場。馬戲場上是常常有新鮮花樣的。我做了大人，我要在馬戲場扮一個丑角。」

「啊，你要扮丑角嗎？這是有趣的。他們滿身花花綠綠，怪好看囉。」

「是的，眞有趣。而且他們還賺了許多的錢——多數是一塊錢一天，辨·羅格斯說的。喂裴基，你可曾訂婚過沒有？」

「甚麼叫訂婚？」

「哪，哪那就是訂約和人家結婚。」

「沒有。」

「你歡喜訂婚嗎？」

「我想來是歡喜的。我不懂哩。是怎麼一件事？」

「怎麼一件事？你只要對一個男孩子說，你只有他一個人，永遠，然後你接一個吻，便完畢了。誰都會幹的。」

「接吻爲甚麼要接吻？」

「哪哪，你知道，這是爲——他們都接吻的。」

「誰都？」

「怎麼不是呢？凡是彼此相愛的沒有一個不接吻。你還記得我寫在石板上面的字嗎？」

「記——記得的。」

「甚麼字？」

「我不對你說。」

「我對你說好嗎？」

「好——好的——但是將來再說罷。」

「不，現在就說。」

「不，現在不要——明天。」

「喲，不好的，就現在說罷，我央求你，裴基。我輕輕的說罷，輕輕的說是一點不爲難的。」

裴基躊躇着，湯姆以爲她已經默認了，便用手抱住她的腰嘴巴湊近她的耳邊，把那一句話輕輕地溫柔地說過了。於是他又說

「現在你對我耳語罷——同樣的話。」

她推卻了一會子，然後說：

「你扭轉你的面孔，這樣你看不見了，那就我會說的。可是你永遠不准告訴誰——你要告訴嗎，湯姆？你不能告訴別人的——你要告訴嗎？」

「不，我決不說罷，裴基。」

湯姆扭轉他的面孔。裴基羞答答地把嘴巴湊到他的卷髮邊，輕輕地說，「我——愛——你！」

她一說出口，便跑開去，在書桌和長凳間繞圈子，湯姆跟在後面追逐着。後來裴基躲在一個屋角裏，拿一塊小小的手帕蒙着面孔。湯姆揪住了她的項頸，申說着：

「喂，裴基，現在一切都完畢了——只還有接吻。你別害怕——這不是大不了的事。請罷，裴基。」

他一壁拉開裴基面上的手帕和她的手。

停了一會，她讓步了。她兩手下垂，漲得通紅的臉向湯姆擡起來。湯姆吻了殷紅的嘴脣。說道：

「現在一切完畢了，裴基。從今以後，你知道的，你只愛我，不愛別人，你只和我結婚，不和別人結婚，永遠，永遠，永遠。你怎樣？」

「是喲，湯姆，我只愛你，不愛別人，我只和你結婚，不和別人結婚，而且你以後也只和我結婚，不和別人結婚哪。」

「一定。當然囉。這是不必說的。而且以後，上學校來或回家去，要是沒有旁人看見，你得和我一起走——開會的時候，你挑選我，我挑選你，這些是你訂婚後應該照辦的事情。」

「有趣得很。我從來沒有聽見過。」

「當眞是有趣的。哪哪，我和阿密・勞倫斯——」

湯姆看到裴基豎起她的眼睛，知道自己說錯了話，便惘然停住不說了。

「嘿，湯姆那麼我不是第一個和你訂婚的人啦！」

女孩子開始哭了。湯姆說道：

「嘻，別哭啦，裴基。我不再掛念她好了。」

「是啦，你掛念她，湯姆——你知道你掛念她。」

湯姆試着把他的手臂圍在她的項上。她推開他，扭轉面孔向着牆壁，繼續啼哭着。湯姆又試試看，嘴上說着安慰的話，裴基又給他一個不理。於是他倔強起來，向外踱出去了。他又停下來，焦急而且躊躇，時時向門口瞥視，希望她會懊悔過來，走出來找尋他。可是她居然不走出來。於是他想到總是他自己的不是。他企圖再用一番努力，終於大着膽子走進來。她依然站在屋角，臉向着牆壁啜泣着。湯姆傷心起來。他走到她身邊，站了一刻，不知道怎樣才好。他囁嚅着說：

「裴基——我只掛念你不掛念別人啦。」

沒有回答——只有啜泣的聲音。

「裴基呀，」他申訴着。

「裴基，難道你不說一句話嗎？」

哭得更響了些。

湯姆拿出他至上的寶貝，就是從火爐薪架頂上拿下來的一個黃銅球，在她面前舞弄一番，說道：

「請，裴基，你不要這個嗎？」

她把牠擲在地上。這纔湯姆跑出屋外，爬過小山，遠遠的去了。他不打算那一天再囘到校中來。裴基開始疑慮。她跑到門口張望；看不見他的影兒；她跑到操場上去；他又不在那里。於是她喊道：

「湯姆！回來，湯姆！」

她留心聽着，終於沒有回答。她沒有一個伴侶，四週只是靜默與寂寞。於是她坐下來，重復啼哭着，同時也在埋怨着自己，這當兒學生們又聚集攏來，她祇得抑住了悲痛去消度漫長的黯澹的下半天，伴着滿屋子的陌生人，誰也不來安慰她。

第八章

湯姆東躱西避，穿過了幾條徑路，到了回校來的學生們蹤跡不到的地方，便蹀躞前進。他幾次三番跨越一條小溪，這是出於一種流行的幼稚的迷信，以爲跨過了水就可以阻礙追逐了。半小時後，他消失在卡迭甫小山山頂道格勒斯寡婦的山莊後面山谷下的校舍隱約難辨。他走進一個濃密的森林，瞎奔到森林中央，在一株披揚着的橡樹下一片苔蘚上面坐下來。連微風都沒有；中午的亢熱使鳥兒停止了歌唱；祇有偶然發自遠處的啄木鳥的啄木聲間或衝破如死一般的沈寂，這似乎反使寂靜和冷漠的意味更加深切了。他滿懷悒鬱；他的心情正和他的周圍一致。他膝擱着肘，手支着頤，儘坐着默想。在他看來，生命只是煩惱；他着實羨慕那新近去世的基美·荷奇斯。他想，倘得長眠地下，任風吹過樹叢飄動墓上的花草，永無掛念，永無憂慮，那委實是非常安寧的事啊。只要他在主日學校有了清淨的記錄，他就可以死，一切可以解決了。至於對於那姑娘，他更有甚麼顧慮呢？一點都沒有。他用盡心計，卻遭白眼。總有一天她會得懊悔過來的——可是已經太晚了。啊，他恨不得立刻死去呵。

可是柔軟的少年人的心腸是不會固執着不變的。湯姆不知不覺的就游想到繼續活着這方面來了。如果他立即旋轉身走，神祕地逃亡，那就怎麼樣？如果他走開去，一直遠遠地走開去，走到海外不知名的地方——永不囘來，那就怎麼樣？那時候她會感到怎樣？扮一個丑角的主意他想起來了，徒然給了他一個不快之感。輕浮的舉動，笑謔的聲調，以及緊窄的光怪陸離的服裝，對於那昇入渺茫而莊嚴的浪漫境域內的靈魂都是討厭的。丑角他是不做的，還是做一個兵士吧，過了長久纔囘來，威武而且煊赫。也不，還有更好的，他要聯合印第安人去征伐北卡羅來納居民，從事戰爭於山嶺間及無人跡的遠西的大平原上。到了將來，一個大將軍囘來了，戴着羽冠，塗着彩色，在某個昏沉沉的夏日早晨昂步走進主日學校，唱着令人戰慄的得勝戰歌，引起同伴們的無窮羡慕。可是這個他也不願意做，還有比這個更偉大的哩。他總得做一個海盜！他的前途很明白的呈在他的面前，顯着無限的光彩。他的名字將怎樣的天下皆知，怎樣的令人震顫！他將怎樣傲慢地乘了那名叫「風波的精靈」的長而淺的黑船駛行於掀起狂浪的海上，船頭豎起一面威武的旗幟！他的威名達了頂點時，他將怎樣的突然出現於故鄉，步入那經風雨摧蝕而呈褐色的禮拜堂，身上是黑色天鵝絨的緊身衣褲，碩大的長統靴，猩紅色的腰帶，佩着馬槍的皮帶，插在腰邊的發銹的短劍，披着羽毛的垂邊帽，展揚着的黑旗上畫着骷髏和鐮刀。（這是死神的象徵——譯者）他聽到大衆低語道：「他就是海盜湯姆·莎耶！西班牙海的黑俠盜！」那時候他眞得意極了。

是啊，他的前程已經決定了。他決意逃開家鄉去幹海盜的事業。他決意明天早晨就動身。所以他就得把他的資財收拾攏來。他走到近旁的一株朽木旁，用他的「巴洛式」刀在朽木的一端的下面掘着。不久他就掘到一塊木頭上面，發出空洞的聲響。他一隻手放在那里，鄭重地說着咒語：

「還沒有來的，就來吧！已在這裏的，留着吧！」

他扒開泥土，顯出一塊蓋屋的松板來。他把松板移開，下面露出一座不整齊的小小的寶庫，四周及底脚用木瓦砌成。在這寶庫中間，放着一粒石彈。湯姆十分驚異。他惘然搔首，說道：

「喲，糟透了！」

他使性把石彈丟開，站着思量。實情是這樣：一種迷信，他和他的同伴們視爲不會失敗的，現在居然失敗了。如果你唸着某種適用的咒語埋藏一粒石彈，隔二星期又唸着湯姆剛纔唸過的咒語將埋藏石彈的地方掘開來，你就可以看到所有你從前一直散失的石彈，無論散失得如何廣，都聚集在這中間。可是這一回這事居然不成問題地失敗了。湯姆的全部信仰根本動搖了，他屢次聽到這事的成功，卻從來不曾聽到牠失敗過。他沒有想到他雖然親手試驗過幾次，後來卻總是找不到原來埋藏的地方的。他思索了一會，後來斷定是有妖魔破法的緣故。他只得用這理由解釋他的疑慮。於是他四面找尋，終於找到一塊小小的沙土，有一個漏斗形的窟窿。他躺下去，口對着窟窿叫道：

小蟲兒，小蟲兒，我要知道的事你告訴我吧！
小蟲兒，小蟲兒，我要知道的事你告訴我吧！

沙土開始移動，一個小黑蟲走出來，可是祇一瞬間又跳囘去。

「牠沒有說！所以這是妖魔破法無疑了。我確實知道啦。」

他很明白和妖魔鬬法是徒勞的，所以他就頹喪地把這念頭拋開了。可是他又想到他總得把剛纔丟棄的那一粒石彈找尋囘來。他耐着性找尋，仍然沒有找到。他便囘到他的寶庫旁，站在他先前去開石彈那時候他站着的位置；他又從口袋中拿出另一石彈來，向着同樣的方向擲過去，說着：

「朋友，找你的朋友去！」

他留心看着牠落在甚麽地方，便跑過去看。牠落着的地方大概是和原來那一粒落着的地方離得太遠，所以他沒有把那一粒找到。他又試了二次。最後一次居然成功。兩粒石彈距離不到一呎路。

正在這當兒，一陣低微的洋鐵喇叭的號聲從樹間吹過來。湯姆脫去馬甲和短袴，把吊袴帶當作皮帶，扒開朽木旁的柴草，這下面露出粗蠻的一副弓矢，一把板刀，一隻洋鐵喇叭，他立刻把這些東西都拿在手中，便向前跳躍，赤着足，襯衫飄揚着。不久他停在一株大榆樹下面，吹一聲回答的號，便點着脚趾走，悄悄地東張西望。他低聲說——對想像中的同伴說：

「守着，我的戰士。待我吹號再動手。」

這時候，霞·哈褒出現了，和湯姆同樣著着輕飄的衣服，攜着精妙的軍器。湯姆喊道：

「停住！誰到這 Sherwood Forest 來，沒有我的通行證？」

「Guy of Guisborne 是不要別人的通行證的！你是誰，敢……」

「敢說這樣的話，」湯姆立刻接着說；他們是在引用書上的話。

「你是誰，敢說這樣的話？」

「是我，正是我！我是羅賓漢，你這個小鬼兒還不知道嗎？」

「你當眞就是那個著名的匪徒嗎？那我很高興和你爭奪一番。我要打倒你！」

他們拿着板刀，把其餘的軍器丟在地上，擺成擊劍的陣勢，脚對着脚，開始嚴肅而謹愼的格鬭。大家站起來，大家俯下去。湯姆說：

「要是你是眞有本領的，大家打得起勁些吧！」

於是他們起勁地格鬭，弄得大家喘息流汗。過一會，湯姆喊道：

「倒！倒！你爲甚麼不倒？」

「我不倒！你自己爲甚麼不倒？你給我打敗了呢。」

「哪哪，這是沒有關係的。我不能倒。這不是書上說的樣兒。書上說，『於是反手一擊，他把 Guy of Guisborne 砍倒了！』你得旋轉身讓我擊在你的背上。」

書上當眞是這麼說的，霞便旋轉身，受了一擊，倒下去。

「現在，」霞站起來說，「你得讓我砍倒你。這纔算公平。」

「哪哪，我不要。書上不是這麼說。」

「不是這樣是不公平的。」

「但是喂霞，你可以做 Friar Tuck，或做 Much the Miller 的兒子，用 quarter-staff（六呎半長之棒，古時農民用作武器——譯者）打我；或者讓我做 Sheriff of Nottingham，而你暫時做羅賓漢，那就你可以殺死我了。」

這提議是滿意的，他們依照着幹過了。湯姆重又扮做羅賓漢，扮着羅賓漢到了後來創傷流血的樣子，霞便代表全部號咷的匪徒，把他拖了過來，把他的一張弓放在他的柔弱的手中，然後湯姆說，「矢落在甚麼地方，便把羅賓漢埋葬在甚麼地方吧。」他把矢放出，便向後倒下，宛如已死一般。可是他恰躺在刺草上面，便立刻跳起來了。

兩童子著上衣服，收藏軍器，動身走出樹林。他們惋惜着他門已不再是匪徒了，他們這個損失是任何現代文化所不能補償的。他們說，他們寧願在 Sherwood Forest 做一年的匪徒，卻不願終身做合衆國大總統。

第九章

晚上九點半鐘，湯姆和雪特照常上牀就寢。他們做了禱告，雪特不久就睡着了。湯姆卻醒着，焦急地等候着。他覺得大快亮了，而時鐘剛鳴十下。眞是失望啊。他輾轉反側，卻又怕驚醒了雪特。他耐着性兒靜臥着，眼睛向黑暗中瞧望。一切都寂靜得可怕。過了一會，在寂靜中發出輕微的模胡的聲音。時鐘的滴的聲格外清晰。陳舊的棟樑格格地響。樓梯上發出低微的吱吱咯咯的聲音。顯然是有鬼怪在外面。從坡萊姨母的寢室透出窒息而有節調的鼾聲。蟋蟀的唧唧聲開始鳴着，鳴聲不知道究竟在甚麼地方。接着，床頭牆上一個報死蟲的悽慘的鳴聲使湯姆毛髮悚然——這鳴聲是預告有人快死的。遠處的犬吠聲，引起更遠處更低微的應和着的犬吠聲。湯姆悲痛着。他一想到從此與塵世告別而轉入來世，便也滿意了。他開始打盹；鐘鳴十一下，他沒有聽到。他在半夢境中聽到一聲十分陰鬱的貓叫。鄰室的開窗聲驚醒了他，一聲「呸！賤畜生！」和一隻空瓶落在姨母的披屋上的破碎聲使他完全清醒。他立刻披上衣服，爬出窗口，沿着屋頂四方匍匐。他謹慎地匍匐着，間或做一聲貓叫；他跳落到披屋頂上，從披屋頂跳落到地上。赫克萊培來·芬已等在那里，攜着他的死貓。兩童子移身向昏暗中走去。半小時後他們在墓場上的蔓草間跋涉着。

這是一個古式西方的墓場，位置在離村莊約摸一哩半路的一個小山上，周圍繞着一大圈的籬笆，有的向裏傾倚，有的向外傾倚，卻沒有一處挺直的地方。全場蔓草叢生，把許多老坟墓都遮住了。全場不見一塊石的墓碑，只見圓頂的朽腐的木牌在墓上東倒西歪地插着。在這些木牌上面是曾經寫過「某某之墓」這些字的，可是到了現在都模胡得不能認清，卽使用燈火照看也沒有用。

樹上發出柔弱的風聲，湯姆害怕這或者就是死人們的幽靈因被攪擾而在埋怨着，兩童子不說話，只透出呼息的聲音；那樣的時候，那樣的地方，以及瀰漫着的嚴肅與靜默，重重壓上他們的心頭。他們找到了一個簇新的坟墓，便躲身在離墓數呎枝葉集成一團的三株楡樹下面。

他們靜悄悄地等候了許多時候。遠處的梟鳴聲偶然驚破死一般的沈寂。湯姆有點不耐煩了。他想非說話不可。他低聲說：

「赫克，你相信這里有死人們的靈魂嗎？」

「我相信。這樣的嚴肅，可不是？」

「一定是。」

兩童子靜默了好一會，心中卻在打算着。湯姆低語道：

「喂，赫克，你以爲荷史·威廉聽見我們的談話嗎？」

「他當然聽見的。至少他的靈魂聽見的。」

湯姆停一會纔說：

「我應得叫他威廉先生纔好。但是我是一點沒有惡意的。別人都叫他荷史呢。」

「對於一個死人是不需要特別的稱呼的，湯姆。」

談話又停止了，——湯姆突然拉住了同伴的臂膀說道：

「嘶！」

「是甚麼聲音，湯——姆？」兩人緊抱在一起，心頭突突地跳着。

「嘶！又響起來了！你聽見嗎？」

「我——」

「那！個這一回你聽見了！」

「天哪，湯——姆，他們來了！一定他們來了。我們怎樣好呢？」

「不忙！你想他們會看見我們嗎？」

「唉，湯姆他們和貓一般的能在黑暗中看見東西。我懊悔到這里來。」

「唉，別着慌。我不相信他們會來和我們胡鬧的。我們一點沒有傷害他們啦。我們祇要完全靜默着，也許他們不會注意到的。」

「我試試看，湯姆，但是天哪，我戰慄着哩。」

兩童子把頭靠攏一起，屏息着含糊的語音從墓場的遠處浮漾過來。

「看哪！那邊！」湯姆低聲問「這是甚麽？」

「這是鬼火。唉，湯姆，可怕哪！」

幾個模胡的影像從黑暗中移動過來，一隻舊式的洋鐵燈搖擺着，無數的星光滿篩在地上。赫克萊培來在震顫中低語道：

「這是鬼來了，一定是的。有三個鬼！天哪湯姆，我們不好了！你會禱告嗎？」

「我試試看，但是你別害怕。他們不會傷害我們的。我們躺下來吧。」

「嘶！」

「是甚麽呀，赫克？」

「他們是人喲！至少他們當中的一個是人。我聽見老墨夫・巴透的聲音哩。」

「不見得吧。當眞嗎？」

「我敢說一定是他。你不要動。他還不至於看見我們哩。喝醉了酒和平常一樣，——

討厭的老酒徒！」

「是的，我不動。看不見他們了。他們又來了。他們跑得快。又慢了。又快了。好快啊！他們一直跑過來了。喂，赫克，我聽淸了別一個人的聲音；他是印瓊・霞哩。」

「是的——那個雜種兒！在黑暗中我幾乎把他們當作鬼怪。看他們跑到甚麽地方去？」

他們默不作聲，因爲那三人已經走到坟墓旁邊，站在離兩童子躱身處不過數呎的地方。

「找到了，」第三個聲音說。洋鐵燈擎起來，映出年輕的魯濱孫醫生的臉龐。

巴透和印瓊・霞扛着一具舁牀，當中放着一條繩索和兩隻鐵鏟。他們把舁牀放在地上，開始把坟墓掘開來。醫生把洋鐵燈放在墓頂，走過來背靠着一株楡樹坐下。他和兩童子這麽近，他們能夠伸手碰到他。

「快些，你們！」他低低地說。「月亮快透出來了。」

他們應和了一聲。繼續掘着。好一會兒，一點沒有聲音，祇有從鐵鏟中倒出泥沙來的沙沙聲。這聲音單調得很。後來，鐵鏟碰着了棺木，發出沉滯的一聲。在其次一瞬間，他們已把棺木扛落到地上。他們用鐵鏟撬開棺蓋，將屍體粗魯地拋在地上。月亮透出雲外，映照着慘白的屍臉。他們把屍體扛入舁牀，蓋上一條毛毯，又用繩索縛住。巴透拿出一把大彎刀來，割去拖曳着的繩尾，隨後說道：

「喂，預備好了，外科醫生，你得拿出未付的五元來，否則讓牠擺在這里。」

「說得不錯！」印瓊．霞說。

「哼，這話怎講？」醫生說。「你們說要先付錢的，我已經付給你們了。」

「喂，我還有事情要對你講啦，」印瓊．霞說着，走到醫生身邊，這時候醫生已起身站着。「五年前，有一天晚上，我走到你父親的廚房中向你討些食喫，你把我攆走，說我是一個壞蛋；我發了一個日後總得向你報復的誓，你的父親便把我當作無賴漢送入獄中。你以爲我忘了這事嗎？印瓊是有血氣的。這一回落在我手中了，我是不饒你的！」

他舉拳向醫生恫嚇。醫生驟然一推，把他摔在地上。巴透丟下他的刀，嚷道：

「喂，你不能打我的同伴的！」他隨卽和醫生扭做一團，兩人全力掙扎着，在草地上打滾。印瓊・霞跳起來，眼睛迸出火。他拾得巴透的刀，像貓一般的爬過去，在兩人的左右盤旋，伺候着動手的機會。醫生偶然一脫身，立卽抓住威廉墓上一塊笨重的木牌，向巴透一擊，把他摔在地上；這瞬間，雜種兒眼見時機已到，便一刀刺入醫生的胸膛，幾乎連刀柄都沒入了。醫生搖搖擺擺地倒在巴透的身上，兩人共浴在血泊中。月亮似乎不忍瞧視悽慘的景象，躲入黑雲中去，同時那受了驚嚇的兩童子在黑暗中跑走了。

月亮又透出來，印瓊站在兩個人體傍邊，注視着他們。醫生含胡地喃喃着，繼而發出一兩聲深長的殘喘，便靜止了。雜種兒喃喃地說：

「如今可消了心頭的怨恨，你這個討厭的東西。」

他把醫生的屍體搜索一番，隨卽把那殺人的刀放在巴透的右手中，便坐在空棺木上等候着。過了三——四——五分鐘，巴透開始移動着，呻呼着，他的手緊握着刀。他舉手看一看，便喫了一驚，把牠丟下了。他坐起來，推開壓在身上的屍體。他惘然地看着他又看看他的周圍。他看到了霞。

「天哪，是怎麼一回事，霞？」他說。

「你幹了醜事啦！」霞泰然地說。「你為甚麼幹這事？」

「是我！我決沒有幹過這事！」

「看哪！你還抵賴得成！」

巴透顫抖而且失色了。

「我記得我是清醒的。今天晚上我沒有喝醉酒。可是現在我卻有些酒意——不及來時那樣清醒了。我昏透了；甚麼都記不起來。告訴我，霞——老實告訴我吧，老朋友——當真是我幹的嗎，霞？我決沒有殺死他的存心；我可以發誓。霞告訴我我怎樣把他殺死的，霞啊，好悽慘喲，他是這麼年青有望啊！」

「哪哪，你們兩人扭打着，他抓住一塊木牌擊在你身上，你便倒下了；你站起來，搖搖擺擺地，拿出刀來刺入他的胸腔，那時候他正好又向你作猛烈的一擊，你也就倒在地上，昏睡着直到現在才醒。」

「唉，我一點沒有知道我自己幹着的事。要是我知道的話，我願就立刻死。這完全是喝了酒的緣故，我想。我一生從來沒有用過武器，霞。我曾經鬬毆過，卻從來沒有帶武器。他們都這麼說。霞，別告訴人！你說你不告訴人，霞；那才是我的好朋友。我一直和你愛好的，霞，而且我也曾經幫助你過。你記得嗎？你千萬別告訴人，行嗎，霞？」可憐的巴透跪倒在兒手的前面，雙手緊捧着。

「不告訴人的，你一直和我愛好，墨夫．巴透，我決不辜負你。這是很公道的。」

「哎喲，你眞是一個天使哪。我一生不忘你的恩惠。」巴透開始號哭。

「喂，夠了。現在不是號哭的時候。你向那條路走，我向這條路走。就動身走吧，別遺留一點蹤跡在你後面。」

巴透越走越快，終於奔跑而去。雜種兒卻站在後面目送着他。他喃喃地說：

「要是他當眞喝醉了酒而且被敲昏了，他是不會想起遺落在這里的一把刀的，卽使他走遠了才想起他也不敢獨自囘轉到這里來的——膽怯的東西！」

二三分鐘後，那被殺的八，那覆着毡毯的尸體，那無蓋的棺木，那掘開了的坟墓，陰森森地陳列在月光下，誰也不來照顧牠們。一切重又囘復完全寂靜的光景。

第十章

兩童子跑着，跑着，向村莊跑着，嚇得不敢說一句話。他們時時小心地向後張望，怕有甚麽東西在追踪着他們。路上每一株突起的斷榦，宛如一個猙獰的人形，嚇得他們屏斂呼息；他們打村莊鄰近那些零落的小舍旁跑過時，犬吠聲大作，他們飛一般的逃奔。

「但願我們一下子趕到那老製革場！」湯姆屏息着低語。「我跑的乏了。」

赫克萊培來沒有回答，祇是喘息着；他們眼睛釘住了目的地，奮勇前進。一會兒，他們奔到製革場，進了門口，便倒臥在地上。他們又疲倦，又喜悅。過了片刻，他們平靜下來，湯姆低語道：

「赫克萊培來，你猜這事情會弄到怎樣的地步？」

「如果魯濱孫醫生死了，那就絞刑是免不了的，我想。」

「你這樣想嗎?」

「哪哪，我料得到的，湯姆。」

湯姆思量了一會；他說道：

「誰聲張這事呢?我們嗎?」

「你胡說！倘然有了甚麼變故，給印璦逃出了死罪，他遲早一定要殺死我們的，這是，正和我們躺在這里一樣，確然無疑的事呵。」

「我就正在這麼想，赫克。」

「要是還有別人聲張，那祇有墨夫·巴透一個人，他大概不至於這麼戇。可是他是常常喝醉了酒的。」

湯姆不說話，祇是思量着。一會兒，他低語道：

「赫克，墨夫·巴透沒有知道這件事。他怎樣會聲張呢?」

「他怎麼沒有知道這件事?」

「因爲印瓊·霞行刺，恰在墨夫·巴透喫着醫生猛烈的一擊的時候。他怎樣會看見呢？他怎樣會知道呢？」

「啊，原來如此，湯姆！」

「而且，喂——也許那一擊已經結果了他的性命！」

「不，那是不會的，湯姆。他喝醉了酒，我看得出來；他是常常喝醉了酒的。祇看爹爹喝醉了酒的時候，你可以隨便抓住他，打他，可是無論怎麽樣他決不會受傷。這是他自己說的。墨夫·巴透的情形正和他一樣。倘然他是完全清醒的話，也許那一擊會斷送他的性命；我相信。」

湯姆又思量了一會，說道：

「赫克，你一定守祕密嗎？」

「湯姆，我們應得大家守祕密。你是明白的。如果我們洩露這事，而他們不把印瓊治罪，這個壞蛋便要殺我們，和殺兩隻貓一般容易。喂，湯姆，我們不必多說，應得大家立誓

——立一個守祕密的誓。」

「我同意，赫克。這是最好的事。你就舉手宣誓吧，說我們——」

「啊，不，不是這樣宣誓的。這樣的宣誓祇適用於平常的瑣碎事情——特別適用於向姑娘們宣誓，要她們回到你這邊來，要她們息怒——但在這樣重大的事情，是應得寫出來的。而且還要滴血。」

湯姆極端贊成這個主意。這是怎樣深沈淒厲的一個宣誓儀式啊！這時候，這地方，是最適宜於舉行這樣的儀式的。他從月光映照着的地上拾起一塊蓋屋的松板，又從衣袋中拿出一小片的紅赭石，就月光下鄭重地寫了下面的一段文字。他用舌尖插入擠緊的齒縫以加強每一筆慢慢地往下劃的筆勢，筆勢往上劃時，舌尖也給釋放了：

「赫克·芬與湯姆·莎耶共同立誓：彼等務須嚴祕此事；如有違犯，願立即倒斃。」

"Huck Finn and
Tom Sawyer swears
they will keep mum
about This and They
wish They may Drop
down dead in Their
Tracks if They ever
Tell and Rot."

赫克萊培來着實羨慕湯姆的書法的嫻熟和語氣的宏壯。他立即從衣襟拿出一枚扣針，預備刺入皮膚，湯姆卻說道：

「停住。別刺入。扣針是銅製的。上面難保沒有銅綠。」

「銅綠是甚麼？」

「銅綠是毒物。你祇把牠吞食少許——就會明白的。」

湯姆拿出一枚帶線的針來，把線解開；兩人用針刺在拇指的關節上，用手一擠便滲出一滴血來。

擠了好幾次，湯姆動手簽名，把他的手指關節當作一枝筆。他又叫赫克萊培來也簽了名，誓書便完全了。他們把松板埋在壁下，同時他們唸着咒語，舉行悲壯的儀式。在他們看來，他們已經把箝制他們的口的桎梏鎖住而把鑰匙去棄了。

一個影子在破房子別一端的間道悄悄地爬動，他們卻沒有注意到。

「湯姆，」赫克萊培來低語道，「這樣立了誓，我們就得從此永遠守祕密嗎？」

「自然囉。無論如何，我們必須守祕密。我們要倒斃的——你還不明白嗎？」

「是的，我也這樣想。」

他們繼續低語着。不多時，他們聽到一陣不絕的悽厲的犬吠聲，恰在屋外——離他們不到十呎路兩童子頓時大喫一驚，相互緊抱着。

「牠對我們那一個叫？」赫克萊培來喘息着說。

「我不知道——從隙縫中看一看吧。快呀！」

「我不要看，你看吧，湯姆！」

「我不會——我不會看的，赫克！」

「請看吧，湯姆。吠聲又起來了！」

「啊，天哪，傲倖得很！」湯姆低語着。「我聽出牠的聲音來哩。這是哈賓孫的狗步兒哩。」

「啊，這才好哩。湯姆，我幾乎嚇死了；我本來猜定牠是一隻野狗。」

犬吠聲又起兩童子重又擠憂。

「哎喲！不是步兒啦！」赫克萊培來低語着。「你看一看吧，湯姆。」

湯姆依從他的話。他帶着戰慄向隙縫中窺看。

「啊，赫克當眞是一隻野狗喲！」他的低語幾乎聽不出來。

「快，湯姆，快！牠對我們那一個叫？」

「赫克，牠必定對我們兩人叫——我們正在一塊兒哩。」

「啊，湯姆，我看起來我們難逃了。我看起來我是該受禍的。我平日幹了許多壞事。」

「說得不錯！這是因爲我平日逃學而且幹不應當幹的事情的緣故。如果我平日努力一點，我也能夠做像霄特一般的好人的——我當然不願意努力囉。但是如果這一回給我逃出，我賭咒上主日學校的時候嚴守規矩！」

湯姆開始微微啜泣。

「你壞！」赫克萊培來也微微啜泣着說，「胡說！啊，天哪，天哪，我祇希望和你一樣也就夠了呢。」

湯姆窒息着低語道：

「看哪，赫克，看哪牠轉身走了！」

赫克愉快地看。

「眞的牠轉身走了！」

「這是大好的事。現在我們放心了。」

犬吠聲停止了。湯姆細聽着。

「噺！是甚麼聲音？」他低語。

「響得像——像豬叫。不——這是有人打鼾喲，湯姆。」

「是有人打鼾嗎？在甚麼地方呢，赫克？」

「在那個角落裏，我相信我聽得出的。爹爹從前常常躺在那地方，伴着羣豬；可是他睡着的時候是不打鼾的。而且他已經外出，我料他不會再囘到鎭上來的。」

兩童子躍躍欲試，想看個明白究竟是誰在打鼾。

「赫克，你敢跟了我去看一看嗎？」

「我不大願意去，湯姆。說不定打鼾的就是印瓊哩！」

湯姆畏縮了。可是好奇的誘惑終於克服了畏葸兩童子決意試一試。他們預先說妥：一聽到鼾聲停止，他們就拔足奔逃。他們點着脚悄悄地走下去，一個在前，一個在後。當他們走到離那打鼾的人只差五步路的時候，湯姆一脚踏在竹竿上，發出尖銳的破裂聲。那躺着的人呻呼了一聲，側一側身，他的臉孔露出在月光下面。原來他就是墨夫·巴透啊。兩童子喫了一驚，而他們原來的恐怖卻隨着消逝了。他們點着脚走出去，沿破舊的板垣走去，走了一段路停下來，預備彼此說一聲告別的話。那不絕的淒厲的犬吠聲又在黑暗中起來了！他們旋轉身去，瞧見一隻陌生狗停在墨夫·巴透的近傍，昂首對着他看。

「啊唷！原來是牠！」兩童子同聲嚷。

「喂，湯姆，有人說兩星期前，在差不多半夜的時候，一隻野狗在瓊尼·密斐的家的周圍吠着；而且同日傍晚一隻怪鴟飛進他的家，停在闌干上鳴叫；但是到現在一個人也沒有死啦。」

「是，我知道的。也許一個人也沒有死。但是葛萊西·密婁不就是在星期六那天在廚房中被火灼傷的嗎？」

「是的，可是她沒有死。而且她的創傷漸漸痊愈哩。」

「你等着瞧吧。她的性命終是難保的，正和墨夫·巴透的性命難保一樣。黑人們這麼說；關於這一類的事情他們知道得最詳細，赫克。」

他們分路回家，心中思量着。

湯姆爬進寢室窗口時，天色已經微明了。他十分小心地解衣就寢，私自慶幸着沒有誰發覺他半夜潛出的事情。他萬不料鼾聲如雷的雪特實在並未睡着，而且他這麼醒着已逾一小時了。

湯姆醒過來時，雪特已不在了。他從日光和空氣知道時候不早了。他喫了一驚。爲甚麼沒有人來叫醒他——讓他一直睡着到這麼遲纔起身呢？他覺得事情有些不妙。五分鐘後，他著上衣服走下樓梯去，感着酸痛和昏倦。家人仍聚在餐桌周圍，早餐已經完畢了。

他沒有聽到一句埋怨他的話，祇見衆人的眼光都避開他；靜默和嚴肅使犯了錯事的他心頭震顫着。他坐下來，勉强裝出嘻笑的神氣，但是沒有人對他微笑，沒有人對他說話，他也祇好斂起笑容，懷着深愁靜默着。

喫了早餐，姨母挈了他走到一旁，湯姆預料這是去受鞭撻無疑了；但是竟不然。他的姨母向他流淚，問他爲甚麼儘這麼淘氣，傷她的老心；最後叫他儘管去任意妄爲，自暴自棄，使他姨母這一條老命憂急的送掉也是好的，因爲她委實沒有方法再管束他了。這樣的話比打更利害，他心頭的疼痛勝過了他身體上的。他號哭，他討饒，再三說從此不再淘氣了，姨母才叫他退去。湯姆覺得姨母給他的饒恕是不完全的，她祇一半信任他的話。

他非常慘怛，甚至連仇恨雪特的念頭都沒有想起；所以雪特的急忙由後門遁避，委實是多事了。他無聊地踱入校中；爲了前一天逃學的緣故，和霞·哈褒同受了一頓鞭撻。湯姆似乎有重大的心事，不把這樣的小事放在心上。他就了自己的座位，肘支在書桌上，手托着頤，眼睛牢牢地釘視着牆壁。他的肘觸着一件堅硬的東西。過了許多時候，他才慢慢兒旋轉身，嘆一口氣把這一件東西拿起來。一張紙包裹着。他解開紙包。隨着，他發出一聲斷續而深長的歎息，他的心碎了。原來就是他的黃銅球啦！觸景生情，無限愁恨湧上他的心頭。

第十一章

中午時候，悲慘的消息驟然轟動了全村。一傳十，十傳百，那時候雖然還沒有電報，而消息的傳播卻和電報一般迅速。那一個下半天，學校教師自然停了課；要是他不停課，村中人一定覺得他異樣了。在被謀害的屍體的近傍找到一把凝血的刀，有人認識這把刀是墨夫·巴透所有的——大家這麼說。有人說，一個夜行客在後半夜一二點鐘時候遇見墨夫。巴透，他正在小溪洗澡，立刻便遁避了——這些都是疑點，尤其是洗澡，因爲這事在巴透是不慣常的。又有人說，官廳已向全村搜索這個『兇手，』還沒有着落。騎兵分頭向各路巡查，審判長確信兇手可在晚前捉到。

全村的人蜂擁到墓場去。湯姆的悲哀消失了，他加入了行列，並不是因爲他不願意到任何別的地方去，卻是因爲一種可怕的神祕的誘惑牽引了他向墓場走去。可怖的場所到達了，他的小小的身軀穿過了羣衆，悽慘的景象呈在他的眼前。他似乎覺得這時候距他前一次在這原處已經隔了一世紀。有人捻他的臂膀。他旋轉身去他的眼睛和赫克萊培來的眼睛會遇了。兩人立刻向別處瞧視，怕有人已經從他們相互的一瞥瞧破了甚麼。幸而大家都在談論，都在注視眼前的悲景。

「可憐人！」「可憐的青年！」「這是給盜墳賊的一個教訓！」「墨夫·巴透如果給捉住了是要絞首的！」這些是評論的要點。一個牧師說，「上帝的手臨到他身上，他受審判的時候到了。」

湯姆從頭到脚震顫了；因爲他看到了印瓊·霞的鐵板的臉孔。正在這當兒，羣衆開始動盪，幾人聲嚷着，「就是他，就是他！他他自己來了！」

「誰？誰？」二十個人聲嚷着。

「墨夫·巴透！」

「喂，他停住了！看哪，他轉身了！別放他走！」

在湯姆頭上的樹枝上的人說，「他並不是想逃走——他祇是疑懼而且慌張。」

「厚顏的兇手！」一個旁立者說；「他是來察看他的工作的，卻不防有人在這里。」

羣衆左右分開，審判長拉着巴透的手臂威武地穿過來。可憐人面色憔悴，眼睛顯出他的恐懼。他站立在被害者前面，像患痲痺症一般的搖擺着，掩面啜泣。

「不是我幹的，朋友們，」他啜泣着說；「我賭咒不是我幹的。」

「誰告發你的？」一個聲音嚷着。

這一句話提醒了他。巴透擡起頭來，悲慘而失望的眼光向周圍巡視。他看到了印璦·霞，便嚷道：

「啊，印璦·霞，你應許我決不——」

「這是不是你的刀？」審判長把刀拿給他看。

要是沒有他們把他拉住，把他平放在地上，他一定昏倒了。於是他說道：

「如果我不囘到這里來——」他顫抖着；他無可奈何地揮着他的柔弱的手說道，

「告訴他們吧，霞告訴他們吧——還抵賴甚麼呢。」

於是赫克萊培來屏息睇視，聽着殘忍的說誑者陳述他的滔滔的供詞，他們時刻盼候着晴天一聲霹靂把他殛斃，他們詫異着這一聲霹靂竟這麼遲延。等到他完畢了供詞仍然活生生地站立着時，他們想違背了誓約救出那可憐的無辜的犯人的生命這個起伏不定的念頭完全消失了，因爲顯然是有魔鬼附在這個惡徒的身上，而干涉魔鬼的權力是等於送死。

「你爲甚麼不避開呢？你爲甚麼要到這里來呢？」有人說。

「我禁不住到這里來——我禁不住到這里來！」巴透喃喃地說。「我原想避開，可是除這里外似乎竟沒有別的地方去了」。他又啜泣着。

印瓊·霞重又把供詞申述一遍，一樣的神色安閒，又立了誓；天上的霹靂始終不發，兩童子斷定是有魔鬼附在霞的身上的。於是在他們看來，印瓊·霞是一個異樣有興味的人物，他們兩雙迷惘的眼睛牢牢地釘住他的面孔，他們暗自打定主意，如果遇到機會他們要費幾個晚上伺候着他，希望看到一眼附在他身上的魔鬼。

印瓊·霞幫助着舁起屍體，放入搬運車中；震戰着的羣衆中有人低語，說屍體的傷洞微微滲出血來了！兩童子心中想，這幸運的情形或者會轉動羣衆的主意，把這一件寃獄挽回過來；可是他們終於失望，因爲他們聽到羣衆中有許多人說：

「屍體舁起來的時候，距墨夫·巴透祇差三呎路啦。」

這事情發生以後，湯姆因爲可怕的守祕密的信誓與激動着的天良交戰胸中，幾乎整整的一星期不能安睡。一天早晨用早餐的時候，雪特說道：

「湯姆，你整晚的輾轉反側，說着囈語，使我半夜不曾睡着。」

湯姆面色變白，眼睛下垂。

「這是壞症候哩，」坡萊姨母儼然地說。「你有甚麼心事啦，湯姆？」

「沒有甚麼。我不知道有甚麼。」湯姆雖然這麼回答，他的手卻顫抖得把咖啡溢出杯外了。

「而且你還說這樣的囈語，」霉特說。「昨天晚上你說『這是血，這是血，原來是血！』這句話你重覆說了幾遍。你又說『別斷纏我——我要說出來了。』說出甚麼來？你要說出來的是甚麼？」

湯姆記起誓約。他害怕一說出來便會遇到怎樣的禍害。幸而姨母臉上的難色消退了，她不再追究他了。她說：

「哦！原來是那件人命案。我自己也幾乎每夜做這個夢。有時我夢見兇手就是我。」

瑪麗說，她也同樣的感受刺激。這纔霉特似乎滿意了。湯姆用了狡猾的飾詞託故走開，以後他又宣稱牙疼一星期，每夜用綳帶縛住他的牙牀。他萬不提防霉特是每夜窺伺着的，他屢次鬆解湯姆的綳帶，昂着身靜聽了好一會，又把綳帶縛上。湯姆的悲痛逐漸減殺，他不耐煩再牙疼了。要是霉特當眞從湯姆的斷續的囈語探得了甚麼消息，他也是嚴守秘密的。在湯姆看來，他的同學們對於檢驗死貓這事是永遠幹不厭的，因此他的悲愁便也時刻湧上心頭。霉特覺察到，湯姆本來遇有新鮮的玩意兒總是做一個先鋒的，現在居然連一次死貓檢驗官都不做，甚至連一次證人都不做——這是怪異的；他又覺察到，湯姆現在甚至顯然憎厭檢驗死貓這事，常常設法規避。雪特暗自納罕。幸而檢驗死貓的事後來不風行了，這纔平靜了湯姆的天良。

湯姆在悲痛未泯的期間，每隔一二日，他輒伺候機會，跑到監獄的小鐵格窗邊，把手中可握的微小的慰勞品私送給那「兇手。」監獄是村邊沼上一座卑陋的磚屋，沒有一個看守的人；原來這監獄是難得有犯人光顧的。這些慰勞品大大地幫助着平靜湯姆的良心。村民十分希望將印瓊·霞塗上色彩，披上羽毛，遊街示衆，以懲罰他盜墓的罪愆，可是大家覺得他是不好惹的，誰也不敢出頭做先鋒，這希望使終於沒有實現。印瓊·霞在陳述口供的時候，非常留意沒有提及格鬬以前盜掘墳墓這一回事情；所以大家認爲最好還是把這件案子的審理暫時延擱起來。

第十二章

湯姆心中的祕密的紛擾消失了，這當然有許多原因，其中的一個是他在了一件新鮮而有力的心事。裴基·薩邱幾天不到校了。湯姆撐着傲氣，想把她不放在心上。可是終於失敗。他開始在她的父親的家的周圍徘徊着，幾個晚上徘徊着，感着非常悲傷。她害病了。如果她死了便怎麼樣呢！他想得昏亂了。他再也不想從事戰爭，甚至再也不想做一個海盜。生命的美麗已經消逝，遺留的祇是感傷。他丟棄了鐵環，丟棄了擊球棒，他對於這些東西毫無興趣了。他的姨母憂慮着；她開始用各種的藥物療治他。有些人迷戀各種專賣的藥品以及一切增進健康與回復健康的新鮮方法，坡萊姨母便是其中的一個。她在這方面是一個成癮的實驗家。她遇見一個關於這方面的新鮮的發明，便熱狂地立刻拿來應用；並不應用在她自己身上，她是從來不害病的；卻是應用在近便的任何人身上。她定閱各種「衞生」雜誌。雜誌所載關於如何流通空氣，如何就寢，如何起牀，食何物，飲何物，如何運動，如何操心，著何種衣服等等一切陳腐的東西，她都奉爲福音，她從來沒有覺察到這一期衞生雜誌所載的文字常和前一期所載的完全抵觸。她是一個頭腦簡單的老實人，所以她最容易受欺。她蒐集了各種「江湖」衞生雜誌，各種「江湖」藥品，自以爲能夠療治百病，卻沒有想到自己並不是一個「醫仙」。

水療法是新花樣，湯姆的症候給她一個試驗的機會。每天早晨，她叫他走到太陽下面，叫他站在木棚當中，用一股冷水淋在他身上；隨後她用一塊毛巾像剉刀一般的在他身上磨擦；隨後她用一塊溼被單把他裹住，又用氈毯覆在他身上，直到他遍身出汗。玻萊姨母雖然這樣費力，湯姆卻逐漸逐漸變得越加委頓，蒼白而且悒鬱了。她添用熱水浴，坐浴，淋浴及投水浴。然而湯姆依然沒有起色。她開始用燕麥食品及起泡藥膏補助水療法。她很當心的計算分量，又每天叫他喫一種「江湖」萬應藥。

這時候湯姆變得非常陰鬱。老婦人看到這情形非常擔憂。這個陰鬱無論如何總得把牠打動才好。她第一次聽到有一種解鬱藥水。她買了許多來。她嘗嘗滋味，覺得滿意。這藥水像火一般的暴烈。從此她把水療法和其他治療法都丢棄了，一味信任這解鬱藥水。她拿了一茶匙的藥水叫湯姆喫下去，焦急地伺候着可有甚麼效果。她的憂慮立刻消失，她的靈魂重又平安，因爲湯姆的陰鬱居然給她打動了。湯姆喫了這藥水，立刻激狂起來，像着了火一般的激狂。

湯姆覺得他應該從此振作起來，他的生活似乎已經夠荒唐了，可是他不知道怎樣入手纔好。他思量各樣的策略，最後決定從佯稱愛喫那解鬱藥水着手。他這麼頻頻地向姨母討藥水喫，至於她覺得厭煩起來，叫他自己拿來喫。如果他是雪特，那就她一點沒有疑慮；可是因爲他是湯姆，她才暗自留心那藥水瓶。她發見藥水確實淺下去了，她那里料到湯姆是拿了這藥水去療治那坐憩室地板的裂縫的？

一天湯姆正在餵藥水給裂縫喫，姨母的一隻黄貓走過來，呼呼地叫着，貪饞地注目着茶匙，似乎想討一口嘗嘗滋味。湯姆說道：

「除非你要喫這藥水，別來討這藥水，彼得。」

彼得表示牠當眞要喫這藥水。

「你一定要喫？」

彼得表示一定要喫。

「現在你要求喫藥水，所以我就把藥水給你喫，這不是我的主意；可是如果你發覺藥水滋味不好，你不能怪誰，祇怪你自己。」

彼得表示同意，湯姆就動手撬開牠的嘴巴，把解鬱藥水灌下去。彼得一跳跳到二碼高，發出一聲狂叫，在屋中亂躥，傢具給牠撞翻了，花盆給牠打落了。牠豎起前脚，左右跳躍，昂着首狂叫，表示牠的難以鎭定的喜悅。牠又在屋中亂奔，一路上給牠弄得凌亂毀壞。坡萊姨母走入屋中時，彼得正好翻了幾個連疊的觔斗，喝了一聲最後的有力的采，從開着的窗口跳出，花瓶的碎片帶在牠身上。老婦人慌張得呆住了，從眼鏡片上方望出去；湯姆躺在地板上，吃吃地笑着。

「湯姆，那貓兒究竟害了甚麼病？」

「我不知道，姨母，」童子喘息着說。

「怎麼我從來沒有看見牠這個樣兒。甚麼東西弄得牠這個樣兒？」

「我當眞不知道，姨母；貓兒們在喜悅的時候常常是這個樣兒的。」

「當眞嗎，當眞嗎？」她的音調凜凜然。

「是的。是這樣，我相信牠們是這樣。」

「你相信？」

「是的。」

老婦人俯下身去，湯姆焦急地留神看着。他瞧破她的用意已經太晚了。那洩漏祕密的茶匙柄顯露在牀幃下面，給坡萊姨母瞧見了。她把牠拾起來。湯姆縮一縮身，眼睛向下。坡萊姨母扭住他的耳朵把他舉起來，用針箍重擊他的頭部。

「喂，孩子，你爲甚麼要這樣對待那隻可憐的不會說話的小貓？」

「我這樣待牠是爲了可憐牠——因爲牠沒有姨母啦。」

「沒有姨母！——你這個蠢東西。牠要姨母做甚麼？」

「用處多得很哩。因爲牠如果有了一個姨母，她會自己把牠烤壞的！她會烤焦牠的臟腑，正和生人一樣的殘忍！」

坡萊姨母驟然動了憐憫悔恨的念頭。她恍然領悟了；對於貓兒是殘忍的事情對於孩子也許是一樣殘忍的。她開始軟化；她覺得抱歉。她的眼睛微微潤溼了，她一隻手放在湯姆的頭上，柔和地說：

「我用意是好的啦，湯姆。而且湯姆，這藥水委實有好處給你啦。」

湯姆擡頭向她的臉上看，從他的嚴肅的神氣可以看出一道閃爍的眼光，他說：

「我原知道你用意是好的，姨母，我對於貓兒也同樣用意是好的。而且我也有好處給牠哩。我從來沒有看到牠這麼快活——」

「唉，隨你去吧，別再來和我爲難。看你會不會成一個好孩子，你也不必喫甚麼藥了。」

湯姆先時到校。這是一件奇怪的事，而他近來竟每天到得這麼早。他並不是在和同伴們遊嬉，卻是在校門口徘徊。他扮出一幅向各方面瞧望的神氣，而他眞正在瞧望的一方面——路的那一面——他反故意避開。不久，及夫·薩邱走來，湯姆的臉上有喜色了；他注視了一會，惆悵地旋轉身去。及夫·薩邱到了他跟前，他先開口對他談天，逗引他說出關於裘基·薩邱的話，而這個戇直的孩子竟完全不識風頭。湯姆伺候着伺候着，每逢一件飄揚着的女外衣映入他的眼簾，他便頓時欣喜，等到他看明白這件外衣的主人不是他的意中人時，他又憎恨她了。過了一會，女學生們全走過了，女外衫再也望不到一件，湯姆十分懊喪。他踱入空洞的教室，坐下來納悶。又有一件女外衣在門口出現，湯姆的心頭大大地一跳。他立刻奔到外面，喊着，笑着，追逐着孩子們，不顧性命地跳躍籬笆，翻觔斗，豎蜻蜓——各式各樣地賣弄着，同時留心窺伺着裘基·薩邱有沒有看到他。她似乎全沒有看到他的舉動；她絕不對他看。難道她會不知道他在這里嗎？他走到她的貼旁去賣弄；一壁呼喊一壁跑，抓住一個孩子的帽子擲到屋頂上，擠入一羣孩子的隊中，使他們四面紛披伸直了四肢跌倒在裴基跟前，幾乎把她撞倒了。她旋轉身，昂着頭理也不理。湯姆聽見她說道，「哼，有些人自以爲怪伶俐的——一味的賣弄着！」

湯姆非常羞愧。他打定主意，垂頭喪氣地逃走了。

第十三章

湯姆的主意打定了。他變得悒鬱而且暴戾。他是一個被棄的孤苦的童子，他說；沒有人眷戀他：如果他們發見他們已經把他逼成怎樣的地步，也許他們會抱歉的；他企圖善行與上進，他們卻不許他這樣幹；既然他們一味想拋棄他，他就遁避了吧；而且讓他們責備他幹了他們逼他去幹的事情吧——他們怎麼不會責備他呢？孤苦的孩子向誰訴說呢？是啊，他們果然逼迫他幹違法的事業去了。他沒有第二條路可走了。湯姆且走且想，不覺已到了牧場的遠處，學校的上課鐘聲隱約地從空中浮漾過來。他想到從此不再聽見這日常聽慣的聲音，便啜泣了——這是很難受的，然而他是不得已的啊；既然他們把他驅入冷酷的世界，他是無法擺脫的——但他卻原諒他們。於是他啜泣得又響又急了。

正在這當兒，他遇見他的心腹朋友霞•哈褒——眼光尖銳，顯然有重大的心事。很明白的，他們是同病相憐的一對。湯姆用袖子揩拭眼淚，開始泣訴：他不願再在家忍受殘虐和冷酷，決意漫遊大地，永不回來；最後說希望霞不要忘掉他。

可是這個正是霞對於湯姆的請求，他跑來找尋湯姆，也正是爲着這事啊。他的母親打了他，說他偷喫了乳酪，可是他委實絲毫不曾嘗過；這是顯然的，他的母親厭惡他，不要他在一起；她既然這樣存心，他是無法反抗的；他希望她愉快，永不爲了把她的可憐的孩子驅入冷酷的世界去受磨難以至於死而後悔。

兩童子一路行着，懷着同樣的悲哀；他們約定結爲兄弟，共嘗艱險，永不分離，直至於死。於是他們開始設計。霞的計畫是去做一個隱士，住在深山地穴，凍餓哀痛以至於死；後來他聽了湯姆一番話，承認非法生活有種種顯明的便宜，便也同意去做海盜了。

離聖彼得堡三哩，密士失必河的幅面展至一哩餘廣，那兒有一個林木叢生的狹長的島，島端有一個淺灘，是一處適宜的會集的場所。這島沒有居民，向另一岸伸張開去，島上是一片濃密而荒野的森林。這樣他們便選定了約克孫島。至於他們向誰劫掠這一層他們卻沒有想到。繼而他們找到了赫克萊培來，芬他立卽加入他們的團體，因爲在他看來各種事業都是一樣的，原來他是一個無可無不可的人。不久他們分頭走開，預約到了半夜，在過村莊二哩的河灘上一處僻靜的地方相會。那里有一隻小木筏，是他們預備去劫奪的。各人須得攜帶釣竿和魚鈎以及他們可以用神祕的方法偸竊的各種東西——因爲他們已經做了匪徒了。在那一個下午，他們到處告訴同伴，說村中快要有甚麼事故發生，而且告誡他們須得靜默等待。

約模半夜到了，湯姆帶了一段熟火腿和幾件零碎東西來到，停在那長着濃密的矮林的一個高崖上面，俯瞰那預約的聚會地。星光燦爛，萬籟俱靜。雄偉的河流宛如平靜的海洋。湯姆聽了一會，一點沒有聲音。於是他發出一聲低微而淸楚的吹唇。從高崖下面聽到應和的聲音。湯姆重又發出兩聲吹唇；同樣聽到應和的聲音。於是一個謹愼的聲音說道：

「誰在那里？」

「湯姆・莎耶，西班牙海的黑俠盜。報你們的名字來。」

「紅手赫克・芬，和海上霸王霞・哈褒。」這幾個名字是湯姆從他愛讀的書上引用來的。

「不錯。報口令。」

在寂靜的昏夜，從兩個粗厲的低語聲，同時說出同一恐怖的字：

「血！」

於是湯姆把他的火腿從高崖上面滾下去，他自己也隨着滾下去，把皮膚和衣服都有點兒扯破了。從高崖到河沿原來是有一條平坦的路的，可是他如果向這條路走下去，他便顯得缺乏海盜的冒險精神了。

海上霸王帶了一方醃肉來，幾乎把他累死了。紅手赫克・芬偸了一隻長柄鍋子，幾片半乾的菸葉，幾枝當作烟管用的玉蜀黍桿。可是除他自己外，誰也不會抽菸的。西班牙海的黑俠盜說，沒有火是不能動手的。這眞是一個高明的意見；那時候火柴是沒有人知道的。他們瞧見百碼路外有一隻木筏，上面冒着烟火，他們便悄悄地走到那里，爬上木筏。他們把這當作一件堂皇的冒險事業，時時喊「咄咄！」驟然用手指放在脣邊停住不動；手握着想像的刀柄移動着；低聲發出號令：如果遇見敵人，便一刀把他殺死，因爲人死了便不會洩漏祕密了。他們明知道筏夫們全都走到村莊去購物或行樂，可是他們卻並不因此就放棄他們的海盜的行爲。

他們立卽把木筏駛開去，湯姆發號令，赫克駕後槳，霞駕前槳。湯姆站在木筏中央，蹙額交臂，用低微而嚴肅的音調發着號令：

「靠風駛行，把船頭向風掉轉！」

「唯，唯，朋友！」

「穩定些！」

「穩定的，朋友！」

「駛急些！」

「駛急的朋友！」

童子們緩慢地單調地把木筏駛向河流中央，他們明知道這些號令祇是裝腔作勢並不當眞含有甚麼意義的。

「張着甚麼帆？」

「桅帆，頂帆，三角帆，朋友！」

「張最上桅帆，上中前桅，你們半打人起勁些啊！」

「唯唯，朋友！」

「張開大二接桅帆！帆脚索和轉帆索我的心腹們！」

「唯，唯唯，朋友！」

「把舵向左舷！風來了！靠左舷靠左舷朋友們穩定些！」

「穩定的，朋友！」

木筏駛過河的中流；童子們對準船頭，用力划槳。在以後的四十五分中間，他們一句話也沒有說。木筏駛過遠望可見的他們的村莊的前面二三枚閃爍的燈光顯示這村莊的地位，在那映照着燦爛的星光的大江的對面平安地靜睡着，沒有發覺那已經發生的大變故。黑俠盜交臂靜悄悄地站着默想，想着從前的歡樂與近頃的磨難，希望「她」會望見他遠在海上，以無畏的精神，猙獰的微笑，對付危險，遭受劫數。其他二海盜也在默想，他們默想得這麽長久，至於他們忘記木筏已經駛過了他們的目的地。他們發見這情形，才向後回駛。約摸早晨二句鐘，木筏泊在島外二百碼路的沙灘上，他們來回奔走，把木筏上的貨物都搬上了。其中的一件是一張舊風帆，他們把這風帆張在矮木叢中一塊僻地上面，當作遮蓋器具的篷帳；他們自己在晴天是應得臥在露天的，因爲他們已經做了匪徒了。

他們就森林腹部的一塊大木頭生起火來，在油煎鍋上烤了些醃肉，和着他們帶來的玉蜀黍餅的一半喫下當作一頓晚餐。在荒蕪的沒有人跡的島上，就森林中作一回暢快的讌會，委實是一件極愉快的事。他們說從此不願再回到都市去了。升騰的火燄映照他們的臉龐，映照雄偉的樹榦，映照綠油油的樹葉叢和懸彩一般的葛藤。最後一片醃肉喫下了，最後一塊玉蜀黍餅吞下了，童子們喫飽了，便橫倒在草地上。他們很容易找到一處較涼爽的地方，可是他們着實不忍便捨棄了這個美觀的燎火。

「有趣嗎？」霞說。

「着實有趣！」湯姆說。

「倘然童子們看見我們，他們怎麽說？」

「說？他們祇是拚命要到這里來——呀，赫克？」

「我這樣想，」赫克萊培來說；「無論如何我是適宜的。我覺得比這里更好的地方沒有了。我從來沒有喫得這麽飽——而且在這里他們不會走過來打我，責駡我。」

「這地方正合我的生活，」湯姆說。「你到了早晨不一定要起來，你不一定要上學校去，洗濯，以及作其他可恨的蠢事。」

「你看一個海盜，霞，當他在岸上時，沒有一定要幹的事情，而一個隱士卻必須麼次禱告，而且他毫無樂趣，永遠兀自一個人。」

「啊，是喲，正是這樣，」霞說，「可是我從前卻沒有想到這情形。現在我試過做海盜了，不願意再做隱士了。」

「你看，」湯姆說，「目下的人們是不像古時一般崇拜隱士的，而海盜卻永遠受人尊敬。而且隱士須得臥在堅硬的地上，頭上披戴麻布和灰塵，還得到外面淋雨，還得——」

「他爲甚麼頭上披戴麻布和灰塵？」

「我不知道。祇是他們必須這樣幹。隱士們總是這樣幹的。如果你做了隱士，你也必須這樣幹。」

「我不願意這樣幹，」赫克說。

「那麼你幹甚麼呢？」

「我不知道。可是我決不願意幹那個。」

「哪，赫克，你必須幹的。你怎樣擺脫呢？」

「哪哪，我就是一個不忍受。我會逃走的。」

「逃走！那就你成了一個不中用的隱士。你是失體面的。」

紅手赫克·芬不作聲，專心幹他自己的事務。他正好把一枝玉蜀黍桿挖空，當作一枝菸管，裝上菸葉，用一塊火炭引了火，一縷芬芳的烟霧從他的口中噴出來；他十分得意。其他二海盜着實羨慕，私心打算在短時期內便學會這個玩意兒。不久赫克說道：

「海盜應該幹甚麼事呢？」

「啊，快活得很哪——劫船，燒船，把金錢埋藏在島上有鬼怪保護的陰森森的地下，把船上的人們都殺死——叫他們走板。」（掩目行經船側橫出之板上以落於海中，爲海盜殘害俘虜之方法——譯者）

「而且他們把女子帶到島上來，」霞說；「他們不殺女子的。」

「不殺的，」湯姆同意說，「他們不殺女子，因爲女子是高貴的，而且女子總究是美麗的。」

「而且他們著好衣服！啊，可不是嗎？全是金呀銀呀金鋼鑽呀，」霞熱烈地說。

「誰？」赫克說。

「海盜囉。」

赫克絕望似的注視他自己的衣服。

「像我著着這樣的衣服是不配做一個海盜的，」他悽惻地說；「可是除這幾件外我便一件也沒有哩。」

其他二童子告訴他，祇待他們的事業一動手，好衣服就會到手的。聽了他們一番話，他纔明白開始做海盜的時候是不妨著襤褸的破衣的，雖然富足的海盜們通常開始就著講究的服裝。

他們的談話逐漸冷淡，疲倦偷偷地壓上他們的眼皮。烟管從紅手赫克的手中溜落，他睡着了。海上霸王和西班牙海的黑俠盜比較不容易入睡。他們默誦了禱詞，便躺下去睡，因爲這里沒有一個有權力的人吩咐他們跪下與大聲背誦。照他們自己的意思，最好連默誦都省免，可是他們卻不敢這麽任性，因爲他們害怕會從天上突然發出雷霆來的。他們默誦了禱詞，便專心等候入睡——可是一個不速之客闖入了，他們不能揮去他原來就是他們的良心發現。他們開始想到他們這樣私逃是幹了一件錯事；他們第二想起偷竊食物的事，便越發覺得苦痛。他們試着自慰：他們對良心說，偷糖果和蘋果是他們常幹的事；可是這樣薄弱的巧辯不能緩和良心的刺激。他們很難瞞過那一定不易的事實，這便是：偷喫糖果還可以原諒，而偷取醃肉和火腿以及其他貴重的物件卻是顯明的純粹的竊賊行爲——是違反聖經上一條禁誡的。他們暗自打定主意，他們做一天海盜，便一天不再犯偷竊的罪戾以汚辱他們的事業。這才良心允許停戰，這些古怪的不澈底的海盜才平安入睡了。

第十四章

湯姆黎明醒來，懷疑他躺在甚麼地方。他坐起來，擦擦眼睛，向周圍張望；他纔恍然領悟了。晨光熹微；瀰漫於樹林間的安定和寂靜使人起一種平和幽靜的可喜的感覺。沒有一片葉子顫動；沒有一個聲音驚動大自然的沈默。葉上和草上凝集着露珠；一層灰燼罩在火的上面，透出一縷淡藍色的烟霧，升騰空中。霞和赫克還沒有醒。在樹林的遠處，一隻鳥兒叫一聲；別一隻鳥兒應和一聲；不久，啄木鳥的啄木聲聽到了。天色由灰而白，聲音逐漸繁增，生命逐漸展露。

一條青色的毛蟲在一張含露的葉子上面爬着，昂起牠的三分之二的身體「迴嗅」着；繼而又爬過去。湯姆看見這條毛蟲出於自動的向自己爬過來了，便像石頭一般兀坐不動；毛蟲忽而前進，忽而又似乎爬向他方，他的希望也隨着忽升忽降。後來毛蟲躊躇了一會，終於昂起身子，毅然爬到湯姆的腿上，開始在他身上爬行。這才湯姆全心喜悅了，因爲這預示他不久可以獲得一套新衣服了，——無疑的是一套華美的海盜軍裝。繼而一串螞蟻出現了，不知道究竟從甚麼地方來的，祇見牠們從事牠們的工作；有一隻螞蟻勇猛地抓住一隻比牠大五倍的死蜘蛛，把牠曳上樹幹去。一隻褐色的斑駁的瓢蟲正在攀登一張葉片，湯姆俯下身去對牠說道：

瓢蟲，瓢蟲，飛回家中去吧，
你的房屋失火了，你的孩子們孤另另的；

瓢蟲聽到他的話，果然振翼飛去了——這在湯姆看來是不覺得怪異的，因爲他知道牠是一種輕信失火的蟲，他戲弄牠已不止一次了。他又看到一隻蜣螂，扛着牠的笨重的甲殼；湯姆碰一碰牠，看牠把腿縮在身下裝假死。這當兒，羣鳥在空中噪亂起來了。一隻貓鳴鵲（一種北方的學舌鳥）停在湯姆頭頂的樹上，十分高興地顫聲效顰牠的鄰人們的鳴叫；一隻鳴聲尖脆的樫鳥掠下來，像一縷青烟似的，停在湯姆伸手可及的樹枝上，牠的頭扭向一方，好奇的眼睛注視着這幾個陌生人；一隻褐色的松鼠和一隻大的屬於「狐」一類的東西奔過來，時時坐下來向孩子們察看，向着他們啁啾；這些野東西大概從來沒有見過一個生人，所以牠們簡直連應否畏懼都無從知道。萬物完全清醒而且活動了。陽光穿過濃密的樹葉叢透到地面上，幾隻蝴蝶在陽光中紛飛。

湯姆喊醒了二同伴。他們呼嘯着跑出去，一二分鐘後，他們走到載着清澈的淺水的沙灘上，卸去了衣服，相互追逐翻滾。他們毫不想念隔河的那小村莊。他們的木筏因了河流的漲潮飄流到不知那里去了。這正是他們的愜意事，因爲在他們看來，失去了木筏猶如燒毀了連接在他們和都市中間的橋樑一樣。

他們回到營幕，覺得神氣清爽，滿肚高興；他們又覺得餓了；於是他們立刻把火生起。赫克找到近傍一縷清泉，他們便用橡樹和胡桃樹的葉子做成杯子。他們喝了幾口這靈氣所鍾的泉水，覺得甘美不下於咖啡。霞切開供早餐用的醃肉，湯姆和赫克叫他暫停片刻。他們二人走到河沿，抛下釣絲，不久便得到多量的收獲。霞等待片刻，他們二人攜着數尾美觀的鱸魚，一對Sun-perch和一尾小鯰魚囘來——供一家人下餐綽綽有餘了。他們把魚和醃肉一起煎炒。他們嘗了一嘗，覺得這一囘的魚味特別可口，這使他們驚異了。剛從清水中捉來的魚，就烹愈速，其味愈美，這道理是他們所不知道的；他們也沒有想到：他們的戶外睡眠，戶外運動，洗澡，以及其他種種促進食慾的事，都足使食物的滋味格外鮮美的。

喫過了早餐，他們躺在樹蔭下休息一會，同時赫克抽了一口菸，隨後他們動身穿過樹林，從事探檢去了。他們喜洋洋地徜徉着，有時跨越殘朽的斷榦，有時經過蕪雜的草莽，有時走入森嚴的大樹叢，從這些大樹頂峯懸垂着果實累累的葡萄藤。他們時時到臨碧草如褥豔花滿綴的雅潔的僻地。

他們看見許多可喜的事物，卻沒有一件可驚的。他們發見這個島長約二哩，廣約一哩又四分之一，和距離最近的岸祇隔一條不過二百碼闊的小河。他們差不多每小時游泳一次；他們囘到營幕時，下半天已過了一半。他們餓極了，沒有工夫再釣魚，祇暢快地喫了些冷火腿。喫畢了，便在樹蔭下坐着談天。談話逐漸乾枯，終於斷絕了。瀰漫於樹林間的沈靜與嚴肅，和冷漠的意識，開始打動三童子的靈魂。他們默想着。一種模胡的想念佔據他們的心頭。這想念漸漸顯明了——原來是初期思家病。甚至紅手赫克·芬想念他的階沿和空桶。可是他們都以他們的懦弱爲可恥，誰也沒有表露心事的勇氣。

三童子從遠處聽到一聲又一聲的特異的聲音，他們卻漫然不加注意，猶如人們聽時計的滴得聲不加注意一樣。過了些時，這奇異的聲音逐漸淸晰，他們才開始注意。三童子驚起而面面相覷，留心靜聽。一段長時間的寂靜，深宏而且連綿；隨後一陣深沈而滯重的隆隆聲從遠處浮漾過來。

「這是甚麽聲音？」霞叫道，屏息着。

「我也不懂。」湯姆低語道。

「那是雷，」赫克萊培來用膽怯的音調說，「因爲雷——」

「靜聽喲！」湯姆說；「祇聽——別說。」

他們等候了一會，似乎很長遠了，於是同樣的滯悶的隆隆聲衝破莊嚴的靜默。

「我們走過去瞧吧。」

他們跳起來，跑到對村莊的岸邊去看。他們撥開岸邊的茅草，向水面上望出去。一隻小蒸氣渡船浮在離村一哩的水上。甲板上似乎滿擠着人。渡船的近傍有許多小艇，有的划來划去，有的隨流漂盪。至於這些船上的人們在幹着甚麼，他們卻看不清楚。頃刻間，一大股白煙從渡船的腰身噴出來，伸張而且升騰，同時同樣的隆隆一聲又浮到童子們的耳邊來了。

「我明白了！」湯姆嚷道；「有人溺死了！」

「原來是這個，」赫克說；「去年夏天，皮耳·士納溺死了，他們也這麼幹的；他們在水面上放一個礮，這樣屍身便浮到水面來了。是的，他們又拿幾塊嵌水銀的麵包，拋在水面上，人溺死在甚麼地方，麵包便一直飄浮過去停在那里。」

「是的，我也聽到過，」霞說。「我奇怪麵包為甚麼能夠這樣。」

「啊，光是麵包是不能夠這樣的，」湯姆說；「我猜想起來，大概是他們先在麵包上面唸了些咒語，然後拋落水中。」

「可是他們沒有唸過甚麼，」赫克說。「我看見他們幹過，他們並不唸甚麼咒語。」

「啊，那眞希奇，」湯姆說。「也許他們的咒語是默唸的。他們一定唸的啊。誰也懂得這個道理。」

他的二同伴承認他的話有幾分理由，因爲一塊無智無識的麵包，如果沒有一種咒語教導牠，是斷不能勝任這樣重大的使命的。

「我當眞想望立刻奔到那地方。」

「我也這樣想，」赫克說，「我很想知道那溺死者是誰哩。」

童子們繼續聽着看着。頃刻間，湯姆的心中動了一個靈感，他叫道：

「同伴們，我知道溺死者是誰哩；原來就是我們啊！」

他們登時覺得自己變成英雄一般了。他們得到一個燦爛的勝利；他們失蹤了；他們被人哀悼；有人爲了他們而傷心；有人爲了他們而流淚；有人追憶從前對於這些失蹤的孩子們太虐待了，因而萬分悔恨；最得意的，是全鎮盛傳關於他們的事，所有的孩子們都羨慕他們的煊赫。眞是快心事啊。海盜究竟是値得做的。

暮色漸濃，渡船囘去幹牠的舊業，小艇也散開了。海盜們囘到他們的營幕。他們釣了幾尾魚，燒了晚飯，喫了一頓。他們開始猜度村中人對於他們作甚麽感想；他們根據自己的立場，想像大衆對於他們的哀悼。夜色包圍了他們，他們逐漸停止了談話，坐着向火注視，他們的心顯然飄盪到甚麽地方去了。興奮過去了，湯姆和霞不禁想到他們自以爲快意的事却是他們的家屬的傷心事。疑慮湧上他們的心頭；他們感到焦愁與不樂；一兩聲喟嘆不自覺地脫口而出。過一會，霞開始試探同伴的口氣，究竟他們是否想念囘家去——並不是當卽囘去，祇是——

湯姆嘲笑他。赫克贊同湯姆的意見。霞急忙辯明，慶幸着還沒有落着懦怯的汚跡。

夜更深了，赫克開始打盹，不久便發鼾聲；霞也隨了他睡着了。湯姆昂起身子，留心看着二同伴。過一會，他悄悄地爬起來，藉燎火閃爍的映照向草叢中搜索。他拾起數片薄而白的半圓筒形的楓樹皮，一一檢視，最後揀選了似乎合宜的兩枚。於是他跪在火的前面，在兩片楓樹皮上用他的『紅頰石』鄭重地寫了些字句；他捲起一片，放入他的背心袋，另一片他放入霞的帽子中，又把這帽子移到離牠的主人更遠一些的地方。他又把幾件小學生們視爲無價之寶的什物放入這帽中，其中有一大塊粉筆，一個皮球，三枚魚鈎，一個當作水晶的石彈。於是他踮着脚悄悄地在樹叢中走去，一直走到同伴們叫喚不及的地方，便拔足向沙灘疾奔。

第十五章

數分鐘後，湯姆在沙灘的淺水中向伊里諾斯岸徒涉。河水沒到他的半身時，他已經走了一半路程。水的深度不再容許他徒涉了，他便以游泳渡過其餘的數百碼路程。他是逆流游泳的，阻力着實利害。他終於到達了岸，沿着岸游泳過去，最後到了一處淺水的地方便上了岸。他一隻手插入背心袋中，探得楓樹皮安然無恙，便拖着淋漓的衣衫，沿着河岸，在樹叢中奔跑。將到十點鐘，他走到一處正對着村莊的廣場，瞧見那一隻渡船停在樹木和高岸的蔭下。星光閃爍，萬籟無聲。他小心翼翼地爬下河岸，溜落水中，游泳了三四下，便爬入繫在渡船後尾的小艇。他橫身在撓手坐位下面等候着，喘息着。過一會，破碎的鐘聲響起來，一個人聲發出『出發』的號令。一二分鐘後，渡船激起的浪花擡起小艇的船頭，航行開始了。湯姆慶幸他的成功，他知道這是渡船最後一次的行程了。過了十二或十五分鐘，渡船停住了，湯姆爬出艇外，在昏暗中游泳到岸。他上了岸，沿着荒僻的小路疾奔，不久他到了姨母家的屋後籬笆。他爬過籬笆，步入廂房，從坐憩室的窗門望見裏面的燈火。坡萊姨母，雪特，瑪麗，和霞·哈褒的母親在室中團坐談天。他們坐在牀旁，牀的位置恰在他們和房門的中間。湯姆走到門邊，輕輕地啓了門鍵；他輕輕地把門推開，發出軋軋的一聲；他繼續小心地把門推開，隨着每一聲軋軋而震顫，直到足夠他擠身進去，他便跪下來，徐徐爬入。

「燭火爲甚麽這般搖盪？」坡萊姨母說。湯姆急忙爬入。「哪哪，房門開着呢，我相信。哪哪，房門一定開着。咄咄怪事！快去把房門關上，雪特。」

這當兒湯姆已經匿在牀下了。他躺着，喘息了一會，又爬過去，到了姨母的脚邊。

「可是我常常說，」坡萊姨母說，「他並不是一個壞孩子——祇是惡作劇。祇是輕佻而且鹵莽，你知道的。他像童獃一般的不負責任。他從來沒有惡意，而且他還是一個存心最好的孩子哩。」她開始哭了。

「我的霞也正是這樣——慣會惡作劇，詭計很多，可是又是一個非常和善的孩子眞好淒涼，想起我忘記了自己把發酸的乳酪丟棄了，反而懷疑是霞偸喫的，因而鞭打他，而我永不能再見他一面，永不，永不，永不，苦惱的受虐待的孩子啊！」哈褒夫人傷心地啜泣着。

「我希望湯姆現在可以永享幸福了，」雪特說「可是倘然他往常長進一點——」

「雪特！」湯姆覺得老婦人的眼睛閃耀，雖然他沒有看到牠。「別冲犯湯姆，他已經死了！上帝會保護他——你不要糟蹋自己孩子。啊，哈褒夫人，我不知道怎樣才把他丟開我的懷念，我不知道怎樣才把他丟開我的懷念！他這麽使我安慰，雖然他常常磨難我的老心。」

「上帝給予，上帝收囘。信賴上帝吧！可是難受得很喲——啊，難受得很喲！就是上星期六，我的霞恰對我的鼻下放了一個爆竹，我打了他一頓。我萬萬料不到這麽快就——啊，如果我再見他，我願意擁抱他向他乞恕呀！」

「是啊，是啊，是啊，我正和你一樣心思，哈褒夫人，我正和你一樣心思。昨天中午，我的湯姆拿解鬱藥水餵貓喫，我害怕這畜生會把屋中的傢具都毀壞了。上帝恕我，我用針箍打在他的頭上。可憐的孩子，可憐的亡兒喲。現在他解脫了一切的困難。他最後對我說的話是埋怨——」

這一個回憶使老婦人太難受了，她放聲大哭。湯姆也暗自啜泣——大部分是憐憫他自己，小部分是憐憫別人。他開始覺得自己比以前高貴了許多。他的姨母的悲愁充分地引誘他想從床下跳出來使她歡喜得喫一驚；可是他支撐着，照舊躺着不動。他繼續靜聽，從談話的片段探知了他們失蹤以後的情形。他們失蹤後，最初的猜測是他們在游泳時溺死了；後來那一隻小木筏不見了；又後來有幾個孩子說，失蹤的童子曾經對他們說過村中快要發生甚麼事故；於是聰明的人們大家參考各人的猜測，料定三童子乘了這木筏到別的村莊去了；可是將近中午，木筏出現在離村五六哩的密蘇里岸邊，於是希望斷絕了；他們一定溺死了，如其不然，至遲到了黃昏，他們忍不住飢餓，總該回家來了。他們相信找尋屍體的事是徒勞的，因爲溺死的事一定發生在河的中流，如其不然，三童子都是游泳好手，總該逃到岸上來了。那時候是星期三晚上。如果到了星期日屍身還沒有着落，那就一切希望都斷絕了，葬式便決定在那一天早晨舉行。湯姆聽得震顫了。

哈褒夫人帶泣道了一聲的晚安，轉身待走。失去兒子的二婦人受了相互的衝動，擁抱着號哭一會，然後分別。坡萊姨母對雪特和瑪麗道了一聲比往常格外溫柔的晚安。雪特微微啜泣，瑪麗一壁放聲大哭一壁走。

坡萊姨母跪下來，爲湯姆祈禱，這麼悲愴，這麼懇切，她的言詞和她的衰弱而顫抖的音調含有這麼無量的愛，至於祈禱還未完畢，她早已淚流滿面了。

坡萊姨母雖已上牀就寢，但時時發出傷心的喟嘆，不停地輾轉反側，所以湯姆還得靜默着等待許多時候。後來她靜默了，祇在睡眠中微微呻呼着。於是湯姆偷偷地從牀下爬了出來，慢慢地在牀前伸直了身子，一隻手遮住了燭光，站着向她熟視。他心中十分可憐她。他從背心袋中拿出一塊楓樹皮，把牠放在燭旁。忽而他似乎想到了甚麼，躊躇了一會。他的臉上因了他打定了主意而發出光彩；他急忙把楓樹皮收囘他的袋中，俯下身去和姨母的褪色的嘴唇接了吻，便一直偸偸地跑出門外，隨手把門關上。

他繞道囘到渡船埠頭，還不見有人在那里；他大膽踏上船頭，因爲他知道船上是沒有人的，祇有一個守夜人，而他是常常熟睡着如彫像一般的。他把繫在船尾的小艇解了纜，爬入艇中。他駛到了離村一哩的地方，便投身水中，游泳而進。他一直游泳到對面的埠頭，這在他原是一件熟手的工作哩。他原意想把那小艇帶到島上來，當作一件海盜應有的掠奪物；可是他想到他們的事業會因了這小艇的到處尋覓而洩露，便作罷了。他踏上岸，走入樹林。他坐下來休憩一會，支撑着不令入睡，便懶洋洋地向營幕走去。夜已大部分過去了。他走到沙灘時，天色大明了。他又休憩一會，直待太陽高升，燦爛地映照着河水，便投入水中。過一會，他停在營幕的門口，水從衣上點滴着。他聽到霞說：

「不，湯姆是守信的，赫克，他就會囘來的。他是不會脫逃的。他知道脫逃是海盜失體面的事情，像湯姆的高傲，那里肯幹這種事。他一定給甚麼事情牽住了。我奇怪他還沒有來。」

「可是這些東西無論如何是我們的了，可不是？」

「差不多了，可是還沒有，赫克遺書這麽寫着：如果他不回來喫早飯，這些東西便歸我們所有。」

「那一個他！」湯姆嚷着，昂然步入幕中，帶着演劇一般的神氣。

一席豐盛的醃肉和魚的早餐頃刻間擺出來，童子們坐下來暢喫了一頓。湯姆報告（同時加上許多的飾詞）他的夜間的奇遇。報告完畢了，他們登時覺得自己確實成了高貴的英雄。湯姆走到一處蔭地去就睡，直到中午才醒，同時其他二海盜到外面釣魚和探檢去了。

第十六章

午餐後，三童子整隊出發，走到沙灘上去拾龜卵。他們走來走去，用棒探插沙土。他們找到一塊鬆軟的沙土，便蹲着用手挖掘。他們有時從一個洞穴取出五六十枚龜卵。這些龜卵都是橢圓的，色白，比英國胡桃略小。那天晚上，他們享了一頓豐盛的煎蛋饗宴，星期五早晨他們又享了一頓。早餐後，他們帶喊帶跳的走到沙灘上，一壁追逐着一壁卸去衣服，赤着身追入淺水中。水的急流時時使他們顛躓，因而大大地增加了他們的喜樂。他們站成一團，相互用手掌拍水使水花濺到別人的臉，各自扭轉臉孔（這樣可以避免飛濺的水花）大家逼近攏來，你抓我，我抓你，終於最有力者把他的鄰人的頭部浸入水中；於是他們一起沒入水中，臂兒挽着臂兒，腿兒並着腿兒，又同時浮起來，吹水，噴沫，歡笑，喘息。

這樣的幹得疲乏了，他們便跑上來，坦臥在又燥又熱的沙土上，灰沙沾染他們全身。

過一會，他們又溜入水中，如前嬉弄。後來他們想到他們的光赤的皮膚很可以代表肉色的「緊身衣褲」於是他們在沙土上劃了一個大圈子，這是當作競技場的，當中便是他們三個丑角——誰也不願把這堂皇的地位讓給他的同伴哩。

第二，他們拿出石彈，幹了種種鬬勝負的遊戲。霞和赫克又到水中游泳去了，湯姆卻不願再去嘗試，因爲他發見在他卸去褲子的時候，同時把套在脚踝上的一串「響尾鈴」卸去了，而他竟沒有知道。他詫異着失去了這個神祕的魔物的保護他怎麼能夠這麼長久不發生痙攣。他一直等到把這件魔物找到了，纔敢再去游泳，這當兒其他二童子卻已游泳得疲倦了，預備休息。他們的心神逐漸散漫，意氣逐漸消沈；他們戀戀不捨地注視着隔江的昏睡在日光下面的他們的村莊。湯姆用他的拇足趾在沙土上劃寫了「裴基」一字；他立刻把這字塗消，自憤太無英雄氣了。可是他又把這字劃寫出來；他不忍不寫啊。他立刻又把牠塗消；爲避免誘惑起見他走到二同伴那里，加入他們的隊伍。

霞意氣消沈，幾乎不能復振。他的思家病變得這麼利害，至於再也受不住苦難了。他的眼淚幾乎奪眶而出。赫克也很悲傷。湯姆眼見這情形，頹喪萬分，但他卻竭力矜持。他心中原有一個祕密，不願當時宣布，可是如果他的同伴的離貳的情形到了不可挽回的地步，他也祇好把牠宣布了。他用極高興的神氣說道：

「我確信這個島上是曾經住過海盜的。我們再去搜尋一番吧。他們把財寶埋藏在這個島上哩。如果你們發見一隻裏面充滿着金銀的舊鐵箱，你們將怎樣的欣喜啊——哎喲！」

他這一番話不能引起同伴們多大的興奮，他們連回答都沒有。他試用別種煽惑的話，卻都沒有功效。他愈說愈頹喪了。霞用棒挑撥沙泥，神色非常悒鬱。後來他說道：

「喂，童子們，我們不幹了吧。我要回家去啦。太無聊了。」

「啊，不，霞，過一會你就會覺得高興的。」湯姆說。「祇想一想這里釣魚的風味多麼好。」

「我不歡喜釣魚。我要回家去啦。」

「可是，霞比這里更適宜於游泳的地方沒有了呢。」

「游泳沒有甚麽好；我是不大歡喜游泳的，別人不叫我去游泳，我大概是不去的。我的意思是囘家去啊。」

「啊，不中用的東西孩子！你要去看看你的嬷嬷吧，我想。」

「是的，我是要去看看我的嬷嬷，但是你也想去看看的，倘然你有一個嬷嬷。我總比你大一些，你纔是孩子哩。」霞微微啜泣了。

「好啊，我們就讓這個哭孩子囘家去看他的嬷嬷吧，你看好不好，赫克？不中用的東西——難道他不是要去看看他的嬷嬷嗎？就讓他去吧。你是歡喜留在這里的，可不是，赫克？我們留着吧，好不好？」

赫克有口無心地說：「是——是的。」

「我一生不再和你們講話了，」霞說着，站起身來。「就走！」他快快走開，開始著上衣服。

「誰管你？」湯姆說。「沒有人要你留着哩。囘家去尋快樂吧。你眞不愧做一個海盜。赫克和我不是哭孩子。我們要留着，好不好，赫克？他要去就讓他去吧。我想起來他走了我們也一樣能夠幹下去的，大概是。」

湯姆雖然這麼說，心中卻着實難受，他看到霞氣冲冲地著上衣服，纔喫驚了。他又看到赫克以羨慕的眼光注視着霞整裝待發，一聲不響地如在轉動着甚麼念頭，便格外覺得不安了。不久，霞不說一句告別的話，開始向伊里諾斯岸徒涉過去。湯姆的心碎了。他瞥視赫克。赫克受不住這一瞥視，他的眼睛垂下了。他便說道：

「我也要囘家去啦，湯姆；漸漸兒的無聊起來了，他一走更無聊了。我們也囘去吧，湯姆。」

「我不要；你要去就去吧。我要留着。」

「湯姆，我還是去好。」

「好，去吧——誰攔阻你？」

赫克動手收拾衣服。他說道：

「湯姆，我希望你也去。你仔細想一想。我們到了岸等候着你吧。」

「啊，那就你們等候一世也是枉然的，算了吧。」

赫克快快動身走了，湯姆站着目送着他，一個堅強的欲望引誘着他放下他的傲氣跟着他們同去。湯姆驟然領悟他們走後他將變得更寂寞更無聊了。他和他的傲氣作了一番最後的掙扎，於是他跑上前去追蹤他的同伴，喊道：

「等着！等着！我有話對你們說啦！」

二童子立刻停下來，旋轉身。湯姆奔到他們停着的地方，開始吐露他心中的祕密，他們漫然聽着，最後聽到他的要點，便喝了一聲釆，說這計畫「好極了！」又說要是他早告訴了他們，他們便也不走了。他以巧辯的理由解釋他爲甚麼到這時纔告訴他們；但是他的眞實的理由却是躭憂卽使早告訴了他們也不能覊留他們多時，所以一直隱忍着到最後纔吐露的。

童子們欣然囘來，出於自願的又去從事他們的遊戲，時時閒談着湯姆的偉大的計劃，讚嘆着他的才智。喫過了一頓精美的卵和魚的午餐，湯姆說他要學習抽烟了。霞賛同他的提議，說他也要試一試。赫克便做了兩枝烟管裝上烟葉。這兩個門外漢從來沒有抽烟過，他們祇有時把葡萄藤當作捲烟，銜在口中咀嚼，而這捲烟是常常刺舌的，而且究竟不是自以爲成人樣的他們應該玩的。

於是他們伸直了身體，肘靠着地，開始小心地抽烟，像模像樣的。烟味不大好，幾乎使他們作嘔，可是湯姆卻說道：

「哪哪，眞容易得很！要是我早知道祇是這麼一囘事，我早也就學會了。」

「我也是這樣，」霞說。「眞容易得很啦。」

「哪哪，我屢次眼看着別人抽烟，心中想：最好是我也能夠抽呵；可是我從來沒有想到我當眞能夠抽的，」湯姆說。「我屢次這麼說，可不是嗎，赫克？你曾經聽我這麼說過的，你可不曾，赫克？究竟我可有這麼說過沒有讓赫克說吧。」

「是的，你常常說，」赫克說。

「對啦，我是說過的，」湯姆說；「啊，說過一百回。有一次在宰牲房傍邊。你不記得嗎，赫克？我說的時候有僕勃・坦納在旁，還有瓊尼・密婁和及夫・薩邱。你不記得嗎，赫克？」

「是的，正是這樣，」赫克說。「那是在我遺失白石彈的第二天——不，不是在前一天！」

「是啊，我說過的，」湯姆說。「赫克記得的。」

「我相信我能夠整天抽烟，」霞說。「我不覺得難過。」

「我也不覺得難過，」湯姆說。「我能夠整天抽烟，可是我知道及夫・薩邱是不會抽烟的。」

「及夫・薩邱！哪，哪，他祇抽兩口就要昏倒的。祇讓他試一試，他就明白了！」

「我說得不錯，還有瓊尼・密婁——我很想看一看瓊尼・密婁試一試。」

「啊，我也這麼說。」霞說。「哪哪，我敢說瓊尼・密婁是一點都不會的。他祇微微抽一口就要昏倒的。」

「當眞是的，霞。喂——我想望這些孩子們現在能夠瞧見我們哩。」

「我也這麼想望！」

「喂，同伴們，現在不必再說了，將來遇到有他們在旁的時候，我走上前對你說：『霞，有烟管嗎？我們抽烟！』你不介意地說：『是。我自己有一枝老烟管，還有別的一枝，可惜我的烟絲不大好；』我又說：『那不妨，祇要烟味濃烈就好了。』於是你拿出烟管來，我們就點了火抽起來，給他們看！」

「那一定是有趣的，湯姆；我盼望這就在眼前！」

「我也這樣想！我們告訴他們，他們這是我們在做海盜的時候學會的，他們聽到我們這麼說，一定是悔不當初和我們一起去做海盜的。」

「啊，我也這麼想！我敢說他們一定羨慕的！」

他們這麼談着。他們的談話逐漸減少，終於前言不接後語了。寂靜加深；而他們的涎唾卻大大地加多。二童子的兩頰內部的每一個毛細孔都變成一個噴泉；他們爲防洪水泛溢起見，竭力從他們舌下的地窖把水量抽乾；可是仍然難免有泛溢的水灌注到他們的喉頭，每一灌注他們便驟然作嘔。兩童子面色如土，窘極了。霞的一枝烟管從手中溜落了。湯姆的一枝也跟着溜落。兩個噴泉繼續猛烈地噴水，兩隻滂浦繼續竭力抽水。霞低聲說：

「我把我的刀丟了。我得去找牠去。」

湯姆囁嚅着說：

「我幫你去找。你打那一條路走，我向泉水旁去找。不，你不必來，赫克——我們能夠找到牠的。」

於是赫克重又坐下來，等候了一小時。他覺得太寂寞了，便跑過去找尋他的夥伴。他們兩人分頭熟睡在林中遠離着的兩地，臉色都很慘白。可是他卻明白要是他們當眞有了甚麼苦楚的話，這苦楚終也已經消失了。

那一次用晚膳時，他們不大講話；他們神色抑鬱，膳後，赫克裝上自己的烟管，動手給他們裝烟，他們卻說不要，說他們覺得不大舒服——大概是午膳時他們喫了不合胃口的甚麼東西，的緣故。

第十七章

到了約摸半夜，霞醒過來，把二同伴也叫醒了。空氣沉悶得很，像預示着有甚麼事情快要發生似的。三童子蜷縮一團，靠近了幕火，雖然沉寂的大氣原也悶熱得使人窒息。他們靜悄悄地坐着，熱心地等候着。在火光映照的範圍以外，一切都給黑暗包圍着。突然間，一條閃爍的光線模胡地映照着葉簇，一瞬間又不見了。過一會，又來一條，比前強一些。過一會，又來一條。繼而一陣低微的呼嘯聲如歎息一般的從樹葉叢穿過來，童子們覺得有一陣急風刮在他們的頰上，不覺喫了一驚，疑心是夜的鬼怪經過他們的身旁。停頓了一會。於是一縷妖魔般的閃光使昏夜變成白晝，長在童子們脚邊的一草一葉清晰地給他們看到了。同時這閃光映照着三隻驚得發白的面龐。一陣深沉的雷鳴在天空滾騰，終於變成模胡的轔轔聲，消滅於遠處。一陣冷風吹過，樹葉沙沙地響，飄零的灰沙撒播在火上。

又是一縷明亮的電閃照耀樹林，登時一陣隆隆聲接着發生，像要劈裂童子們頭上的樹頂似的。在雷電以後的深沉的黑暗中，三童子嚇得扭做一團。幾粒粗大的雨點篩落在樹葉上。

「趕快，童子們，跑到營幕中去！」湯姆嚷道。

他們跑開去，在黑暗中亂奔，各人跑各人的路。一陣狂風在樹林間咆哮；風過處，萬物鳴奏。一縷又一縷的令人目眩的電閃；一陣又一陣的震得人耳聾的雷鳴。大雨傾盆似的倒下來，給狂風打成一片瀉在地上。三童子相互斷喊，可是風的狂奏和雷的轟鳴把他們的聲音壓沒了。但是，他們終於一個一個的奔到了目的地，躲避在營幕下面，又冷又驚，都是溼淋淋的了；可是憂難之中有同伴聚在一起似乎還是可以欣慰的。他們不能談話，因爲老舊的帆布猛烈地颭撲着至於別的聲音都聽不出來了。風潮愈趨愈高，不久風帆脫了束縛，隨風飄去了。三童子大家手攜着手，急忙奔到河岸上一株大橡樹下面去躲避，一路上顚躓着過去。風潮到達頂點了。在天空的不絕的電光閃爍之下，百物都淸楚地顯現出來；彎俯的樹木，白浪洶湧的河水，飛濺的浪花，從飛雲和斜雨中透露過來的隔河的高崖的模胡的輪廓。每片刻間，一株大樹給風吹折了，倒下來壓在許多小樹的上面。頑強的霹靂震耳地轟鳴，又響又激，異常可怕。狂風驟雨，疾電猛雷，似乎要在頃刻間把這島地撕毁淹沒了，把島上的生物全都蹂躪了。對於流浪的少年，這眞是一個可怕的狂暴的夜啊。

風潮終於過去了。雷雹逐漸減殺，和平終於回復過來。三童子回到他們的營幕去，喫驚着實不小了；但是他們還算僥倖，因爲他們發見那一株靠近他們牀旁的大橡樹已經因觸電毁壞了，而他們却幸而不會身受這個災難。

幕中的物全都淋溼了，他們的幕火也不是例外；他們究竟是鹵莽的孩子，那里會設法預防下雨哩。這委實難受得很，因爲他們給雨淋得又溼又冷了。他們在無法中滔滔地說了一大堆的話，却找不到一個主意；幸而後來他們發見那靠近幕火的一株大木幹有一個給幕火侵蝕的深深的窟窿，那兒還有一線的餘燼沒有給風雨摧殘；於是他們細心地工作起來，從樹幹下面收拾些不受潮溼的枝葉和樹皮，終於把這僅存的餘燼變成熊熊大火。這纔他們重又快活了。他們焙乾了他們的熟火腿，暢快地喫了一頓，飯後他們團坐火旁，侈談一番剛纔過去的深夜的遭遇，直到天明爲止，因爲他們委實找不到一處乾燥的可以安睡的地方哩。

太陽照到童子們身上，他們耐不住疲倦，便跑到沙灘上面去休息。皮膚的灼痛使他們不能安睡，便起身，快快預備他們的早餐。早餐後，他們感到疲倦和骨節酸痛，他們的思家病又發作了。湯姆看出了風色，竭力設法興奮他們。可是無論丟石彈，競技，游泳，以及其他種種，都不能引起他們的興趣。他提醒他們那意味豐富的一件未來的祕密，纔引起他們一線的愉快。他乘這機會告訴他們一個新鮮的遊戲。這遊戲是暫時免除海盜的職務而去換做一回印第安人。這主意着實引起他們的興味。他們登時脫得全身赤裸裸，用黑泥在身上自頭至脚一條一條地塗得宛如一頭斑馬。他們三人當然誰都是酋長，便奔入森林去襲擊英國殖民地。

過一會，他們分成三組交戰的部族，各自從埋伏的地方大聲喝着得勝戰歌向對方衝鬭，演了無數的殺戮和剝頭皮的事。這一回的遊戲纔使他們滿足哩。

直到將近晚餐的時候，他們在營幕中會集，又喜又餓。可是現在有一個困難發生了——互相交戰的印第安人在恢復和平以前是不能大家聚餐的，所以他們非抽一回和平的烟不可。除抽烟以外他們再也找不出其他恢復和平的方法了。三人中的二人懊悔不該換做印第安人。可是，此外再也找不出其他方法，他們勉強表露歡喜，依樣畫葫蘆的裝了烟管抽吸起來了。

他們卻慶幸換做了一回的印第安人了，因爲他們從這里獲得了一個本領；他們發見他們現在居然能夠抽烟，不必再去找尋失落的小刀了；他們抽了烟覺得沒有甚麼不舒服了。他們已經不再畏忌這個把戲了。不，他們喫了晚餐細心地裝烟抽吸，居然得到燦爛的成功，這樣他們便消度了一個歡忭的晚上。他們誇傲而且慶幸他們的新的成功，比戰勝了六個部族更甚。讓他們一壁抽烟一壁誇談罷，因爲我們現在可以暫時把他們放過不提啦。

第十八章

在冷落的星期六下午，那個小小的村莊呈現慘澹的氣象。哈褒和坡萊姨母兩家人都穿上喪服，眼淚淌在愁苦的臉上。一種不平常的寂靜占據了全村，雖然在村中平常也是十分寂靜的。村中人沒精打彩地處理他們的事務；他們不大談話，卻頻頻歎氣。這一個星期六的假日，在孩子們看來，不是可喜，卻是可愁。他們雖然在遊戲，卻毫無興味，終於把遊戲停止了。

下午，裴基・薩邱兀自在荒涼的學校操場上蹀躞着，感到非常抑鬱。在無以自慰的境況中，她自語道：

「哎！我悔不該拒絕了他的那個黃銅球啊！現在我一點沒有可以紀念他的東西啦。」她說到這里，抑住了微微的啜泣。

不久，她又停下來，自語道：

「正在這兒啦。哎，倘然我遇見他，他叫我再說那一句話，我願意說的——我一定說的啊。可是他已死了；我不能再見他一面了。」

她想起這一件事，不覺傷心到萬分，便帶着淌滿兩頰的眼淚離開了。一大羣的男孩子和女孩子——大抵是湯姆和霞的遊伴——到臨了。他們站着，望着木柵籬笆，以嚴肅的聲調談論着他們最後一次會見湯姆的時候他在幹着甚麼甚麼，以及霞說甚麼甚麼（現在他們恍然明白他說的話是含有可怕的預兆的）——每一個談話者指出那亡兒在當時站着的正確的地位，然後說了些大概像這樣的話：「那時我正這麼站着——正和我現在站着一樣——我把你當作他——我站得這麼近——他微笑，正是這個樣兒——於是我似乎感到了甚麼可怕的，你知道——當時我完全沒有料到，自然囉，可是現在我纔明白了！」

於是在誰最後遇見亡兒這一點上起了一陣劇烈的爭辯，許多孩子都想博得這一個陰慘的榮譽，大家提出證據；等到爭辯的結果最後決定了最後遇見亡兒，和他們最後交談的究竟是那幾個孩子，這幾個幸運的孩子登時自負具有一種神聖的尊大，其餘的同伴們也都驚視而且羨慕他們了。有一個窘迫的孩子，他委實沒有其他重大的事蹟可以提出了，卻記起一件事情來，便自負地說道：

「喲，湯姆·莎耶曾經打我一次哩。」

可是這一個榮譽的招徠是失敗的。大多數孩子們都能夠說那一句話的，所以把這個當作榮譽，榮譽就太輕易了。孩子們逐漸散開，各自還在回憶着亡兒的事蹟。

第二日上午，主日學校的功課完畢了，禮拜堂的鐘聲開始緩緩地鳴奏，這鐘聲是和平常的鐘聲兩樣的。這是一個非常寂靜的日曜日，悲哀的鐘聲正和瀰漫於自然的噤默相配合。村人開始聚集，在通道中徘徊一會，低聲交談着那不幸的事故。在室內，連耳語的聲音都沒有，祇有婦人們就座時衣服的沙沙聲偶然衝破了寂靜。誰也不能回憶，這個小禮拜堂在以前可有一次是和如今同樣的擠滿了羣衆。後來，全堂若有所期待的肅靜地停頓着，於是坡萊姨母進來了，後面是雪特和瑪麗，又後面是哈褒家屬，全都穿着深黑色的喪服，於是會衆全體以及那老牧師都恭敬地起立，站着，直到喪主們就了前列的家屬席。又是一度的靜默，間或起一聲窒息的啜泣，於是牧師伸出他的兩手，開始祈禱。唱過了動人的讚美歌，便是「復活在我，生命也在我」那一節聖經的朗誦。

在儀式的進行中，牧師講述亡兒的美點，長處和前途的希望，他講述得這麼痛快淋漓，至於使每一個聽衆想起了以前一直瞎了眼睛沒有把這幾個可憐的孩子看清楚，一直祇看見他們的過失和瑕疵，都不覺痛心了。牧師又敍述亡兒們經歷中許多悲壯的，代表他們的柔和的和寬大的性格的那些事蹟，聽衆們聽了也都覺得這些事蹟是怎樣的高尚而且美麗，可是一想起當這些事蹟發生的時候卻把他們當作流氓看待，常常因而鞭韃他們，眞有些兒悔意了。動人的故事繼續敍述着，聽衆們被感動的程度逐漸加深，直到後來喪主們的哭泣引起了如合唱一般的全場的悲痛的抽噎。老牧師自己也感傷得不能自抑，在講壇上啜泣着。

一陣沙沙的聲音起於走廊上，誰也沒有注意到；一分鐘後，會堂的大門戛戛地響着；老牧師的一雙淌滿了淚的眼睛從手帕上方向外張望，不覺大喫一驚，像木鷄一般的呆住了！一雙接着一雙的眼睛順着老牧師的眼光向外張望，於是，幾乎出於同一的衝動，會衆全體起立，注視着三個死亡的孩子向通路奔進，湯姆在前，霞第二，赫克拖着零落的破衣羞怯地跟在後面。他們原來早已藏匿在廢置的走廊中，聽着他們自己的葬儀的說教。

坡萊姨母，瑪麗，和哈褒家屬和她們的失而復得的孩子扭做一團，不絕地接吻，不絕地感謝神恩，同時那可憐的赫克卻兀自羞赧地，侷促地站着，不知道怎麼幹纔好，不知道躲在那里纔逃出這麼許多逼人的眼光。他顫抖着，正待動身溜走，湯姆卻把他抓住了，說道：

「坡萊姨母，這是不公平的。赫克也應得有人歡迎纔好哩。」

「他們應得歡迎他啦！我見了他很快活，可憐的無母的孩子啊！」坡萊姨母獻給他的一番愛憐的慇懃，衹使他反而比以前更覺不舒服了。

突然，牧師用了他的最高的音調喊道：

「唱『讚美萬福之源的上帝』吧——而且你們得用心唱！——」

他們依照着幹。他們像唱凱旋歌一般的唱着讚美歌，在歌聲震棟中，海盜湯姆·莎耶環視在他周圍的羡慕着他的少年，暗自承認這當兒可算是他一生中最光榮的片刻了。

當受了騙的會衆蜂擁出禮拜堂時，他們說道：他們着實願意再受一次可笑的騙來聽一回唱得這麼動聽的讚美歌。

那一天，湯姆接受了格外多的撫摩和接吻——依照着姨母的變異的方式——比他在以前的一年中所接受的更多；至於這麼多的撫摩和接吻，大部分是表示感謝神恩，或者大部分是表示愛憐他個人，他卻不能辨別哩。

第十九章

原來湯姆的大祕密就是和他的兩個海盜弟兄同囘村中去參與他們自己的葬儀這一個計畫。他們坐在一株木頭上面，駛到密蘇里岸，正是星期六的薄暮，便在離村五六哩地方上了岸；他們在村傍的樹林中睡了一夜。東方破曉，他們偷偷地爬入教堂的後廊，在走廊的破凳堆中補足了他們的睡眠。

星期一早晨用早膳的當兒，坡萊姨母和瑪麗待湯姆很親切，很顧念他缺乏甚麼東西。他們話談得特別多。在談話中坡萊姨母說道：

「湯姆，你們眞惡作劇，你們三個孩子過的是快活日子，卻使大衆受了幾乎一星期的苦。可是你竟這麼忍心使我受苦麼？你旣然能夠坐在木頭上面囘來參與你的葬儀，你總得早囘來一趟給我一個暗示，使我知道你祇是逃亡，並沒有死，這多麼好。」

「是啊，你總得這麼幹的，湯姆，」瑪麗插嘴說：「我相信祇要你有心，你一定這麼幹的。」

「你會這麼幹麼，湯姆？」坡萊姨母懇切地問。「對我說，要是你有心，你會這麼幹嗎？」

「我——我不知道。這麼幹是要破壞我們的計劃的。」

「湯姆，我希望你顧念着我，」坡萊姨母說，她的帶苦的音調使湯姆侷促不安了。

「祇要你能夠這樣存心也是好的，卽使你不會當眞這麼幹！」

「啊，姨母，這是不足怪的，」瑪麗乞情似地說；「那祇是湯姆的粗忽——他老是這麼鹵莽的，至於甚麼也沒有顧慮到。」

「那更可憐了。雪特他就細心了。如果是雪特，他一定回來給我一個暗示的。湯姆，終有一日，你會得懊悔你太不顧念我的。」

「喂，姨母，你知道我是顧念你的，」湯姆說。

「哎，如果你幹得更甚些，我就知道得更明白些哩。」

「我懊悔我太沒有心思了，」湯姆悔恨似地說；「可是我卻夢見你的。這該是有意義的吧，可不是？」

「這是沒有甚麼意義的——一隻貓兒也會做夢的——但是究竟勝於連夢都沒有吧。你夢見甚麼呢？」

「哪，在星期三晚上，我夢見你坐在床的那一邊，雪特坐在木箱上面，瑪麗坐在他的貼鄰。」

「啊，我們是這麼坐着的。我們常常這麼坐的。你有這樣的夢也使我快活的。」

「我更夢見霞・哈褒的母親她也在這里。」

「哪哪，她當眞在這里！你更夢見甚麼呢？」

「啊，多得很哩。可是我記不淸楚了。」

「啊，記一記吧——你不能嗎？」

「我記得彷彿是風——風吹那——那——」

「再記一記吧，湯姆！風吹甚麼？記出來吧！」

湯姆用手指叩着他的前額，面色焦急，繼而說道：

「我記出來了！我記出來了！風吹蠟燭！」

「上帝憐憫我們！說下去，湯姆，說下去！」

「我彷彿記得你說，『哪哪，我相信是門——』」

「說下去，湯姆！」

「讓我想片刻——祇是片刻。啊，是的——你說你相信是門打開了。」

「我當眞說的，我正坐在這里！聽見我說的吧，瑪麗？說下去！」

「於是——於是——啊，我記不清楚了，我彷彿記得你叫雪特去——去——」

「甚麼？甚麼？我叫他去幹甚麼，湯姆？我叫他去幹甚麼？」

「你叫他——你——。啊，你叫他去把門關上！」

「啊，爲上帝的緣故！我一生從來沒有聽到這麼神奇的事情過！我從此不相信夢是沒有意義的了。我要去告訴哈褒夫人，叫她驚奇。說下去，湯姆！」

「啊，我現在記得很清楚了。後來你說我不是一個壞孩子，祇是慣會淘氣和惡作劇，像——像童獃一般的不負責任。」

「我當眞這麼說的！啊！謝上帝！說下去，湯姆！」

「於是你開始哭。」

「我哭的。我哭的。這不是我第一次哭。於是——」

「於是哈褒夫人她也開始哭了。她說霞正是和我一個樣兒，她說她悔不該自己忘記把乳酪丟棄了，倒疑心是他偷喫的，因而錯打了他！——」

「湯姆！神靈附在你身上吧！你竟是一個預言家！說下去，湯姆！」

「於是雪特他說——他說——」

「我不記得我說甚麼話，」雪特說。

「說的，你說的，雪特，」瑪麗說。

「你們別多嘴，讓湯姆說下去他說甚麼，湯姆？」

「他說——我記得他說我現在可以永享幸福了，可是倘然我往常長進一點——

「對啦，你們聽見沒有？這正是他說的話。」

「於是你立刻呵斥他。」

「我當眞呵斥他！一定有一個天使，一定有一個天使，一定有！」

「哈褒夫人說起霞對她的鼻下放了一個爆竹，你說起彼得和解鬱樂水這些事情——」

「一點兒都不錯！」

「然後你們談了一大套如何在河中打撈我們的屍體，如何決定在星期日上午舉行我們的葬儀，然後你和老哈褒夫人擁抱着哭了一陣，然後她動身走了。」

「一點兒都不錯！一點兒都不錯！就是你在場眼見，你也祗能夠說得這麼淸楚！還有甚麼呢？說下去，湯姆。」

「我記得你爲我禱告——你說的每個字我都記得。你上牀就睡，我看了你這副情形，很覺悔恨，我就拿出一塊楓樹皮，在這上面寫了『我們沒有死——我們祇是到外面做海盜去』這幾個字，把楓樹皮放在桌上蠟燭旁；那時你熟睡在牀上，你的面貌這麼慈祥，至使我禁不住俯身吻了你的嘴唇。」

「當眞嗎，湯姆，當眞嗎？我恕免你的一切過失了！」她把湯姆緊緊地擁抱着，同時湯姆覺得惶愧到萬分。

「這是很親切的，雖然這不過是一個夢，」雪特低聲的自語給別人聽見了。

「別多嘴，雪特！一個人夢中怎樣，他醒時也怎樣。這里有一個大蘋果，我特地爲你留着的，湯姆，倘然你有一日囘來——現在上學校去吧。你囘來了，我很感謝萬物之父的上帝。你們應得知道，凡是相信上帝，和遵守他的教條的，上帝一定保佑的。去吧，雪特，瑪麗，湯姆——你們各自去吧——你們糾纏我長久了。」

孩子們上學校去了，老婦人上哈褒夫人的家去，她要把湯姆的這個神異的夢告訴她，以打破她的現實主義的信仰。霎特在離開家門的時候，心中有了一個主意，卻沒有把牠說出口來。這主意便是：

「好奇怪的事情——這麼長的一個夢，卻報告得一點遺漏都沒有！」

湯姆如今成了一個非凡的人物了。他不再如前的跳躍笑謔了；他大踏步走來走去，擺出一副堂皇的架子，因爲他已成了一個海盜，覺得大衆的眼光都投在他身上。這是實在的情形；他走路時，試着不去看別人，不去聽別人，可是委實辦不到。比他年紀小的孩子們，成羣結隊的尾隨他的身後，他們以得他的容忍與顧盼爲光榮，他們把他視爲行列中的鼓手，或是率領羣獸入鎮的大象。和他年紀差不多的孩子們卻假裝着不知道他有出外做海盜那麼一回事，可是他們私心的羨慕終究難免表露。他們願意犧牲他們的全數所有去換得湯姆的焦褐色的皮膚，和他的燦爛的顯赫；至於湯姆，就是給他整個的競技場，他也不肯把這二者之一犧牲。

在學校中，孩子們這麼尊視湯姆和霞，這麼從他們的眼色傾輸他們的敬仰，至於這兩個英雄終於不敢自祕了。他們開始對迫切的聽衆講述他們的奇遇——可是他們祇講了一個開場；這樣的故事似乎是沒有止境的，他們的豐富的想像足夠把資料供給他們。後來，他們拿出烟管，儼然地一壁抽吸一壁步行，這當兒他們的光榮達到頂點了。

湯姆打定主意，他現在可以無求於裴基·薩邱了。光是光榮也夠滿足了。他願爲光榮而生活。現在他是一個顯著的人物了，想來她會趨奉他的。過了片刻裴基·薩邱到臨了。湯姆假裝着沒有瞧見她。他走開去，加入一羣男女孩子的隊中，開始和他們談話。不久他就看到裴基·薩邱欣欣然奔來奔去，面色紅赬，眼睛流利，假裝着在追逐同學，抓住了一個就大笑；他看到她常在他的近傍抓住別人，他又看到她常在這等時候向他瞥視。這滿足了湯姆的奸猾的虛榮心；她不但不能得到他的顧盼，反而使他格外矜持。過了一會，她停止了嬉戲，躊躇地徘徊着，發出一二聲喟歎，同時向湯姆作羞澀而又戀慕的瞥視。她看到湯姆和阿密·勞倫斯談話得比和別人特別起勁。她立時覺到一股劇烈的酸痛，幾乎不能自持了。她待要離開，可是她的兩足卻不受命，仍然載了她向人羣中走去。她故意大聲對站在湯姆身傍的一個女孩子說：

「哪哪，瑪麗·奧斯丁！你這個懶姑娘，爲甚麼不上主日學校？」

「我來的——你沒有看見我麼？」

「哪哪，不！你來的嗎？你坐在那里？」

「我坐在彼得斯女先生那一級裏，我老坐在那兒。我倒看見你。」

「你看見我嗎？哪哪，我沒有看見你，眞可笑。我要對你講那野遊會的事。」

「啊，有趣得很。誰發起這個野遊會？」

「嬷給我發起的。」

「妙啊，我希望她肯讓我加入。」

「好，她肯的。這個野遊會是爲我舉行的。我要誰加入，她便讓誰加入，我要你加入就是了。」

「好極了。甚麼時候舉行呢？」

「過幾天。也許在假期中舉行，」

「啊，這是快意的！你邀請全體的男孩子和女孩子嗎？」

「是的，任何人，祇要是我的朋友——或者願意做我的朋友的，」她說到這里，偸偸地瞥視湯姆，可是他正在專心對阿密·勞倫斯講述那島上可怕的狂風暴雨，以及離他站着的地方不到三呎路的一株大橡樹怎樣的給閃電打得粉碎。

「喂，我可以加入麼？」葛萊西·密婁說。

「好。」

「還有我？」綏萊羅·格斯說。

「好。」

「還有我？」休綏·哈褒說。「還有霞？」

「好。」

一個一個的向她報名，大家拍手喝采，直到全體都要求加入，祇剩着湯姆和阿密二人。湯姆冷冰冰地旋轉身，攜着阿密同行，對她談話。裴基的嘴唇震顫了，她的眼淚湧出了；她以勉強表露的愉悅和繼續的閒談竭力掩飾這些醜態，可是這個野遊會已經變得沒有生氣了，其他甚麼也都沒有生氣了；她急忙溜走，躲在一個暗角落裏，暢哭了一回。於是她鬱鬱地坐着，懷着受了創傷的傲氣，直到那上課鐘聲鳴奏。她奮起，振一振她的髮辮，投了一個含着復仇意味的眼色，這當兒她心中有了一個主意了。

在散課時間，湯姆繼續得意揚揚地向阿密賣弄風情。他故意跑到裴基面前賣弄給她看。他到處偵察着，突然他的熱度降下了。他發見裴基坐在課堂後面的一張小凳上，在和阿弗來特・探撥耳共看一本圖畫書。兩個頭部在書上緊靠着，宛如他們忘了世上還有其他甚麼似的。劇烈的嫉妒奔流湯姆的血管。他開始懊悔不該把裴基貢獻給他的言歸於好的那機會錯過了。他把自己喚做一個呆子，以及其他一切他想得到的不中聽的名稱。他願望暢快地號哭一回。同時阿密依然高興地且走且談，她的心在歌唱着，可是湯姆的舌已失卻效用了。阿密說的甚麼，他一點都沒有聽到，有時她若有所期待的停頓了，他便含胡地連連應諾，連不該應諾的他也應諾了。他幾次三番的走到課堂後面去忍痛領略那惱人的景象。他委實不能自制啊。他一想到看裴基·薩邱的神氣似乎她已把他當作不在人世看待，他幾乎瘋狂了。然而她是看見他的；她知道她已贏得勝利了。她眼兒他正在領受她已經領受過的苦難，快活極了。湯姆對於阿密的閒談漸漸不耐煩起來，他屢次諷示她，說他有甚麼甚麼事情待幹；說這些事情必須幹；說時間過得很快。可是天眞的小姑娘依然喋喋不休。湯姆想，「哎，怪討厭的，難道我不能避開她嗎？」最後他對她說他必須離開她幹別的事情去。於有她怏怏地走開了。

「最壞的孩子！」湯姆想，咬着他的牙齒。「全村中要算這個孩子最壞了，他自以爲衣服穿得講究，自以爲漂亮啊，很好。你第一次到村中來時，我打過你，朋友，現在我又要打你了！你等着吧，我來捉你，我要——」

於是他裝起手勢，對着一個想像的孩子毆打——向空中亂打，挖眼睛。

他這麼對着想像的敵人毆打，直到他覺得滿足了纔停止。

午刻，湯姆奔回家中。他的良心不能再容受阿密的慰藉的喜樂，他的嫉妒不能再忍受別的苦痛。裴基繼續和阿弗來特共同觀畫時間一刻一刻的過去了，湯姆受苦的情形不再看見了，她的勝利逐漸黯澹，她的興味消失了；她始而沈默，繼而不安，終於悲愁了；她幾次三番留神聽那響着的腳步聲，然而竟是失望，終不見湯姆的影蹤。她終於滿懷抑鬱，自悔不該鬧得這麼已甚。同時，那個不幸的阿弗來特眼見她對他沒有心緒，不知道怎樣纔好；他屢次喊道：「啊，這一幅怪好看的，看哪！」她終於耐不住了，說道，「哎，別糾纏我！我不要看啦！」她眼淚迸湧，起身走了。

阿弗來特追隨着她，婉言安慰着她，可是她竟說道：

「離開我，讓我一個人走，你聽見沒有？我厭惡你啊！」

這纔阿弗來特停了步，詫異着她剛纔爲甚麼對他這麼親切——而她向前走着，號哭着。於是阿弗來特步入荒涼的教室中，默默地思量着。他又慚愧，又忿怒。他明明白白把眞情猜着了——那女孩顯然是利用了他去對湯姆·莎耶洩憤的。他想到這一點，他對於湯姆的憎恨更加深切了。他願望着計畫一個能加害於湯姆而於自己沒有多大危險的方法。湯姆的一本綴字書給他看到了。這是他的機會哩。他得意地翻出當天下午應受的一課，把墨水倒在書面上。裴基從他身後的窗口看到他這個動作，抽身便走，沒有給他瞧見。她動身向家奔囘，原意找着了湯姆把這事情告訴他：湯姆一定感謝她的，那就他們的嫌隙可以消釋了。可是，她還沒有走到半路，她的主意改變了。當她提起野遊會時候湯姆對待她的那副態度重又在她心中作祟，使她滿懷羞慚。她打定主意，聽任他爲了汚沒了綴字書而受鞭韃；不但如此，她還決意永遠憎恨他啦。

第二十章

湯姆回到家中，神色悒鬱；坡萊姨母劈頭對他說的一番話，使他格外覺得悒鬱了。她說道：

「湯姆，我想剝你的皮啦。」

「姨母，我幹了甚麼事？」

「哼，你幹得夠了！我走到哈褒夫人家中，把你的一番夢境告訴她，要叫她相信夢的神奇，那裏知道霞早已告訴了她，說你那天晚上曾經回到這裏，聽見我們的一番談話。哎，湯姆，我不知道你為甚麼這般戲弄我。你會聽任我跑到哈褒夫人那裏去，卻不說一句眞話，眞使我難堪啊。」

這便造出新的局面來了。早晨的一番弄舌，湯姆原來自以為很得意很巧妙的，現在卻變得又卑鄙又下劣了。他俯下頭，一時竟想不出一句囘答的話；後來他說道：

「姨母，我悔不該對你胡說——我委實不曾想一想。」

「哎，孩子，你從來不想一想的。除非是關於你自己的私事，你從來不曾想一想。你能夠想到那天晚上從約克孫島囘到這裏來竊笑我們的苦難，你又能夠想到把一番夢境欺騙我；可是你卻沒有想到憐憫我們和消釋我們的憂慮。」

「姨母，我明白了我對你胡說是卑劣的，可是我不是存心卑劣的；我決不。而且，那天晚上我囘到這裏並不是爲竊笑你們而來的。」

「那麼你囘來幹甚麼呢？」

「那就是來告訴你，叫你別爲我們耽憂，因爲我們不曾溺斃。」

「湯姆，湯姆，要是你眞有這麼好的存心，那我就會怎樣的欣喜，可是你知道你決不會有這樣的存心——我知道的，湯姆。」

「委實，委實我有這樣的存心，姨母——要是我沒有，我願立刻死。」

「哎，湯姆，別說誑——別說誑。說了誑倒使你的罪惡加重一百倍。」

「不是說誑，姨母；當眞不是說誑。我要消釋你的憂慮——我正是爲這個特地囘到這裏來的。」

「要是你眞有這樣的存心，那我就可以恕免你的萬般的罪過。但這是沒有理的，因爲你旣然到了這裏，爲甚麼不對我說呢，孩子？」

「哪哪，姨母，當你們說起星期日上午舉行我們的葬式時候，我就起了一個念頭：我們決定於這時潛囘，預先躱藏在禮拜堂中，來參預我們自己的葬式。我不忍破壞這一個計劃。所以我就把那塊楓樹皮還入衣袋中，把祕密保守着。」

「甚麼楓樹皮？」

「就是那一塊楓樹皮，我在上面寫了幾個字，教你知道我們是去做海盜的。現在我想來倒是當我吻你時你覺醒了的好——我當眞這麼想。」

姨母顏上的縐紋弛鬆了，溫和的眼淚淌出來了。

「你吻我的麼，湯姆？」

「是的，我吻你的。」

「你當眞吻我的麼，湯姆？」

「是的，我當眞吻你的，姨母——確實當眞。」

「你爲甚麼吻我，湯姆？」

「因爲我這麼愛你，你躺着呻呼，使我這麼焦愁。」

話說得像眞實的。老婦人忍不住顫聲說道：

「再吻我一次，湯姆！——上學校去吧，別再打擾我。」

湯姆剛動身走，她就跑到衣橱邊，檢出湯姆做海盜時著的一件破上衣。她把這上衣拿在手中，站着自語道：

「不，我不敢。苦惱的孩子，我估量他又是說謊——可是這是一個祝福，祝福的謊，這一個謊多麼使我舒服啊。我希望上帝——我相信上帝會恕他的，因爲他說這一番話至少是出於好心的。可是我不願意發見他說的當眞是謊。我決定不看。」

她把上衣丟置了，站着默想一會。她二次伸手待把上衣拾起，卻二次縮了手。她第三次伸手去拿，這一囘她有了一個足以自衞的主意：「卽使是說謊也是好的——卽使是說謊也是好的——我決不至於因此傷心。」這纔她搜索上衣的口袋。一分鐘後，她一壁流淚一壁讀着湯姆在樹皮上寫着的文句，然後說道：

「現在我可以饒恕這孩子了，卽使他以前犯了無數的罪過！」

第二十一章

當坡萊姨母和湯姆接吻的時候，她的一副神氣掃除了他的頹唐，使他重又高興。他動身上學校去。幸運得很，他在路角上碰着了裴基・薩邱。他的老脾氣終究是不改的他毫不躊躇地跑到她身邊說道：

「我幹得太對你不起，裴基，我很懺悔。我一生一世決不再這麼幹了——和好了吧，怎麼樣？」

那姑娘停下來，向他看看，臉上顯出一副鄙夷的神氣。她說道：

「我不願意和你講話，湯姆士・莎耶先生。我從此不再對你說一句話。」

她搖着她的頭往前走了。這使湯姆呆住了，等到他覺到他應得說一句「誰管呢，漂亮的姑娘？」時候已經太晚了。所以他一句話也沒有說；可是他心中着實憤懣。他惘然步入學校的操場，幻想着她是一個男孩子，這樣他碰到她就可以動手打她了。他打她的前面經過，向她投了兇狠的一瞥。她也還他一瞥。在她的熱憤中她幾乎等不住學校開始上課，她是怎樣焦急地等候着湯姆爲了汚沒綴字書而受鞭韃啊！要是她有一點意思要想對湯姆揭發亞弗來特·探潑耳的陰謀的話，湯姆的凶狠的態度已經把她這一點意思完全驅除了。

苦惱的小姑娘喲，她還不知道她自身的禍難快要到臨哩。學校教師陀平斯先生是一個上了中年而野心很大的人。他的志願是做一個醫士，但爲貧窮所困，只能夠做一個鄉村的學塾教師。每天在課餘的時間，他從他的抽屜內拿出來一本神祕的書，用一回功。他把這一本書用鎖扃在抽屜內；學生們誰都想看牠一眼，可是總沒有機會。每個男學生和每個女學生對於這一本書的內容都有一點各不相同的猜想，可是誰也無法確實知道牠。現在，裴基打靠近門口的先生的書桌旁經過，瞧見鑰匙插在鎖眼中！這是一個難得的機會。她向四週一望，並沒有第二人，就把那一本神祕的書拿在手中了。封面上題着

——某某教授著『解剖學』——這幾個字仍然不能解釋她心中的疑團；她便動手翻動書頁。她立刻看到一幅美麗的彩畫——一幅人體型。正在這瞬間，一個黑影落在書面上，因爲湯姆已經步入教室，把這一幅圖畫瞧見了。裴基急忙把書本闔攏，不幸這一幅圖畫已經撕裂了一半。她把書本擲入抽屜中，把牠鎖住了，然後又羞又怒地且哭且說：

「湯姆·莎耶，你太可惡。人家在看着甚麼，你也來偷看！」

「我那裏知道你是在看着甚麼呢？」

「湯姆·莎耶，你要把我的事情告訴先生的。哎，我怎樣才好呢，我怎樣才好呢？我一定挨打的，我在校中從來不會挨打的啦！」

她又頓足說道：

「你要告訴就去告訴吧？我知道有甚麼事情快要發生了。你等着瞧吧，你會明白的！可惡，可惡，可惡可惡！」

她跑出教室，大聲哭着。

湯姆兀自站着，裴基的一場發作使他一時茫然無措。他自語道：

「蠢笨得好奇怪的一個小姑娘在校中從來不曾挨打！挨打！無用的東西，挨打值得甚麽！女孩兒們正是這樣——她們是膽小而皮膚嫩。算了，我當然不會把這蠢貨的事情告訴陀平斯老先生的，可是她終究難免一場責打的；爲甚麽呢？陀平斯老先生當然要問一聲誰撕破了他的書。大家沒有回答。於是他就照他的老方法幹——先問這一個，後問那一個，一個一個的問下去，這樣的輪到眞正犯了事的那女孩兒受問時，他自然明白了。女孩兒們老是把心事擺在臉上的。於是她挨打了。這對於裴基・薩邱眞是難堪的一回事啦，她無論如何難免挨打的啊。」湯姆忖了一會，又說道：「讓她去吧；她是很恨我的，現在讓她去受罪吧」

湯姆加入游嬉着的學生們的隊中。過了片刻，教師到校，開始上課。湯姆不能專心於他的功課。他時時向女學生的一方窺看，裴基的一副面孔使他看了難堪。他從各方面考慮一回，決定不去救助她，雖然他確有可以救助她的方法。過一會，湯姆的綴字書被墨水汚沒的事被先生發見了。裴基原來是昏迷於她的憂慮中，現在卻驚醒了。她興高采烈地伺候着事情的進行。她預料湯姆雖然否認自己把墨水倒在書面上，仍然是免不了受難的。她的預料誠然不錯。湯姆的否認，祇使事情弄得更糟些。裴基設想這是使她快活的一回事，她又試着承認她是當眞快活的，然而她覺得沒有甚麼把握。不但如此，她還想把亞弗來特·探撥耳的事情說出來，可是她卻竭力矜持，因爲她自語道：「他一定要把我撕破圖畫的事告發的。我決定不說一個字，讓他去受罪。」

湯姆挨了打。回到他的座位，卻不覺得如何傷心。在他想來，他自己在遊嬉着的時候無意中把墨水倒在綴字書面上是可能的事。他的否認祇是出於習慣罷了。

一小時過去了；先生坐在座上打盹，嗡嗡的讀書聲使空氣沉悶得很。過一會，陀平斯先生伸直了他的身子，打了一個呵欠，開了抽屜的鎖，伸手去摸他的一本書，卻又似乎還沒有決定究竟要不要把書拿出來。大多數學生漠然地對他們看了一眼，可是其中有兩個學生卻以迫切的眼光看着他的舉動。陀平斯先生茫然地握着他的書，一會兒拿了出來，終於端坐着看起來了。

湯姆向裴基投了一瞥。他覺得她的神氣宛如一隻正對着槍頭的無救的兔子。他頃刻把和她交惡的事情忘記了。趕快，應得幹一件事！應得趕快幹！他應得立刻奔上去，奪下那一本書就向外跳跑！可是他少許躊躇了一下，機會已經錯過了——先生已經把書翻開了。太遲了，無法救助裴基了，他說。在其次的一瞬間，先生面對着全體學生。經他這一看，大家的眼都垂下了；他的眼光這麼兇狠，連無罪者也都覺得可怕。經過了一會，全教室異常的寂靜，他開口說道：

「誰撕破了這本書？」

一點聲音也沒有。一根針落在地上也可以給聽見。寂靜繼續着；先生向一個一個的臉上搜尋罪犯的標記。

「辨茄明·羅格斯，你撕破這本書？」

一個否認。又是一回停頓。

「霞綏夫·哈褒，是你？」

又是一個否認。湯姆的不安隨着訊問的移進逐漸加重。先生把男學生的一方全都訊問過了，考慮了一會，然後轉向女學生的一方：

「阿密·勞倫斯？」

搖搖頭。

「葛萊西·密婁？」

同樣的表示。

「許山·哈褒，是你幹的麽？」

又是一個否認。第二個就要輪到裴基·薩邱。湯姆急得全身震顫覺得事情完全無望了。

「裴基·薩邱」——（湯姆看一看她，她的臉孔嚇得發白了）——「你可有撕破——不，對我的臉看」——（她舉起雙手）——「你可有撕破這本書？」

一個主意像閃電一般透過湯姆的腦袋。他立即起立喊道：

「是我撕破的！」

全校的學生都惘然注視着這個奇異的蠢夫。湯姆站着聚一會神；當他走上前去受罰的當兒，從裴基的眼睛向他表示的驚異，感謝與崇拜似乎足夠報償他受着的無數的鞭韃。他被自己的行爲的義俠所激勵，毫不啼哭的忍受陀平斯先生罰他的最兇狠的笞打；除笞打以外，他更接受一個留假二小時這樣嚴酷的命令，他把這個命令也看得漠然——因爲他知道一定有誰在外面等候着他，他也就不把這沈悶的二小時當作損失了。

那天晚上湯姆上牀就睡時，他計劃着如何向亞弗來特・探撥耳圖報復；因爲裴基已經含羞把亞弗來特的事全盤告訴了他，同時向他表示自己的悔恨。不久，他拋棄了復仇的念頭而沈迷於更可喜的默想中：最後他睡着了，裴基對他說的最後一句話在他的耳際朦朧地縈繞着：

「湯姆，你怎麼能夠這般豪俠！」

第二十一章

假期快到臨了。本來是認眞的教師，近來變得格外認眞而且嚴厲起來，這是因爲他希望學生們在舉行休業式的一天有好的表演。他的戒尺和笞鞭近來難得閒空了——至少常用於年紀較小的學生們。只有幾個年紀最大的男學生和十八歲以上的女學生纔免除他的鞭韃。陀平斯先生的鞭韃又是很有力的；他雖然禿了頭皮，戴了假髮，可是他還不過是一個中年的人，膂力着實強健。重大的休業日漸近，他把他所有的嚴厲手段都施用出來；他似乎把向犯了微過的學生施罰當作復仇似的快意的事。因此，一班年紀小的學生們，白天過着恐怖的和苦痛的生活，晚上則計劃着圖報復的方法。他們一遇機會，就設法戲弄先生。他卻隨時謹防着；所以他們每一次圖報復，祇換得一次嚴厲的責罰。後來他們想出一個極有把握的計劃。他們把計劃告訴招牌畫匠的兒子，要求他的幫助。他有他自己的理由把這工作樂意地承受了；這位陀平斯先生是寄寓在他父親家內的；因了種種原由這孩子着實恨他。先生的妻過幾天就要到鄉下去，所以對於他們的計劃的阻礙完全沒有了。先生在每一個重大的日期老是多喝一點酒，弄得醉醺醺的；所以招牌畫匠的兒子說，在舉行休業式的那一天晚上，當先生喝酒到了相當的光景，坐在椅中打盹時，他就動手『安排停當』；然後他在適當的時間叫醒了他，就跑到學校中來。

期待着的休業日終於到來。晚上八句鐘光景，校內燈光煇煌，花綵燦爛。陀平斯先生高坐在講壇上的大交椅中，背後掛着一塊黑板。他醉醺醺地坐着。他的左右兩旁每旁三行長櫈，他的前面六行長櫈，坐着村中的顯貴及學生的親長。他的左旁來賓席後面放着一座廣闊的臨時講臺，上面坐着預備表演的學生們；幾排小學生打扮得很整潔，卻不十分舒服；幾排笨拙的大孩子；宛如雪堆一般的一羣女孩子和年青婦人，麻紗的衣服，露出的手臂，她們的祖母傳授下來的古老的首飾，紅綠色的絲帶，以及插在髮上的花朵。此外占領室中的便是不參加表演的一羣學生了。

表演開始了。一個年紀很小的男學生站起來，羞澀地背誦「像我這樣幼小的一個學生對着大衆演說……」同時扮演着僵硬的脫節的各種姿勢。他在滿堂的喝采聲中機械地鞠一個躬退下了。

一個帶着赧顏的小姑娘唱誦一首「瑪麗有一隻羊……」的短歌，行了一個引起愛憐的跪禮，博得了聽衆的喝采，於是紅着臉兒得意地坐下來。

湯姆·莎耶自負地昂步向前，開始滔滔地演說「不自由毋寧死，」伴着熱狂的姿勢。到了中段，他突然停止了。他犯了「上場昏，」他的兩腿在下面顫抖着，他的咽喉幾乎塞住了。不錯，全場都爲他可惜——但同時全場都寂靜無聲，這比可惜他更使他難堪哩。先生對他蹙額。湯姆掙扎了一會，終於退下來，感着完全失敗了。喝采聲是有的，頃刻間卻肅靜了。

接着是「童子站在焚燒着的甲板上，」「亞述人倒了」等等的默誦。再後是讀書表演，綴字競賽，拉丁文背誦。於是全晚上最重要的節目開始了，這就是年青婦人們的論文原稿的誦讀。一個一個的依次走到講壇端，咳嗽一聲，捧着用美麗的絲帶綴束的稿開本始誦讀，特別注意表情和句讀的段落。她們的論文的題目相同於她們的母親，她們的祖母，甚至回溯到十字軍時代她們的女性的祖先在同樣的節日所提出的。一個題目是「友誼」；「往日的回憶」；「歷史上的宗教」；「夢想的世界」；「修養的價值」；「政體的種類及其比較」；「孝行」；「悲觀」；「心的願望」及其他，及其他。

在這些論文中，有幾個共通的情形。第一，文章多少帶悲觀的氣味；第二，濫用詞藻；第三，盡量引用聽到的和見過的名人的成語。此外，還有一個顯著的情形，便是每一篇論文的結尾都加上一段頑固而乏味的教訓。不論題目是甚麼，她們卻都用盡心計，曲曲折折的演說一段道德的和宗教的教訓，教人們從這裏得到啓迪。這些教訓是顯然虛僞的，因爲牠們連自己校內的壞風氣都不能改革。這情形從來如此，將來恐怕永遠如此。在任何學校內，當年輕的婦人們在論文的結尾加上一段教訓的時候，她們都是覺得十分勉強的。不但如此，凡是學校內最輕浮和最無宗教心的姑娘，她寫出來的教訓倒是最長的和最虔誠的哩。

最後，喝醉得看去很和善的陀平斯先生把交椅移到一旁，旋轉身去，動手在黑板上畫一幅亞美利加的地圖，預備試驗地理班的學生。他的顫動着的手使他很爲難，窒息着的竊笑聲哄動全室。他明白竊笑的原因，竭力鎮定着要把牠矯正。他抹去黑板上的線條，重新畫過；可是他畫得比以前更不如，竊笑聲更多了。他把整個的注意放在他的工作上，似乎具了一個不爲竊笑所屈服的決心。他覺得所有的眼睛都釘住在他身上；他想像着這一囘他成功了，可是竊笑聲依然不絕，有增無減。原來這是有原因的。正對他的頭上，有一個通頂閣的天窗；從這天窗一隻用線縛着臀部的貓兒掛下來了；貓兒的頭和顎是用破布紮縛的，這樣牠便不會鳴叫了；牠慢慢地掛下來時，忽而彎身向上，便抓住了縛着的線，忽而翻身向下，便向空中亂抓。竊笑聲逐漸響烈，貓兒離專心工作的先生的頭部只差六吋了；掛下來掛下來，貓兒和先生的頭部平了，於是牠勇猛地一抓，把先生頭上的假髮抓去了！頃刻間貓兒給弔上到頂閣，帶着牠的戰利品同去！看啊，從先生的光禿的頭皮放出燦爛的光彩來了，原來是招牌畫匠的兒子在這上面塗了金！

休業式便這麼結束，學生們的仇報了。假期開始了。

第二十三章

湯姆加入了禁酒會的新組織，當了一名少年軍，他是爲了羨慕他們的徽章的華美而加入的。他立誓他當一天少年軍便一天不抽煙，不嚙煙草，不出惡言。從此，他發見了一件新事實——便是：誰發誓不幹一件甚麼事，反而使他格外想幹那一件事。湯姆不久便覺得自己渴想着喝酒和咒駡；他這想望非常堅強，要是不爲了想博得紅色的肩章去出風頭，他一定立卽退出了。七月四日的獨立紀念節快到臨了：可是他不把牠放在心上——他做了會員還不到二天，就不把牠放在心上了。他把他的希望專注在治安法官弗賴受身上，因爲他臥病瀕死！而像他這樣一個高等官吏死後當然是要舉行一番盛大的葬儀的。三天來，湯姆十分關心法官的病狀，隨時探聽消息。有時，他似乎很有把握，於是他拿出肩章，在鏡架前演習一番。可是法官的病狀曲折得很。後來他居然有了起色，終於痊愈了。湯姆憤懣萬分，覺得喫了一場大虧。他立卽退出了少年軍，可是在他退職的當天晚上，那法官的病起了變化，竟死了。湯姆下了決心，從此不再相信像弗賴受這樣的人了。葬儀果然是盛大的。少年軍耀武揚威地排隊進行，剛纔退伍的湯姆看得多麼羨妒啊。

可是，湯姆終究囘復他的自由了，他便以這個自慰。現在他可以隨意飲酒和咒罵了，可是使他老大驚異，他卻不願意飲酒和咒罵了。理由是簡單的：慾望沒有了，旨味也消失了。

湯姆從此感到他渴望着的假期到了手倒不容易消度。

他試着寫日記，可是三天沒有甚麼可記的事，他便中止了。

黑人樂隊到鎭上來了，引起了一時的激動。湯姆和霞·哈褒招集一組樂隊，玩了兩天有趣的遊嬉。

獨立紀念節也沒有多大的興味，因爲那天正下大雨，因而把遊行取消了。更使湯姆失望的，是那個世界的最大人物（湯姆的想像如此）美國上議院議員朋東先生竟不是一個二丈五尺高的魁梧的男子，也沒有其他近於大人物的標記。

馬戲班到來了。他們去後，湯姆和他的夥伴繼續扮演馬戲，用破舊的氈毯當作營帳——入場費男孩子每人扣針三枚，女孩子每人二枚。他們扮演了三天便停止了。

一個骨相學者和一個催眠術家到來了。他們去後，村中比以前格外顯得單調與寂寞。

男孩子們和女孩子們的同樂會是間或舉行的，可是舉行的次數太少了，舉行的時候又太歡樂了，所以其餘的時間愈覺枯燥了。

裴基·薩邱回到君士坦丁堡她的家中去陪伴雙親消度假期去了——所以湯姆處處都感到生活的無聊。

殺人事件的恐怖的祕密無時不使他苦痛。牠竟成了一個恆久的癌腫。

於是痲疹發生了。

在二星期間，湯姆像囚犯一般的躺着，與世事完全隔絕。他病得很到害，把甚麼事都忘了。當他後來支撐着身子懶洋洋地走到外面時，他發見村中到處起了一個陰慘的變化。教會的信仰復活運動起來了；誰都變得熱誠地信仰宗教，不僅是成人，就是男孩子和女孩子也都是這樣。他走來走去，希望找到一個不信神的人，可是他到處失望。他看到霞·哈褒在溫讀聖經，便怏怏地囘轉身離開這個違心的景象。他找到辨·羅格斯，他正擕着一隻滿盛說教小册子的筐子到處向貧民勸化。他找到及姆·荷立斯，他勸告湯姆，說這一次的痲疹正是教他們信仰上帝的警告。他多遇見一個孩子，便多增加一分悲觀。他在絕望之餘，決意跑到赫克萊培來·芬那里去求安慰，誰知赫克萊培來·芬對他說的又是一大段聖經的文句。他的心碎了；他跑囘家中上床就睡，自信全村中祇有他一人將永遠不能升天國了。

夜間起了一陣劇烈的風暴，夾雜着大雨，猛雷和疾電。他把被單蒙住他的頭，等候着他的可怕的刼數的到臨；他毫不疑慮，這一次的天變地異是爲了他的不信神而來的。他承認把天上的神觸犯得不能再忍，所以纔大發雷霆。在他看來，用了多量的火藥和槍砲去殺死一個甲蟲未免太浪費了，可是以猛裂的風暴去襲擊和甲蟲一般藐小的他倒沒有甚麽不相稱。

過一會，風暴過去了，刦數卻沒有到來。湯姆第一個主意是感謝與自新。他的第二個主意是再等一會——也許再有風暴來哩。

第二天，醫生又來了；湯姆的病復發了。他仰臥了三星期，宛如過了整個的一世紀。當他病愈後出外步行時，他想起病時的孤獨的景況，幾乎不能以他的復活爲可喜了。他懶洋洋地走到街上，看見及姆·荷立斯扮做少年法庭的法官，在訊問着貓殺死鳥的一件命案。他又看見霞·哈褒和赫克二人在田路旁偸摘甜瓜。可憐的孩子們喲，他們，和湯姆一樣，也是剛從痲疹復發逃出性命來的。

第二十四章

殺人事件的訊判期快到臨了，這一個消息大大地打破了村中的沈悶的空氣。大家都把這一件案子當作談話的資料。湯姆是脫不了干係的。每一番關於殺人事件的談話都使他的心震戰，因爲他在良心和恐懼的交迫中，這些談話在他聽來都似乎是故意向他「試探」的；他明白他是不會被人猜疑到知道關於殺人事件的眞情的，可是他在聽到別人談論着的時候終不能安心。因此他是常常處於危懼之中。他把赫克邀到一個僻靜的地方，對他作一番談話。無禁忌的侈談一回在他似乎是一件暢快的事。而且，他要問一個究竟赫克是否確實一直保守着祕密。他問：

「赫克，你可有對誰說起那一件事？」

「甚麼事？」

「你知道的那一件事。」

「啊，我當然不會告訴人家的。」

「一個字都沒有告訴人家？」

「一個字也沒有。你爲甚麼問我？」

「我躭憂着你告訴了。」

「哪哪，湯姆·莎耶，如果給人家知道，我們的性命便難保了。你總該明白的。」

湯姆這纔覺得放心了。過一會，湯姆又問：

「赫克，他們不會設法叫你說出來嗎，他們不會嗎？」

「叫我說出來？哪哪，要是我願意讓那個雜種兒來害死我，那我纔會說出來。」

「這樣就好了。我想來我們祇要守着祕密便一直平安的。可是，讓我們再來宣一回誓吧。那就格外穩當了。」

「我贊成。」

於是他們第二次用嚴肅的文字宣了誓。

「赫克，你聽到些怎樣的談論呢？我聽到很多很多。」

「談論？那就是墨夫．巴透，墨夫．巴透，墨夫．巴透，一直聽到這麼說。我聽到了，老是捏一把冷汗的，所以我想設法逃避。」

「正和我的情形相同。我想來他是無救的，你有時覺得他可憐嗎？」

「一直覺得他可憐——一直覺得他可憐。他從來不曾謀害別人。他衹釣幾尾魚，得了錢便去喝酒——此外他便懶散度日；可是，天哪，我們都是這樣的啊——至少多數的我們是這樣的，——就是傳道師也是這樣的。而且他是一個和善的人，他有一次給我魚喫；我有時釣魚的運氣不佳，他常常幫助我的。」

「哎，他曾給我修補紙鳶，赫克，又給我結魚鉤。我願望我們能夠設法從牢獄裏接他出來。」

「嘻！我們不能接他出來的，湯姆。而且，就是把他接出來也於他無益的；他們會再把他捉住的。」

「是的——他們會再把他捉住的。可是我眞厭聽他們對於這個不曾犯罪的人像對惡魔一般的咒駡着哩。」

「我也是這樣。天哪，我聽見他們說他是一個兇相的惡棍，而且他們還以他不曾早處死刑爲不可思議哩。」

「是的；他們一直說這一類的話。我聽見他們說如果他給釋放了他們一定治他私刑的。」

「他們當眞會這麼幹的。」

兩童子暢談了一回，可是他們的暢談反而使他們格外不舒服了。黃昏漸近，他們徘徊於寂寞的牢獄的近傍。他們黯澹地希望着或者會有甚麼神異的事變快發生，這樣他們胸中的重荷便得卸去了。可是沒有事變發生；他們想來，似乎沒有一個天使或神仙是關心於這個不幸的囚犯的。

兩童子幹他們常幹的事去了。他們跑到牢獄的格子窗口，把烟葉和火柴遞給墨夫·巴透，他住在底層，看守的人是沒有的。

墨夫·巴透歷次對於他們的餽贈的感謝的話都是使他們的良心痛苦的——這一次使他們覺得格外痛苦。聽到他的一番話，他們覺得自己太怯懦了，太不忠實了。他說道：

「你們待我很好，孩子們——比村中其他的孩子都好。這使我不會忘記的，我不會忘記的。我常常對自己說：『我常常替孩子們修補紙鳶和別的東西，常常把魚多的地方指示他們，盡我的力量幫助他們，可是現在老墨夫遭難，他們都忘記他了，只有湯姆沒有忘記，赫克也沒有忘記——他們沒有忘記他，』我說，『我也不忘記他們！』哎，孩子們啊，我幹了一件可怕的事——喝醉了酒昏狂了，那是我幹了錯事的唯一理由，而現在我快要受死刑，這是應該的。這是應該的，我說。哎，不再談這事吧。我不願意使你們難受；你們是待我很好的。可是我要對你們說，你們切莫酗酒，那就你們永不至於到這里來了。站得再靠西一點吧；這樣，這樣好了；受難的人看見親切的面貌是再舒服也沒有的，而這里除你們兩人以外是沒有人來的。好親切的面貌喲——好親切的面貌喲。你們兩人疊起來，讓我來摸你們吧。這樣好了。我們握手吧——你們的手伸進窗格子來吧，我的手太大，是伸不出的。柔嫩的小手喲，牠們幫助墨夫·巴透許多了，牠們一定更多幫助他的，要是牠們能夠。」

湯姆怏怏回家，晚上做了可怖的夢。在以後的第二天和第三天，他徘徊於法庭的門口。一個幾乎不能抑制的衝動把他拉進去，可是他仍然勉強地回出來。赫克也有同樣的情形。他們二人互相留神迴避。各人時時跑開，同樣的一個魔力又引誘他們立即回轉。湯姆留神靜聽從法庭踱出來的閒人的談話，聽到的大抵是慘澹的消息；重重的法網向不幸的巴透身上緊迫着。到了第二日的傍晚，村民的談話都承認印瓊·霞提出的證據是確切不移的，法官的如何定讞幾乎不成問題了。

這天晚上，湯姆回家很遲，從窗口爬入室中。他非常興奮，數小時不能入睡。第二天早晨，全村人蜂擁入法庭，因爲這是一個重大的日期。在擁擠着的聽衆中，男女各占一半。等候了許多時候，陪審官排隊入室，就了座；過一會，獄卒把墨夫·巴透引入，帶着縲絏，又慘白又憔悴，又羞怯又絕望，坐在萬人注目的地方；印瓊·霞一樣的令人注目，冷冰冰的面孔一如從前。又等候了一會，於是法官進來了，執行吏宣告開庭。接着是照例的律師的交談和狀紙的搜集。這些準備的事務及其件起的時間的拖延使法庭的空氣逐漸緊張。

一個證人被傳喚來，他聲述在殺人事件發覺的一天的破曉，他遇見墨夫·巴透在河中洗澡，登時便逃避了。控訴人的辯護士向證人質問數語後，說道：

「詰問證人吧。」

犯人擡起他的眼睛，一會兒又垂下了，他的辯護士說道：

「我沒有詰問他的事情。」

第二個證人證明了在屍體的旁邊找到了小刀。控訴人的辯護士說道：

「詰問證人吧。」

「我沒有詰問他的事情，」巴透的辯護士回答。

第三個證人誓言那一把小刀是巴透所有的。

「詰問證人吧。」

巴透的辯護士又拒絕詰問他。

旁聽的羣衆現出不快的臉色。難道這個辯護士竟毫不努力的有意犧牲他的當事人的生命嗎？

幾個證人聲述了他們目覩的當巴透回到殺人場來時他的畏罪的慌張的舉動。他們先後離去證人席，一點不受對方的詰問。

一個一個的證人把那天早晨他們見到的不利於巴透的情形全盤供述了，而巴透的辯護士偏把他們一個一個的放過，一句詰問也沒有。聽衆因了惶惑和不滿發出不平的喃喃。於是控訴人的辯護士說道：

「有了證人的明白的毫不容疑惑的誓言，被告的罪狀是不成問題的。我們把這案子就這决樣定了吧。」

不幸的巴透發出一聲呻吟，兩手掩面，身體搖擺着，同時慘澹的寂靜占據了法庭。男子們給感動了，許多女子因了慈悲湧出眼淚來了。這當兒，被告的辯護士起立說道：

「法官——在訊問開場的時候，我們原來的主意是打算證明我們的當事人是在酒醉後的精神錯亂中幹了這件可怕的事的。我們現在卻改變了主意；我們不打算提出這辯解了。〔向書記說〕傳湯姆·莎耶上來。」

每一個聽衆的臉上都顯出惶惑的驚異，巴透的也不是例外。湯姆起身就了證人席，所有的眼睛又驚異又切迫地注視着他。這童子似乎慌張得很，他喫驚不小了。他照例宣了誓。

「湯姆士·莎耶，六月十七日將近半夜的時候，你在甚麼地方？」

湯姆斜眼一看印瓊·霞的鐵板的臉孔，他吶吶不能出口了。聽衆們屏息靜聽，卻聽不到他的供詞。過了幾分鐘，湯姆少許回復了勇氣，大膽說了一部分聽衆可以聽到的話：

「在墓場上！」

「請說得響一點。別怕。你在——」

「在墓場上。」

印瓊・霞的臉上掠過一縷輕蔑的微笑。

「你走到威廉・荷史的墓的近傍嗎？」

「是的，先生。」

「說得更響一點。怎樣的近？」

「像我離你這麼近。」

「你是躲匿的不是？」

「我是躲匿的。」

「躲在那裏？」

「躲在墓邊的一株榆樹後面。」

印璦·霞嚇得一跳，卻沒有人注意。

「有人和你同去嗎？」

「有的，先生。我和——」

「停一會——停一會說吧。說出你的同伴的名字來是不妨的。到了適當的時候，我們再傳喚他。你帶了甚麼東西去？」

湯姆躊躇着，面有難色了。

「說出來，孩子——別怕着。凡是眞實的話都是値得重視的，你帶了甚麼東西去？」

「只是一隻——一隻——死貓。」

哄笑聲起於傍聽席，給法官喝住了。

「我們提出貓的屍骨來吧。好，孩子，告訴我們你見到的一切吧——照你自己的意思說——別脫略，別害怕。」

湯姆開始說了——起初是遲疑的，後來他想到他的使命，便逐漸逐漸的流利起來；

過了片刻，全場肅靜着，只聽見他的聲音；所有的眼睛都停在他身上；聽衆們張口屏息，全神貫注在他供述着的故事上，把時間忘記了。當湯姆說到下列一段話時，他們的情緒達到極度的緊張：

「醫生把木牌一擊，墨夫・巴透倒下了，印瓊・霞跳過去，抓住了刀就——」

噓！像閃電一般快，那雜種兒穿過遮攔着的羣衆從窗口跳出，逃走了！

第二十五章

湯姆如今又成了顯赫的英雄。年老的寵愛着他，年青的羨慕着他。不朽的印刷品載着他的名字：地方報紙詳記關於他的事迹。有人相信：要是他逃出了被人謀害的難關，他會得有一天做了大總統的。同時，那些反覆無常的沒有理性的羣衆現在歡迎墨夫·巴透了。他們盲目地擁護他，正和他們從前盲目地咒駡他一樣。可是這樣的行爲是世間所承認的，我們就不必從這里指摘過失吧。

在白天，湯姆耀武揚威，得意揚揚；到了晚上，他就陷入恐怖的境況。老帶着殺意的眼光的印瓊·需無時不纏繞他的夢境。一過黄昏，任怎樣的誘惑也不能引動他走出到外面去。不幸的赫克處於同樣的困難和恐怖。在重大的殺人案訊期的前夜，湯姆把整個的故事告訴了辯護士，所以赫克深懼他當時在場這一個祕密總有一天要發覺的，雖然印瓊·霞的逃逸已經使他逃過到案質證的難關，不幸人已經求得辯護士保守祕密的允許了，但這有甚麽用處呢？自從那晚上湯姆受良心的驅使走到辯護士家中把一直因最陰慘和最嚴重的誓句而緘默着的可怕的故事告訴了他以後，赫克對於人類的信任完全喪失了。在白天墨夫·巴透的感謝使湯姆覺得他幸而把這事情說明了；可是一到晚上他就覺得他還是保守祕密的好。在一半時間，湯姆就憂印瓊·霞將永遠不被擒獲；在其他一半時間，他就憂他會被印瓊·霞擒獲。他明白印瓊·霞一天不死，他一天不看見印瓊·霞的屍體，他便一天不得安全。

賞格宣布了，各地都搜遍了，卻不見印瓊·霞的影踪。從聖路易來了一個無所不知的具驚人的天才的偵探。他到處偵察着，搖搖他的頭，看去怪聰明的。他宣佈一件他的同業輩同樣能夠達到的成績。這就是說，「他發見了一個端倪。」可是你們不能把「端倪」治以殺人的死刑，所以當那偵探公畢回家後，湯姆覺得自己的不安全正和以前一樣。

時間逐漸過去，湯姆的危懼也逐漸消失。

第二十六章

凡是一個身體組織健全的孩子，都要經過一個時期，在這時期他熱烈地想望到甚麼地方去掘寶藏。一天，這一個慾望驟然臨到湯姆身上來了。他踱出去找尋霞·哈褒，沒有找到。他第二找尋辨·羅格斯；他出外釣魚去了。他立即奔到紅手赫克·芬那里，果然把他找到了。湯姆邀同他走到一處僻靜的地方，開誠布公的和他商量。赫克願意加入。凡是供給快樂而不需要資本的任何事業，赫克都願意參預的；不值錢的閒工夫他儘多着哩。

「我們到甚麼地方去掘？」赫克問。

「啊，幾乎到處都是。」

「哪哪，那處都有寶藏嗎？」

「不，這實在不。只是幾處特別的地方纔有，赫克——有時在荒島上，有時在枯樹底下的朽鐵箱內，正在當半夜時從枯樹投射的陰影底下；可是大多數是在鬼屋的地下。」

「是誰藏的？」

「哪哪，當然是強盜們——你想是誰？難道是主日學校的校長嗎？」

「我不知道。要是這財寶是屬於我的，我決不願意把牠藏在地下；我寧願把牠用完，快活一時。」

「我也這麼想。可是強盜們卻不如此，他們老是把牠藏在地下，讓牠留着的。」

「以後他們又囘來嗎？」

「不。他們原是想囘來的，可是他們大抵把寶藏的標記忘記了，或者他們死了。這些寶藏經過很長久的時間變得發銹；後來有人找到一張說明怎樣尋覓標記的黃紙——這一張黃紙須得費一星期工夫去揣摩，因爲寫在紙上的全是暗號和象形文字。」

「象——甚麼東西？」

「象形文字——有圖畫有物件。驟看猜不出甚麼意思。」

「你可有得到這樣的一張黃紙？」

「沒有。」

「那麼，你如何找尋寶藏的標記呢？」

「我不需要甚麼標記，他們老是把牠埋在鬼屋下面，或埋在荒島上，或埋在只剩留一株孤幹的枯樹下面。喲，我們在約克孫島上已經略略搜尋過了，我們將來可以再去搜尋的；在那小河的上流有一座著名的老鬼屋；至於枯樹則到處都是。」

「所有枯樹的下面都有寶藏嗎？」

「你胡說不！」

「那麼你怎樣知道那一株樹下有寶藏才去掘呢？」

「到所有的樹下去掘。」

「哪哪，湯姆，這是要費整個的夏季的。」

「哪哪，那有甚麼？祇想想看，倘然你找到盛着一百枚洋錢的銅壺，全發了銹，或者找到一隻滿盛金鋼鑽的舊鐵箱那多麼好？」

赫克的眼睛閃耀了。

「那儘夠了。只把那一百塊洋錢給我好了，我不要那金鋼鑽。」

「很好。可是我賭咒不把那金鋼鑽丟棄。有幾粒金鋼鑽值二十元一粒。不是粒粒都值二十元，大抵值五六角或一元。」

「不見得吧！這麼值錢麼？」

「自然囉——誰都會對你這麼說的。你可有看見過一粒嗎，赫克？」

「我記得我沒有看見過。」

「喲，國王們有許多許多的金鋼鑽哩。」

「哪哪，我不認識國王的，湯姆。」

「我料到你不認識的。可是如果你走到歐洲去，你就看到成羣的他們到處跳躍着。

「他們跳躍的嗎？」

「跳躍？——你這個呆子不！不！」

「無用的東西，我祇是說你到處可以看見他們——不是跳躍着，自然囉——他們爲甚麼要跳躍呢？我祇是說你可以看見他們到處都有，你知道的，大概是這樣。像那個老年的駝背的理查。」

「理查！他還有甚麼名字？」

「他是沒有別的名字的。國王們祇有一個教名。」

「沒有別的名字嗎？」

「他們是沒有的。」

「湯姆，要是他們自己願意沒有，那也就罷了；可是我不願意做只有一個教名的國王，像一個黑人。說吧——你先到甚麼地方去掘？」

「喲，我也不知道。或者我們就在那小河隔岸小山上的那株老枯樹下面動手吧？」……

「我贊成。」

於是他們拿了一枝殘廢的鐵鋤和一枝鐵鏟，動身上那三哩路的行程。他們到達時，又熱又喘息，他們躺在近傍一株楡樹的蔭下休息一會，抽了一會煙。

「我很高興，」湯姆說。

「我也高興。」

「喂，赫克，如果我們在這里找到了寶藏，你將如何消費你分得的財寶？」

「喲，我要每天喫麵餅，喝蘇打水，每一次馬戲班來我都去看。我賭咒我要逞一時的快活。」

「喲，你不貯蓄一點嗎？」

「貯蓄一點？做甚麼用？」

「哪哪，就是他日依此營生。」

「啊，那是沒有甚麼用處的。爹爹總有一天要囘到鎭上來的，要是我不早把錢用完，那就他要奪了牠去，而且他會很快很快的用完牠哩，我告訴你。你將如何消費你的呢？」

「我要買一隻新鼓，一把快利的刀，一條紅領帶，一隻小狗，而且結婚。」

「結婚！」

「正是結婚。」

「湯姆，你——你想錯了。」

「等着——你就會明白的。」

「哪哪，結婚是最蠢笨的事啦，湯姆。看看我的父親和母親。吵嘴！他們老是吵嘴。我記得，很清楚記得。」

「這是於我無關的。我預備同她結婚的姑娘是不至於吵嘴的。」

「湯姆，在我想來她們都是一樣的。她們都挫折男子。你得仔細想一想纔好。我告訴你，你得仔細想一想。這個小姑娘叫甚麼名字？」

「不是一個小姑娘——是一個姑娘。」

「這是一樣的，我想；有的叫小姑娘，有的叫姑娘——都沒有叫錯。無論如何，她的名字叫甚麼，湯姆？」

「待他日告訴你吧——現在不。」

「很好，——也可以。祇是如果你結了婚，我便格外寂寞了。」

「不，你不會寂寞的，你和我同住好了。現在我們停止談話，動手掘吧。」

他們工作了半小時，弄得滿身流汗，卻沒有結果。他們繼續工作了半小時，仍然沒有結果。赫克說道：

「他們藏得很深的嗎？」

「有時——卻不是常常。不一定。我想來我們沒有把正確的地點找到哩。」

他們重新挑選一處地方，開始又掘。工作似乎有點拖累了，可是他們仍然繼續努力，他們默默地工作着。過一會，赫克倚着鐵鏟，用衣袖揩拭額上的汗珠，說道：

「我們這里掘過了再到甚麼地方去掘？」

「我想來還是到那邊卡迭甫小山上道格勒斯寡婦的莊屋後面一株老樹下去掘地上啦。」

「我想來那是一處好地方。可是她會不會把我們掘得的寶藏奪去呢？這是在她的不管的。」

「她奪去！也許她要試試看。可是，誰掘得寶藏，這寶藏便歸誰所有。這在誰的地方是

湯姆的話使赫克滿意。工作繼續着。過一會赫克說道：

「討厭，我們一定又弄錯地方了。你怎樣想？」

「眞使我莫名其妙，赫克。有時是有妖魔來作祟。我想來也許這就是我們的困難所在。」

「蠢夫！妖魔在白天是沒有權力的。」

「啊，倒不錯。我卻沒有想到這個。喲，我想出原因來了！我們眞是笨得不堪！我們應得在午夜時候看樹幹的陰影落在那里便向那里掘！」

「倒楣！我們白白辛苦一場！現在不必再說了，我們到夜中再來吧。這是怪可怕的一條長路。你能來嗎？」

「我一定來。我們應得就在今天晚上幹，因爲如果這些窟窿給別人瞧見了，他們就立刻明白而且他們就趕先動手哩。」

「好，今天晚上我來到你屋旁裝貓叫吧。」

「很好。我們把這些器具藏在草叢中吧。」

那天晚上，兩童子準時到場。他們坐在暗處等候着。這是一處寂靜的地方，他們記起種種的傳說，格外覺得可怕。沙沙的樹葉磨擦聲宛如鬼怪的低語，幽暗的僻隅宛如妖精的埋伏地，深沈的犬吠聲從遠處浮漾過來，陰慘的梟鳴聲應和着。兩童子給這些荒涼的景象壓服了，一句話也不說。過一會，他們估計十二句鐘到了；他們標記樹榦的陰影落在甚麼地方，便動手掘。他們的希望開始上昇。他們的興味逐漸深切，他們的工作也逐漸加緊。地穴漸大漸深，每一次他們聽到鐵鏟碰着甚麼東西發出沉重的一聲，他們的心便一跳。可是他們祇感受一次新的失望，原來鐵鏟碰着的不是石頭便是木塊。後來湯姆說道：

「沒有用了，赫克，我們又弄錯地方了。」

「啊，可是我們不會弄錯的。我們不是把陰影標記着的嗎？」

「這是我知道的，可是另外還有道理。」

「是甚麼道理？」

「哪哪，這半夜的時候我們祇是瞎猜的。說不定是太遲了或太早了。」

赫克把拿在手中的鐵鏟丟下了。

「正是這個道理，」他說。「正是這一點困難。我們還是罷手的好。我們那里能夠猜中正確的時候；而且這樣的事情怪可怕的：在這樣的時候，在這樣的地方，妖精鬼怪到處漂遊。我覺得似乎有甚麼東西老跟在我的後面，我嚇得連頭都不敢回一回。也許還有別人在我們的前面等候機會。我一走到這里，就一直戰慄到如今。」

「啊，我也和你一樣，赫克。他們把財寶藏在樹下時，老放一個死人，叫他看守。」

「啊唷！」

「是的，他們這麼幹。我常常聽見人家這麼說。」

「湯姆，我不願意在有死人的地方逗留。他們要欺侮人的，一定。」

「我也不願意動彈他們，赫克。說不定這里會有一個死人挺身說話的！」

「別說，湯姆！怪可怕的。」

「是的，赫克。我也覺得不舒服。」

「喂，湯姆，我們快離開這里，再到別地方去試試看吧。」

「對啦，我也這麼想。」

「那麼到那里去呢？」

湯姆想了一會，說道：

「那鬼屋。就到那里去吧。」

「哎喲！我不歡喜鬼屋，湯姆。哪哪，鬼屋比死人更可怕。死人固然會說話的，但他們卻不像鬼怪的突然在你的肩上現出猙獰的面貌的。我怕看見鬼怪，湯姆——誰都怕哩。」

「不錯，但是，赫克，鬼怪只在夜間出現——我們白天到那地方去掘，他們不會來阻攔我們的。」

「那原是不錯。可是你明白的，無論在白天或在晚上都沒有人上那鬼屋去。」

「是的，這大概是因爲他們不願意到曾經有人被謀害的地方去。可是在那鬼屋的週圍，就是在晚上也不曾看見有甚麼東西出現——像窗口透出一縷青光這一類的事——所以那鬼屋中大概是沒有正式的鬼怪的。」

「是啊，如果你在甚麼地方看見一縷青光透出，湯姆，那就你可以斷定在那地方的近旁有一個鬼怪。這是有理由的。因爲，你明白的，只有鬼怪纔用得着這青光哩。」

「這原是不錯。可是，無論如何，鬼怪總不會在白天出現的，這樣我們又何必怕呢？」

「對啦。你既然這麼說，我們就上那鬼屋去吧；可是我總覺得這是姑且試試罷了。」

他們動身走下山下。在他們前面月光映照的山谷中央，孤零零地站着那一座「鬼屋」籬垣早已湮沒，階沿蕪草叢生，煙突傾圮，窗戶洞穿，屋頂的一角已崩塌了。兩童子站着注視一會，看看究竟有沒有一縷青光從窗口透出。他們又低語一會，於是向右方繞一個圈子遠遠地避開那鬼屋，穿過卡迭甫小山山後的樹林，各自囘到家中。

第二十七章

次日中午，兩童子走到枯樹旁；他們是爲攜取他們的器具而來的。湯姆巴望立刻就跑到鬼屋；赫克同樣的巴望着，可是突然間他說道：

「喂，湯姆，你可知道今天是什麼日子？」

湯姆把日子默默地數清了，便張開喫驚似的眼睛說道：

「哎！我完全沒有想到，赫克！」

「啊，我也沒有想到，可是我突然記得今天是星期五。」

「討厭；我們太疏忽了，赫克。在星期五幹這樣的事情，我們大概要失敗的。」

「大概！倒不如說一定！幸運的日子總會有的，星期五卻不是。」

「就是蠢夫也知道哩。我知道道不單是你明白這道理，赫克。」

「啊，我並不說單是我明白的，我說的麼？我昨夜還做了一個惡夢——夢見一羣鼠兒。」

「正是困難的預兆。牠們相打嗎？」

「不。」

「那還好，赫克。要是牠們相打的話，那就是有極大的災難快要到臨的預示。無論如何，我們應得小心規避纔好。這事情我們今天決定不幹了，去玩玩吧。你知道羅賓漢嗎，赫克？」

「不。羅賓漢是誰？」

「哪哪，他是英國的一個大人物——而且是最大的大人物。他是一個強盜。」

「喲，我願望我也做一個強盜。他搶劫什麼人？」

「他只搶劫官吏，主教，富人，國王這一類的人。他絕對不欺侮貧窮的人。他愛他們。他常常接濟他們。」

「啊，他一定是一個俠客。」

「我敢說他一定是的，赫克。他是歷史上最豪俠的人。現在像他這樣的人是沒有了，我告訴你。他能夠一隻手縛在背後用另一隻手打人；他又能夠用一枝紫杉弓射擊遠在一哩半路外的一枚小銀幣，百發百中。」

「紫杉弓是甚麼？」

「我不知道。這當然是弓的一種。要是他只擊中幣的邊緣，他就倒身哭泣——而且咒罵。現在我們扮演一回羅賓漢吧——怪有趣的。我來教你。」

「我贊成。」

這樣，在整個的下半天他們扮演着羅賓漢，時時向鬼屋投下戀慕的瞥視，同時明日如何有把握這一個念頭湧現在他們的腦中。太陽開始西沈，他們動身回家，跨越橫在路上的整排的樹影。不久他們消失在卡迭甫小山的樹林中。

星期六，過午後片刻，兩童子又到了枯樹旁。他們在蔭下抽了一會烟，閒談了一會，便動手掘那前日掘過的洞穴。他們這麼掘，並不含有多大的希望，祇是因爲湯姆說，有許多的例子：掘藏的人掘得很深很深，掘到離藏銀所在只差五六吋的地方，罷手不幹了，後來別人走到，只輕輕的一鏟竟把藏銀掘得。可是他們這一次的企圖是失敗的。他們便肩負他們的用具動身走了。他們自信對於探寶事業毫不玩忽，應有的努力他們都盡過了。

他們到達鬼屋門前。在驕陽的下面，死一般的寂靜瀰漫着，又荒涼，又淒慘，這樣的情景使他們害怕，一時不敢走入。他們爬到門口，震戰着向裏窺看。他們看見屋內蕪草叢生，沒有地板，剝蝕的牆壁，古式的壁爐，洞穿的窗戶，毀壞的樓梯；這里，那里，到處懸着殘餘的珠網。他們靜悄悄地走入室中，脈搏加速地跳動着，口低聲地談話着，耳留神地聽着，筋肉緊張着預備隨時逃走。

過一會，他們的恐怖逐漸減殺，他們開始在室內作精細而有興味的觀察，覺得自己的大膽爲可異。繼而他們想跑到樓上去看。這似乎是斷絕他們的退路的一件事，可是他們卻互相激勵，終於把器具放在屋隅，跑上樓去。走到樓上，仍是一片荒蕪的景象。他們在屋角找到一隻似乎頗神祕的橱。這橱卻沒有什麼神祕，因爲裏面是空空的。他們有了更大的勇氣。他們剛待走下樓梯去動手工作突然湯姆說道：

「噺！」

「是甚麼？」赫克低聲問，臉孔嚇得發白。

「噺！那里！聽見麽？」

「聽見的！哎喲！我們逃走吧！」

「靜着！別動彈！他們對着門口走過來哩。」

兩童子橫身在樓板上，眼對着板縫窺看，焦愁地等候着。

「他們停下來——不——來了——他們到了。別聲張，赫克。天哪，我懊悔到這里來！

兩個男子走進來了。兩童子各自想道：

「一個是那又聾又啞的西班牙老人，他近來有一二次到鎮上來過的——別的一個從來沒有見過。」

「別的一個」是一個衣服襤褸，臉孔醜陋的人。西班牙人披着一件肩褂；他長着蓬鬆的灰白鬍鬚，長而白的頭髮披垂在闊邊帽下面，一副藍色的眼鏡戴在眼上。他們走入室中時，「別的一個」正在低聲談話；他們在地上坐下來，面對門口，背向牆壁。「別的一個」繼續談話，舉動逐漸放肆，聲音逐漸清晰。

「不，」他說，「我仔細想過的，我不願意幹這個。這是危險的。」

「危險！」那「又聾又啞」的西班牙人說，兩童子大喫一驚。「懦夫！」

他的聲音使兩童子喘息而且震戰。這正是印瓊·霞的聲音！過了一段寂靜的時間，霞說道：

「比我們在那邊幹的工作更危險的怕沒有了——卻也沒有甚麼事故發生啦。」

「那是兩樣的。既這麼遠，近旁又沒有別的房子。我們無論怎樣幹，總不會有人知道的。」

「是啦。我們在白天上這兒來，還有比這更危險的麼？——有人看見我們一定要猜疑我們的。」

「我知道。但猜是因爲附近沒有別的地方可去的緣故。我要離開這房屋。我昨天也要離開的，祇因爲那兩個兇惡的童子正在可望見全景的山上遊戲，我們無法離開啦。」

「那兩個兇惡的童子」又震戰了，私自慶幸着他們幸而在昨天發覺是星期五，等候了一天纔到這兒來。他們懊悔不曾等候一年。樓下二人拿出食物，喫了一頓。過了一會長久的若有所思慮的寂靜，印瓊·霞開口說道：

「喂，同伴，你回到河的上流去。你在那里等候我的消息。我要再尋機會到鎮上去一趟，去看一看。待我偵察一番，到了那順利的時機纔動手幹那「危險」的工作。然後上得克薩斯！我們一同逃！」

這一個提議是滿意的。不久二人都打呵欠，印瓊·霞說道：

「我瞌睡得要死！現在輪到你看守了。」

他蜷伏在雜草叢中，不久發出鼾聲。他的同伴推動他一二次，不久他開始打盹；他的頭俯下來俯下來；於是二人俱發鼾聲了。

二童子換了一口深長的舒服的氣。湯姆低語道：

「我們的機會——到了！」

赫克說道：「我不敢——他們一醒我就死了。」湯姆催促着——赫克卻退縮着。終於湯姆靜悄悄地緩緩地站起來，獨自動身走。他剛走了一步，脆弱的樓板發出可怕的戛戛聲，他登時重又坐下，嚇得不敢再試。兩童子躺在那里焦急地等候着黃昏的到來；幸運得很，他們終於看到太陽漸漸西沈了。

一個鼾聲停止了。印瓊·霞坐起來，向週圍看看，猙獰地對他的同伴微笑，叫醒了他，說道——

「喂！你是看守人啦，不是麼！」

「原是不錯，可是——幸而沒有甚麼事情發生。」

「哎喲！我可有睡着麼？」

「啊！少許，少許時候不早了，我們動身走吧，夥伴。我們剩留的一點財物怎樣處置呢？」

「我不知道——我想來還是照舊放在這里吧。我們在動身到南方去以前無須攜帶牠。六百五十元銀洋，攜帶很不便哩。」

「好——對啦——我們不妨再到這里來一次。」

「最好在晚上到這里來，像我們以前一樣——比在白天來妥當得多。」

「是的。但是，我告訴你，說不定要等待長久的時候我纔得到幹工作的機會，說不定中途有事變發生；我們還是把牠埋藏起來吧——而且要埋得深深的。」

「好主意，」他的同伴說着走過去，跪下來，豎起向後倚側的一塊爐石拿出一隻丁當地響得好聽的袋。他從這袋中取出二三十元銀洋自己收了，又取出同樣的數目交給印瓊·霞；然後他把錢袋遞給印瓊·霞，他這時正在屋角落跪着用彎刀挖掘泥土。

兩童子登時忘了他們的恐懼和憂慮。他們的迫切的眼睛留心看着每一個動作。幸運！他們的幸運不僅僅屬於空想！六百五十元銀洋足夠使半打孩子富有了！他們的探寶事業現在有了光明的前途——他們不再困於「到甚麼地方去掘」這一個模胡的問題了。他們時時互相觸肘，意味豐富而明瞭的觸肘。他們是在相互默語：「啊，你現在覺得幸而到這里來吧！」

霞的彎刀碰着甚麼東西。

「喂！」他說。

「是甚麼？」他的同伴說。

「一塊半爛的木頭——不，這是一隻匣子，我相信。來，幫我一手，我們看一看究竟當中是甚麼東西。好了，我已穿破一個洞。」

他伸手從匣子當中抓出東西來。

「是錢啦！」

二人察看手握中的錢幣。牠們是金的。樓上的二童子正和他們同樣的興奮和喜悅。

霞的同伴說道：

「我們應得趕快幹。壁爐的另一旁有隻老銹的鐵鋤放在雜草叢中——我在一分鐘前看到。」

他跑過去把兩董子的鋤和鏟拿了來。印瓊·霞拿了鋤，仔細看一看，搖搖頭，喃喃地自語一會，然後動手用鋤翻掘。

那匣子不久給掘出了。這匣子不十分大；在長遠以前原是用鐵皮包紮得很結實的。

二人在肅靜的喜悅中把匣子中的錢幣察看一番。

「同伴，這里有數千元金洋哩，」印瓊·霞說。

「我聽見常常有人說，莫來耳的黨徒曾在某一個夏日到過這里，」他的同伴說。

「我知道的，」印瓊·霞說；「這財寶正是他們的，我敢說。」

「如今你不必幹那工作了。」

雜種兒皺一皺眉頭。他說道：

「你不知道我。你怕不明白那事情的底細。我幹那工作，不單是爲搶劫，卻是爲復仇！」他的眼睛流露兇狠的一瞥。我需要你的幫助。等這事情完結了——然後上德克薩斯。囘家去，在那里等候我的消息吧。」

「你既然這麼說，就這麼幹吧。這一隻匣子我們怎樣處置呢——再埋起來吧？」

「是，」〔樓上二童子快活極了〕「不！決不！」〔樓上二童子懊喪極了〕「我幾乎忘了。那鐵鋤上蒙着新鮮的泥土啦！」〔兩童子登時嚇得幾乎發昏了〕「這里的一隻鋤和一隻鏟做甚麼用？爲甚麼上面有新鮮的泥土？誰帶了牠們來——他們又到那里去？你可有聽到什麼人？——看見什麼人？哪哪，再把牠埋起來，讓他們來時看清楚地面已給動過？不妥當——不妥當。我們還是拿到我們的巢窟中去吧。」

「哪哪，自然囉！你說那第一號？」

「不——第二號——在那十字架下面。別的一個不大好——太平常。」

「很好。天快黑了，我們就動身吧。」

印瓊·霞姑起身，從一個一個的窗戶向外留神張望。突然他說道：

「究竟誰帶了這些器具來的？你想想他們可會躲在樓上？」

兩童子屏息着。印瓊·霞拿了刀躊躇了一會，然後移身向樓梯走。兩童子想跑到那一隻櫥中去躲避，可是他們的勇氣消失了。樓梯戛戛地響——時機的危急激動那躊躇未決的兩童子——他們剛待向櫥跳躍，突然聽到朽木崩落的一聲，原來是印瓊·霞把樓梯踏得太猛烈了，因而和朽木一同翻落到地上。他站起身，咒駡着。他的同伴說道：

「幹牠甚麽呢？如果眞有人躲在樓上，就讓他們躲着——誰管呢？如果他們要跳下來，就讓他們跳下來，誰反對呢？再過一刻鐘天色暗了——如果他們要追踪我們，就讓他們追踪吧，我是不怕的。在我想來，卽使有人帶了這些器具到這里來，他們一見我們，把我們當作鬼怪，早已逃走啦。」

霞喃喃一會；後來他贊同他的同伴的主意：時候已經不早了，還是趕快收拾了回去吧。不久，在暮色朦朧中，他們走出鬼屋，攜帶他們的寶匣向河走去。

湯姆和赫克起立，雖然覺得疲倦，卻舒服得多了。他們從板縫中目送着在路上走着的二人。追踪嗎？不——他們能夠保全着性命再走到地面上來已經夠滿意了。他們動身回家。他們不大說話，他們在默默自怨——自怨他們不幸帶了鋤和鏟來。要是不然，印瓊·霞一定不會猜疑。他一定把金洋和銀洋一起埋在地下，等到他的「復仇」工作完了後再回來攜取，那時他纔發見財寶已經失去了。不幸，不幸，他們不幸帶了器具來。他們決定伺候那西班牙人再到鎮上來偵察復仇的機會，追踪他到那「第二號」去。突然湯姆想到一個可怕的主意：

「復仇？說不定他的意思就是指我們啦！」

「啊，別這麼說，」赫克說着，幾乎嚇昏了。

他們討論這事情。走到村莊時，二人同意相信他指的多半是別的什麼人——至少他指的只是湯姆一個人，因爲只有湯姆一個人曾經到庭質證。

湯姆覺得只有他一個人處於危境，很不舒服。有了共患難的人，事情就容易辦了，他這麼想。

第二十八章

湯姆白天的奇遇，在他當天晚上的夢中老大作祟。他摸索那寶藏，但一覺醒來，寶藏化爲烏有，遺留的祇是難受的不幸的感覺。他這樣由夢而醒，共計四次。清晨，他醒臥在牀上，回想着他的奇遇中的各種事蹟，他覺得這些事蹟變得異樣的模胡而縹緲，彷彿牠們發生在別一個世界，或者發生在長遠以前似的。於是他設想那奇遇的本身祇是一個夢境罷了！對於這個設想他有一個非常充分的理由，這理由便是：他看到的銀幣的數量太浩大了，不像是眞實的寶藏所應有。他以前從來不曾看到五十枚洋錢放在一堆。和其他同年齡同階級的兒童一樣，所謂「一百」和「一千」的稱呼在他看來祇是談話中想像的名詞，決不會有這樣的數量當眞存在世上。他從來不曾設想：如一百枚洋錢之類這麼巨大的數量可以在個人所有的實際的貨幣上找到。要是把他對於所謂寶藏的觀念分析起來，那祇不過是一握眞實的小銀幣和一堆想像的燦爛的大銀幣而已。

可是經過了他的反復的思量，他的奇遇中的事蹟變得逐漸鮮明而且清楚，於是他覺得那些事蹟也許究竟不是夢境。這個疑慮非解釋清楚不可。於是他急忙起身，用了早餐，跑出去找尋赫克。

赫克給找到了。他正坐在一隻平底船的舷上，沒精打采地在水中垂擺他的雙足，看去怪鬱悶的。湯姆決定讓赫克先提及那事情。要是他不提及，那就證實他的奇遇祇是一個夢境罷了。

「喂，赫克！」

「喂，你。」

片刻的靜默。

「湯姆，要是我們把那可惡的器具留在枯樹下面，那就財寶已經到手了。啊，那豈不是大大的好事！」

「那不是夢，那麼，那不是夢！我希望那是個夢。我當眞希望。」

「甚麼東西不是夢？」

「啊，昨天的事情。我一半懷疑牠是夢哩。」

「夢！要是那兒的步梯不曾崩落，那就你明白了這到底是不是夢！我做了一晚上的夢，無時不夢見那個戴眼鏡的西班牙惡人在追逐着我。殺死他！」

「不，不是殺死他。我尋他！追踪那財寶！」

「湯姆，我們再也找不到他了。一個人難得遇到獲得這麼一大堆金錢的機會，而這機會已經錯過了。如果我見了他，我一定要震顫的。」

「啊，我也要震顫的；但是我極願意看到他，極願意追踪他——到他的第二號去。」

「第二號，是的，正是這個，我已經想過了。卻想不出甚麼來。你的意見怎樣？」

「我不知道。這太深奧了。喂，赫克——也許這是房屋的門牌號頭。」

「笑話！不，湯姆，不是的。就算是門牌號頭，那也決不在這個小鎮上。這里是沒有門牌號頭的。」

「啊，原來如此。讓我再想一想。有了——這是一個房間的號頭——在一所旅館中，你知道的！」

「啊，差不多對啦！這里祇有旅館二所。我們很容易找到。」

「你留在這里，赫克，等候我回來。」

湯姆立刻跑出去。他不願意在公衆地方有赫克陪伴他。他出去半小時就回來。他發見在那講究的一所大旅館中，第二號房間早就住着一位年青的辯護士，現在還住着。在別一所小旅館中，第二號房間卻是一個神祕。據旅館主人的年青的兒子說：這一個房間永遠扃閉着，白天從來不曾看見有人進出；他不知道這究竟是爲了甚麽緣故；他曾經有過好奇心，卻不十分深切；他以「那一間屋子是有鬼怪的」這個理由解釋他的疑慮的大部分；他在昨天晚上曾經看到室內點着燈火。

「這就是我所發見的，赫克。我料想那一個房間正是我們所追求的第二號。」

「我也這樣料想，湯姆。現在你預備如何進行？」

「讓我想一想。」

湯姆想了許久。然後他說道：

「我對你說。走出那第二號房間的後門，便是那夾在旅館與那隘陋的磚瓦倉中間的一條狹衕。現在請你搜集所有你能辦到的房門鑰匙，我也把姨母所有的都抓了來，等到第一個黑夜到來，我們就到那兒去一個一個的試試看。而且你得留心伺候印瓊·霞，因爲他說他要再到鎮上來偵察復仇的機會。如果你看到他，你必須尾隨他；要是他不向那第二號房間走入，那就是我們弄錯地方了。」

「啊唷，我不願意兀自尾隨他！」

「哪哪，這是在晚上，一定的。他決不會看到你——就是他看到你，他也決不會起疑心。」

「啊，要是十分黑暗，我纔追蹤他。我不——我不。我姑且試試看。」

「如果天黑，你必須尾隨他，赫克！哪哪，說不定他覺得沒有復仇的機會，就帶了那財寶出外去啦。」

「說得是，湯姆，說得是。我決意尾隨他；我決意尾隨他，一定！」

「你現在這麼說！請你別臨時退縮，赫克，我是決不會退縮的。」

第二十九章

當天晚上，湯姆和赫克着手幹他們的冒險事業。他們徘徊在旅館的近傍，一直到了九點鐘。一個遠遠地守望着那條狹街別的一個守望着旅館的大門。沒有人進出那狹街；也沒有一個貌似西班牙人的人由旅館大門進出。晚上的天色很皎潔；於是湯姆動身回家；二人約定：如果天色到了相當程度的黑暗，赫克須得跑到他屋邊「裝貓叫，」那時他便溜了出來，去試試他的鑰匙。可是天色的皎潔依然如舊，赫克便停止守望，爬入一隻空糖桶中去歇睡，那時候大概是十二句鐘。

星期二的晚上，二童子遇到和昨晚同樣的不幸。星期三晚上也是這樣。到了星期四晚上，天色似乎合宜得多。湯姆趁早溜了出來，帶着姨母的一隻老提燈，和一塊用以遮蔽提燈的大毛巾。他把提燈藏在赫克的糖桶中，便開始守望。夜半前一小時，旅館門關閉了，旅館內的燈火（是附近一帶僅有的燈火）熄滅了。西班牙人始終沒有見到。沒有人由那條狹街進出。一切是順利的。黑暗瀰漫着，完全的寂靜間或被發自遠處的嗡嗡的微弱的雷鳴聲衝破。

湯姆拿了他的提燈，在桶中把燈火點起，用大毛巾緊裹着，於是兩個冒險者在黑暗中向旅館潛行。赫克站着守望，湯姆摸入街中。赫克等候得不耐煩起來，如山一般的沉重的焦灼壓上他的心頭。他開始希望看到從提燈透出來的一縷火光——這自然是使他驚嚇的，但這至少告訴他湯姆還活着哩。

自從湯姆不見，似乎過了許多鐘頭。無疑的他一定已經昏暈在那里了；也許他已經死了；也許他的心因了恐怖和刺激而爆裂了。赫克一壁心中不安寧，一壁慢慢移步走近那條狹街。他十分害怕，時時提防着會遇到災難，結果了他的性命。他的呼吸迫促，他的心頭狂顫。突然間，他看到一縷火光，湯姆向他跑來。

「跑！」他說；「逃你的性命！」

他祇說了一句；一句已經夠了。赫克一聽到湯姆的話，就拔脚飛奔。二童子一直奔跑，一停也不停，一直跑到村莊下端的荒廢的宰牲房，纔停下來。他們剛走入屋中，風暴發作了，大雨倒下來。湯姆舒了一口氣，便說道：

「赫克，可怕啊！我用兩管鑰匙試開那門上的鎖，盡我的力量輕輕地試，可是牠們仍然發出響聲，這使我嚇得屏斂呼息。那兩管鑰匙都配不上門上的鎖。後來，我不自覺的用手把握了那門球，門居然開開來了！原來那門沒有上鎖！我急忙跳入，移開燈上的毛巾，於是，那個鬼怪！」

「甚麼！——你看見甚麼東西，湯姆？」

「赫克，我幾乎踏在印瓊·霞的手上！」

「不！」

「是的。他躺在那里，在地板上熟睡着，一副老眼鏡戴在眼上，兩臂伸張着。」

「啊！你怎樣幹？他醒過來沒有？」

「不，一動也不動。喝醉了，我想。我抓起了毛巾就跑」

「如果是我，我決不想起那毛巾，我敢說！」

「啊，我一定想起。如果我把牠丟了，我的姨母一定要老大責打我。」

「喂，湯姆，你看見那匣子沒有？」

「赫克，我等不及周圍張望。我沒有看見那匣子，我沒有看見那十字架。我沒有看見任何東西我祇看見一隻酒瓶和一隻洋鐵杯子放在印瓊·霞身傍！還有，我看見屋中有兩隻桶和許多許多的瓶。你現在明白嗎。那一個所謂有鬼怪的房間做甚麼用？」

「我不懂！」

「哪哪，原來鬼怪就是酒！也許所有號稱禁酒的旅館都備有這樣的一個鬼怪的房間！——喂，赫克？」

「啊，我想來是這樣。誰留心這些事？但是，喂，現在正是竊取那隻匣子的恰好的時間，如果印瓊·霞是喝醉了的話。」

「不錯!你去試試看!」

赫克戰慄着說:

「啊,不——我想來不妥當。」

「我想來也不妥當,赫克。祗有一隻空瓶在印瓊·霞的身傍是不夠的。如果有了三隻空瓶,那纔他熟醉了,我纔敢去試。」

過了一回長時間熟慮的靜默,湯姆開口說道:

「喂,赫克,我們不必再去試這工作,除非我們知道印瓊·霞不在那兒。這太可怕哩。我們祗要每夜伺候着,終有一天我們會看見他離開那屋子,到了那時我們就可以立刻動手取得那匣子。」

「好,我贊成。我願意整夜伺候,也願意每夜伺候,祗要你願意擔任另一部分的工作。」

「很好,我願意。你得做的事情是跑到我的屋邊去一塊木頭而且裝貓叫——要是我熟睡未醒,你得拿一粒小石對我的窗門擲來,我一定會醒的。」

「贊成，我照辦！」

「喂，赫克，風暴平息了，我要囘家去。過二小時天就亮了。你囘到那兒一直伺候着吧，你願意嗎？」

「我說過我願意的，我當然願意，我願意每天晚上到旅館近傍去伺候，去伺候一年。我願意整白天睡，整晚上伺候。」

「對啦。現在你到甚麼地方去睡呢？」

「到辦·羅格斯的乾草棚中去睡。他讓我睡，他的父親那個黑人茄克叔父也讓我睡。我常常給茄克叔父弔水，他也常常給我東西喫。他是一個很好的黑人，湯姆。他歡喜我，因爲我從來不曾看不起他。我有時和他同坐喫東西。這不是稀奇的事情，一個人當十分飢餓的時候，任何事情都願意幹的。」

「好，如果白天沒有要你做的事情，就讓你安睡。我決不來打擾你。但是晚上你一遇機會，就得立刻跑過來裝貓叫。」

第三十章

星期五早晨，湯姆第一件聽到的事是一個可喜的消息——裴基·薩邱爾家已於昨天晚間囘到鎭上來了。印瓊·壽和寶藏這二者登時在他的關切上降落到次要的地位，把首要的地位讓給裴基了。他會見她，他們和他們的同學們玩了一整天的暢快的游戲。更有一個異常有味的消息結束了那一天，就是：裴基强求她的母親指定次日作爲那早已許可而一直延擱着的野遊會的日期，她允許了。孩子們感到無限的喜樂，湯姆的喜樂也不下於他的同伴們。請柬在傍晚前發出，闔村的小兒們登時沈浸於爲明日的盛會而預備及歡樂的預想的熱狂中。湯姆的興奮使他晚上遲遲不能入睡，他很希望聽到赫克的「裝貓叫」，很希望得了財寶到明天叫裴基和野遊會的同伴們看了喫一驚。可是失望得很，這晚上終於沒有消息到來。

早晨終於到來了。約摸在十時十一時間，一羣輕浮而噪鬧的孩子聚集在裴基·薩邱的家中各事都預備舒齊只待出發。依照習慣，野遊會沒有成人們的分兒。在幾個十八歲上下的年青婦人和幾個二十三歲上下的青年男子的照顧之下，孩子們的安全是可以信託的。一隻租定了的老舊的小汽船等候在碼頭。不久，滿街是一羣快樂的孩子的隊伍，各人攜帶着盛食物的筐。雪特臥病在家，錯過了機會；瑪麗留在家中服侍他。臨別的當兒，裴基的母親薩邱夫人吩咐她的女兒道：

「你得早一點回來。要是太遲了，你還是留在家住汽船碼頭附近的女同伴家中過一夜的好，孩子！」

「那麼我願意和蘇西·哈褒同宿，媽媽。」

「很好。大方些，別胡鬧。」

後來，當他們往前步行着的時候，湯姆對裴基說道：

「喂——我告訴你我的主意。晚上我們不必到霞·哈褒的家中，還是一直爬上那小山，走到道格勒斯寡婦家中。她有冰淇淋。她每天都有冰淇淋——很多很多的冰淇淋。她見了我們一定很快活的。」

「啊，那是有趣的！」

裘基想了一會，說道：

「可是不知道媽媽的意思怎樣？」

裘基在心中打量，然後吞吞吐吐地說道：

「我想來這主意不對——但是——」

「但是無用的東西！你的母親決不會知道的，那還怕甚麼呢？她只關心你的平安；要是她知道你要到道格勒斯寡婦那兒去，她一定允許你去的。我知道她一定允許你的！」

道格勒斯寡婦的盛情的款待正是一個誘人的甘餌。這甘餌，加上湯姆的勸說，立刻使裘基改變她原定的主意。於是二人約定決不對任何同伴說起他們預定的晚間的節目。

不久，湯姆想到赫克會恰巧在那當天晚上把消息報告給他。他這麽一想，對於預期的晚間的歡樂的興致不覺減少了一大部分；放棄了晚間在道格勒斯寡婦家中的享樂罷？那卻也不能。他何必放棄呢？他思量——昨天晚上沒有消息，難道今天晚上一定會有嗎？已有把握的晚間的享樂克服了沒有把握的財寶，於是他正和別的孩子們一樣，決定降服於堅強的欲望之下，在那一天決不再想到那一隻盛寶的匣子。

在離鎮三哩的地方，小汽船停泊在樹林的空隙間，繫了纜。孩子們蜂擁上岸。登時，一片歡呼和叫喊的回聲震徹遠近的森林和巖谷間。各式各樣的使身體又熱又倦的玩意兒，他們都幹過了。腹中的飢餓引誘他們回到營幕，享受一頓暢快的聚餐。餐後他們閒坐在橡樹的陰下，且憩且談。過了一會，有人喊道：

「誰打算走到山洞中去？」

誰都打算去的。於是各人攜帶一束蠟燭，大隊孩子立刻爬上小山。山洞口是在小山側的高處，形如A字。魁偉的橡樹的大門洞開着。進門是一間小屋，寒冷和冰屋一樣，四圍是用石灰石造成的黏着汗珠的天然的牆壁站在這黝黑的洞口遠望陽光下面的碧油油的山谷，眞有飄飄欲仙之概。可是孩子們不久便馴伏於當前的觸目的光景之下，而噴跳重復發作。每當一個孩子點起一枝蠟燭，大家便一齊擠到他身邊；接着是一陣爭奪和巧妙的掩護，蠟燭終於拋落或熄滅了，於是一陣歡笑過後，又作第二次的競奪。這樣的玩厭了，孩子們的隊伍開始沿着峻峭的斜坡下行，閃爍着的成排的燭光模胡地照見兩旁的巖壁，一直照到離他們頭頂六丈高的巖壁的接合處。這斜坡是山洞中的大路，寬不過八九呎。每隔數步，便逢比較狹小的巖洞分列左右。原來這個麥道格爾山洞是一座大迷宮，彎曲的小道盤旋曲折，不知所終。有人說，這洞中的錯綜的裂罅，雖費數日數夜的工夫，也不能探得其究竟；即使走下去走下去，一直走到地下，仍然是同樣的光景——迷宮下面又是迷宮，無論如何摸不到底的。沒有人「認識」這個山洞。這是不可能的。多數的青年卻認識一部分，誰也不敢跨越他所認識的部分以外。湯姆·莎耶對於這個山洞的認識，也沒有比別人特別多。

隊伍沿大路前進走了四分之三哩光景便有二三人一組的小隊分頭折入小路沿着陰黯的巖隙疾奔，跑到交叉口相互撞擊會逢的同伴。各個小隊可以在「認識」的地域以內互相規避至半小時以上。

過了一會，一隊接着一隊的先後踅回洞口，又喘息，又暢快，滿身是蠟燭油和汚泥。這一天的成績使他們高興極了。他們玩得忘了時間；他們一看已近黃昏，不覺喫了一驚。小汽船上的召喚的鐘聲已經響了半小時。可是，這樣地結束了一天的遊玩，委實是又浪漫又滿意的。當小汽船載着乘客在河中駛進時，除船長以外誰也不吝惜耗費了的時間。

當小汽船的燈光在碼頭邊閃爍着經過的時候，赫克已經開始他的守望的工作了。他聽不到船上的人聲，原來孩子們玩得倦極了，誰也不願說話。是一隻甚麼船，爲甚麼不停在碼頭邊：這使赫克疑慮了。繼而他拋棄了這個念頭，專心注意他自己的職務。夜漸深漸黑。十點鐘到了，車輪的聲音停止，四散的燈光開始閃爍，路上的行人絕跡，閤村都在靜睡中，只剩這個小小的守望者兀自在靜默中與鬼怪爲伍。十一點鐘到了，旅館的燈火熄滅了；到處盡是黑暗。赫克等候得不耐煩起來。他的信念開始搖動。有甚麼用處？當眞有甚麼用處？爲甚麼不就罷手了回去安睡呢？

他聽到一個聲音。他立刻留神傾聽。衖門輕輕地關閉。他跳到磚瓦倉的屋角。接着便有兩個男子在他身旁擦過，其中的一個好像臂下挾着一件東西。這一定就是那隻匣子！他們正在搬移財寶！去叫湯姆來嗎？太荒謬了——這麼一來，他們早已帶了匣子跑走，再也找不到了。不，他應得牢跟在他們的後面！他應得藉天色的黑暗自信不至於被他們發見。這麼一想，赫克便移步跟着他們走，悄悄地，赤着足，保留着相當於不至於被他們看見的距離。

他們沿河走了一程，向左折入一條小路。他們一直走上去，一直走到上那卡迭甫小山的一條路；他們走上這一條路。他們走過那威爾斯老人的家，卻毫不停頓的繼續走上去。赫克想；好的，他們要把那隻匣子埋在那老石坑當中吧。可是他們走到那老石坑邊仍然不停下來。他們繼續前進，走到山頂上。他們走入那夾在鹽膚樹叢中間的一條狹路，在朦朧中看不清楚了。赫克追上去，縮短他的距離，因爲現在他們無論如何看不見他了。他加速他的脚步，一會兒又慢下來，終於停着不進。他聽着沒有聲音；除他似乎聽到他自己的心頭跳躍以外完全沒有聲音。從隔山飄來悽慘的梟鳴聲——不祥的聲音！脚步聲卻一點聽不到。天哪，難道他們已經走遠了，他白白辛苦了一場嗎？他突然聽到從離他不過四尺的地方有人發出一聲咳嗽，使他嚇得幾乎跳起來！赫克幾乎喊出來了，卻又嚥下去；於是他站在那里，全身顫抖，如患重瘧一般地顫抖着。他覺得自己脆弱得快要暈倒地上了。他認識他站在甚麼地方。他認識他站在離道格勒斯寡婦宅外的石階只差五六尺的地方。「很好，」他想，「讓他們把匣子埋在那裏吧；那裏是容易找尋的。」

於是他聽到一聲低語——一聲很輕的低語——是印瓊·霞的：

「可惡的她也許有客人在她那裏——還有燈光哩，在這樣的深夜。」

「我看不見燈光。」

這是那個陌生人的語聲——那個上鬼屋來的陌生人。赫克的心頭起了一個寒顫

——原來這就是他們的「復仇」工作他的思想飄浮開去。他記起道格勒斯寡婦曾經親切地待他，不只一次。也許這兩個人是來謀害她的。他願望他膽敢跑到她身邊去警告她；可是他自知沒有這樣的膽量——他們會把他捉住的。他想來想去，一直想到他聽見印瓊·霞又說話：

「這是因爲有樹叢遮在你面前的緣故。喂——到這邊來——現在你看見了吧，看見了沒有？」

「是的。啊，那邊有客人哩，我想還是罷手的好。」

「罷手，就這樣跑開去，永遠不回來嗎？這一回罷了手，怕再沒有別的機會了。我再告訴你，和以前曾經告訴過你一樣，我決不計較搶得的財物——財物可以歸你所有。可是她的丈夫曾經對我無禮——屢次對我無禮。他做治安法官的時候，常常把我當作無賴漢而下獄。不但如此。他更用馬鞭打我！在牢獄前，在大衆面前，用馬鞭打我，如打黑人一般！用馬鞭打你明白嗎？他活着的時候我受了他的虧，現在他死了我要在他妻子的身上報復！」

「啊，別殺死她！別幹這樣的事！」

「殺死？誰說要殺死她？要是他在世，我決定殺死他；可是對於她卻不一定要殺死。在婦女身上復仇的方法不是殺死她——胡說！卻是毀傷她的容貌。割裂她的鼻孔——挖破她的耳皮！」

「天哪，這是——」

「請你別再說這樣無益的話。我的主意已經決定了。我要把她縛在床上。即使她流血而死，也不是我的過失。她死了，我決不號哭。我的朋友，這一件事上面要請你幫忙——爲我的緣故——這就是所以邀同你到這裏來——否則我一個人也來得成，你若退縮，我就殺死你！你明白嗎？我把你殺死了，我便又殺死她——這樣我料想誰也不會發覺這案件的兇手的。」

「好，要是一定要幹的話，就幹了吧。愈速愈妙——我全身顫抖着哩。」

「就幹？——那邊還有客人？那我就先要懷疑你了。不——我們要等候燈火熄滅——不必急躁。」

接着便是靜默，比兇狠的談話更可怕的靜默；於是赫克屏斂呼吸，小心地向後退卻；他把一足向後移伸，又小心又穩固的着落在地上，然後移動別一足。他一步一步的向後退，突然聽到一條樹枝在他的脚下碎裂！他屏息靜聽。幸而沒有聲音——仍然是完全的靜默。他歡喜無量。於是他退入鹽膚樹叢中——如掉船頭一般的旋轉他的身——又速又小心地向前步行。他走到石坑旁邊，纔覺得自己已出了險，便拔足飛奔。走下來，走下來，一直走到那威爾斯老人家的門口。他叩門，不久從窗口伸出威爾斯老人和他的兩個壯健的兒子的頭。

「甚麼聲音？誰叩門？你要甚麼？」

「放我入內！趕快！我會說明一切。」

「哪哪，你是誰？」

「赫克萊培來・芬——趕快，放我入內！」

「赫克萊培來・芬，當眞！這不像是一個我們應得開門的名字，我斷定。但是姑且放他進來吧，孩子們，看看他到底爲了甚麼事。」

「請你們切莫告訴是我對你們說的，」赫克走入後劈頭便是這一句話。「切莫——我一定要被殺死的——但是這寡婦常常待我很好，所以我要說——如果你應許不告訴人是我說的，我就說。」

「我一定不告訴人就是，否則我不放你進來了！」威爾斯老人叫。「說出來吧，在這裏的人誰也不會告訴的，孩子。」

三分鐘後，威爾斯老人率領他的兒子們，攜帶着軍器，走上那小山，一直走上鹽膚樹叢中的狹道，點着脚走，軍器拿在手中。赫克停在狹道口外，躲在一塊大圓石的後面，留神靜聽，過了一會遲滯而令人焦灼的靜默，突然聽到一聲軍火的爆發和一聲叫喊。赫克不再等待探明底細，急忙飛奔下山。

第三十一章

星期日早晨，天色微明，赫克攀登小山，輕輕地叩那威爾斯老人家的門。一家人都尙未起身。但爲了昨夜的意外事，他們卻睡得很警醒。不久，有人在窗口叫喚：

「誰叩門？」

赫克的怯懦的聲音用低的調子回答。

「請放我入內！我就是赫克．芬！」

「這是一個不論晝夜都可以開門請進的名字，朋友！歡迎你！」

對於流浪少年的耳朵，這些誠是新奇的字句，他從來不曾聽到過這樣悅耳的話。他記得那最後的一句話以前從來不曾在他身上應用過。

門立卽開開，他走入。

——赫克被請就坐，老人和他的一對壯碩的兒子趕快披上衣服。

「喂！我的孩子，想來你是餓了，太陽一出我們就預備喫早飯。大家喫熱烘烘的早飯——請你隨便喫。昨天晚上我和我的兒子們都盼候你囘到這里來過夜。」

「我大受驚嚇了，」赫克說，「我跑開了。鎗聲一響我就跑，一停不停地跑了三哩路。我現在到這里來，因爲我要明白那事情，你知道的罷；我在日出之前就動身，因爲我怕撞見那兩個惡奴，就是他們的屍體我也不願意看見。」

「啊，苦惱的孩子，看你的臉色好像昨夜你不曾好好地睡過——這里有牀，你喫過早飯就去睡罷。不，他們沒有死啦，朋友——爲了這事我們眞是抱歉。你記得的，我們依照你的敍述，就算定到甚麼地方去動手；我們點着脚走過去，一直走到離他們只差十五呎的地方——那個鹽膚樹叢夾道黑暗得如地窖一般——恰在那當兒我突然覺得我要打噴嚏了。眞是不湊巧的事！我竭力忍住，卻沒有用——噴嚏非打出來不可，果然打出來了！我當先，擎起我的手鎗，當那兩個惡徒因噴嚏聲的驚動而發出逃跑的響聲時，我就喊一聲「開鎗，孩子們！」把手鎗對準發出響聲的地方開放。孩子們也這麽開了鎗。可是他們卻早已逃走，那兩個惡徒。我們追逐他們，追下樹叢。我料定我們沒有擊中他們。他們動身時，各人發一鎗，彈丸呼呼地在我們身邊飛過，我們一點不受傷。後來我們聽不到他們的脚步聲，便停止追逐，下山把警隊叫醒。他們立卽會集，走到河邊去守候。等到天明，地方官就要率領部下到樹叢中去搜索。我的兩個兒子也快要到他們那兒去。我希望我們能夠知道那兩個惡徒的面貌的大概——那就容易着手了。可惜你在黑暗中不會看清他們的面貌，朋友，我的猜想不錯罷？」

「啊，看見的，我在鎮上看見他們，就尾隨他們。」

「好極了！描述他們的模樣吧——描述他們的模樣吧，我的孩子！」

「一個就是到這里來過一二次的那個又聾又啞的西班牙老人，別的一個是一個相貌醜陋，衣服襤褸——」

「夠了，朋友，我們認識那兩個人，他們有一天出現於道格勒斯寡婦家後面的森林中，不久就溜走了。就去吧，孩子們，去告訴地方官——明天早晨再喫早飯吧！」

威爾斯老人的兩個兒子立卽動身走。他們正待離開屋子，赫克跳起來叫道：

「啊，請求你們別對任何人說出我的名字！啊，請求你們！」

「你這麼說，就依從你便了，赫克，但是你應該爲了你的發見而受榮譽。」

「不，不，不要榮譽！千萬別告訴人！」

兩個兒子已經走了，威爾斯老人說道：

「他們不會說的——我也不會說的。但是爲甚麼你不願意讓別人知道？」

赫克說，因爲他熟識那兩人中的一人，所以他決不願意讓那個人知道是他發見他們的——如果給那個人知道了，一定要謀害他的。他對於威爾斯老人的質問的解釋便至此而止。

威爾斯老人重又聲明保守祕密，又說道：

「你爲甚麼尾隨那兩個人，朋友？他們有甚麼可疑的地方？」

赫克靜默着，一直等到他構成一個適當地縝密的回答。於是他說道：

「啊，聽我說，我是一個不幸者，——大家都說我是一個不幸者，我自己也知道是一個不幸者——我常常爲這事思想得不能安寐，想打出一條新的出路。昨天晚上就是這個光景。我睡不着，所以在夜半的時候我還在街上徘徊，後來我跑到禁酒旅館旁邊的那個老舊的磚瓦倉那兒，我就倚壁凝思。啊，正在那時，那兩個惡徒向我的身邊溜過，臂下挾着一件東西，我料想是他們偷了來的。他們當中的一個在吸烟，別的一個向他乞火；那時他們正站在我的前面，雪茄烟上的火照見他們的臉孔，於是我看出那高大的一個就是又聾又啞的西班牙人，因爲我看到他有白鬍而且戴着眼鏡，別的一個是一個相貌醜陋衣服襤褸的惡奴。」

「你能夠藉雪茄烟上的火光看見襤褸的衣服？」

這一個質問使赫克暫時呆住了。後來他說道：

「啊，我不十分清楚——但是有一點兒好像我是看見的。」

「於是他們走上去，而你——」

「尾隨他們——是的。我尾隨他們。我要明白他們幹甚麽事——他們這麽偷偷摸摸的。我一直尾隨他們到了道格勒斯寡婦室外的石堦傍，在黑暗中站着，於是聽到那襤褸的一個爲道格勒斯寡婦乞命，而那西班牙人卻堅說要毁損她的容貌，正如我已經告訴過你和你的兩個——」

「甚麽！又聾又啞的人會說話！」

赫克又犯了顯明的錯誤！他竭力留意，絲毫不讓威爾斯老人感知那個西班牙人究竟是誰，可是他的舌頭卻似乎註定了要使他爲難。他數度設法解脫他的難局，可是威爾斯老人的目光一直釘住他，使他一誤再誤。於是威爾斯老人說道：

「我的孩子！別懼憚我，我決不損傷你的毫髮。不——我一定保護你——我一定保護你。這個西班牙人決不是聾的也不是啞的；你無意中露了口氣；你現在再也不能隱密了。你一定知道一點關於那個西班牙人的事，你想保守祕密的。信任我，對我說是怎樣的一回事，信任我——我決不負你。」

赫克注視了一會威爾斯老人的一對正直的眼睛，於是俯身向他耳語道：

「這不是一個西班牙人——這是印璦·霞！」

威爾斯老人幾乎跳出椅外。一會兒他說道：

「現在全明白了。當你講述那裂鼻挖耳的事的時候，我料想那是出於你自己的杜撰，因爲白人決不用這樣的復仇的方法。但是一個雜種兒！那就完全是另一問題。」

早飯時，他們繼續談話，這其間威爾斯老人說，他和他的兩個兒子在昨夜就寢前最後幹的一件事，是攜帶了一隻提燈回到那道格勒斯寡婦室外的石堦及其附近去查察血迹。他們找不到一點血迹，卻拾得一個笨大的包，當中藏——

「藏甚麼？」

即使這一句話是電光，也不能更迅速地從赫克的發白的嘴唇跳出。他大張着眼睛，屏斂着呼吸——等候他的回答。威爾斯老人驚起——同樣的注視他——三秒鐘——

五秒鐘——十秒鐘——然後回答道：

「藏着強盜的傢具。哪哪，這與你有甚麼關係？」

赫克又就了座，靜靜地而又深深地喘息着他的心得到無上的寬慰。威爾斯老人注視着他，認眞地，異樣地。一會兒他說道：

「是的，強盜的傢具。這個似乎使你大大地安心。但是你爲甚麼這般喫驚？你原來料想那包中藏着甚麼東西？」

赫克處於一個窘迫的境地；質問的眼光釘在他的臉上——他願意犧牲一切去換得一個合理的回答。他想來想去想不出；威爾斯老人的眼光愈益緊迫——一個不甚合理的回答湧現在他的腦際——他便不加思索，用了一個勁兒把這回答喃喃地說出口來：

「我想是主日學校的書本。」

窘迫的赫克臉上絲毫沒有笑容，而威爾斯老人卻歡狂地笑得起勁，笑得全身都動搖，笑後他說，這樣的狂笑無異於人的口袋中的金錢，因爲有了牠便可以減省醫藥費。他又說道：

「可憐的小朋友，我看你臉色發青，神色疲倦；你有點不適了吧。這纔難怪你精神錯亂，會說出這樣可笑的話來。但是你不久就會好的。快快躺着休息一會吧，就會好的。」

赫克一想到自己顯露了這麼蠢笨這麼使人猜疑的興奮，不覺懊惱了。當他聽到二人在寡婦室前石堦旁一番談話的時候，原已把那個包就是寶匣這念頭拋棄了。可是他祇這樣猜想，卻不曾確切明瞭；所以他一聽到威爾斯老人拾得那個包就不免驚慌了。但就大體說，對於目前一件意外的微小的蠢事，他的喜悅勝於他的懊惱；因爲他從此完全明白，毫無問題地明白，那個包確實不是他猜想中的寶匣，這樣他就安了心而且覺得非常舒適。實際上，萬事似乎都在向順利的方向進行，那寶匣必定仍在那第二號室中，那兩個惡人將在當天被捕入獄，他和湯姆可於當天晚上毫無困難毫無阻礙地取得那寶匣。

他們剛用畢早飯，外邊有人叩門。赫克急忙躲避，因爲他不願和最近的事件發生卽使是些微的關係。威爾斯老人開了門，接入一羣太太們和紳士們，當中一個就是道格勒斯寡婦；他又望見一羣一羣的村人正在攀登小山，到發生事變的石堦旁去眺望。原來消息已經傳播了。

威爾斯老人向訪問者報告昨夜事變的經過情形。道格勒斯寡婦道說感謝的話。

「慢說這樣的話，太太。另外還有一個人，他有恩於你，比我和我的兩個兒子有恩於你更大，可是他不許我報告他的名字。沒有他，我們決不上那兒去的。」

當然，他這一番話引起了無限的好奇心，幾乎使主要事件倒變得微小了；可是威爾斯老人始終保守祕密，讓這個好奇心盤踞訪問者的心中，而且由他們傳播全鎮。道格勒斯寡婦得悉了除這一點以外的全盤情形後，說道：

「我躺在牀上看書，一直睡到天明，一點沒有知道外邊的騷動。你爲甚麼不過來叫醒我？」

「我們想來不必叫醒你。那兩個惡人不至於再回來，他們已經丟了他們的傢具，那又何必再叫醒你叫你大大地喫驚呢？我家的三個黑人整夜在你的宅旁守候。他們剛囘來啦。」

又有訪問者到來，威爾斯老人把故事報告了又報告，差不多費了二小時。

在暑假期中，主日學校不上課，大家都趕早上禮拜堂。驚人事件成了主要的談論資料。兇漢捕獲的消息始終沒有聽到。當禮拜完畢，會衆蜂擁走出通路時，薩邱法官夫人發見哈褒夫人在他身旁，便說道：

「難道我家的裴基要睡個整天不成？我料想是她太疲倦了。」

「你家的裴基？」

「是的，」法官夫人帶着一點驚異的神氣說。「她昨夜不是在你家過夜的嗎？」

「哪哪，不。」

法官夫人臉上變色了，坐落在側旁的座席上，那時候坡萊姨母正好經過，她正在和一個朋友談得起勁。她見了她們，便停住了說：

「早上好，薩邱夫人。早上好，哈褒夫人。我正在探問我家的一個失蹤的孩子。我料想他必定在你家過夜——你們兩人中的一個。他現在怕敢上禮拜堂來。我決定好好地對付他。」

法官夫人柔弱地搖搖她的頭，她的臉上愈益變色了。

「他不在我家過夜，」哈褒夫人說着，開始神色不安了。顯明的憂慮罩在坡萊姨母的臉上。

「霞·哈褒，今天早晨你可有看到我家的湯姆？」

「沒有。」

「你最後一次看到他在甚麼時候？」

霞竭力囘憶，可是終於不能確切地囘答。向教堂門口湧出的會衆已停下來。到處聽見耳語的聲音，各人的臉上都顯出不安的神色來。孩子們都給質問過了，年青的教師們也給質問過了。他們都說，他們記不出當昨天自野游囘來的時候湯姆和裴基二人有否上船；天色已經暗了；誰也沒有想到檢點人數，查詢有人遺落與否。一個青年男子終於說道，他們二人大概還留在那山洞中！法官夫人暈了過去；坡萊姨母搓着兩手號哭了。

這驚人的新聞一傳十，十傳百，立刻鬨動了全村。五分鐘後，鐘聲大鳴，村民全體騷動。卡迭甫小山上的傷害未遂事件立刻降落到不重要的地位，大家都把那兩個兒漢忘記了。頃刻間，馬置了鞍，小舟乘了人，小汽船生了火。不到半小時，二百名男子水陸並進地向着山洞奔去。

在整個的下半天，村中顯得空洞洞的，毫無一點生氣。許多婦人過來訪問坡萊姨母和法官夫人，竭力勸慰她們。她們和二婦人同哭，因爲哭比勸慰的話更有效果。

在整個的悠長的晚上，村人等候着消息；一直等到黎明終於到來，他們祇聽到「再送蠟燭來，再送食物來」這樣的音信。法官夫人幾乎發狂了，坡萊姨母也差不多發狂了。薩邱法官從山洞中送發富於希望與激勵的傳言，可是仍然不能引起她們眞實的高興。

威爾斯老人於太陽剛出時回到家中，滿身沾汚着蠟燭油和泥土，太疲倦了。他發見赫克依然躺在為他鋪設的牀上，因發熱而作囈語。村中的醫生都到山洞中去了，道格勒斯寡婦過來看護病人。她說，她總得竭力好好地看待他，因為，不論他是好是壞或平常，他總不失是神所創造的東西，凡是神所創造的東西都是不當忽視的。威爾斯老人說，赫克頗有他的長處，於是道格勒斯寡婦說道：

「你可以相信我的話。這正是神的手迹。神是不忘他的手迹的。凡是神所創造的東西總有他的手迹。」

早晨以後，在山洞中工作得疲倦的人們陸續囘到村中，壯健的仍然留着從事搜尋。聽到的消息祇是說：山洞中連從來不曾到過的深處都給搜尋過了；每一個角落每一個巖穴都搜遍了；穿過無論那一條狹路，可以看到火光這里那里閃爍着，叫喊和開放手鎗的震聲傳到在下面的朦朧的巖谷中的人們的耳中。在一處地方，離遊人足跡常到的區域很遠了，他們發見用蠟燭烟火燻在巖壁上的「裴基」和「湯姆」兩個名字，在這附近他們又拾得一條沾污着蠟燭油的絲帶。法官夫人認識這絲帶，對着牠號哭一番。她說這一條絲帶是她的女兒最後的遺物；在所有關於她的紀念品中要算這絲帶最寶貴，因為牠是在她遭難以前最後從她的活着的身體脫落的。有人說，山洞中時時看到遠處有火光閃爍，於是發出一聲喜樂的叫喊，成羣的人們沿着回音震響的狹路前奔——最後老是一個嚴重的失望；原來那火光不是那兩個孩子的，卻是搜尋着的同儕的。

過了三個悠長的不安的晝夜，村中人陷於絕望的麻木。誰也沒有處理事務的心情。甚至那禁酒旅館匿藏酒料這個新近的偶然的發覺，雖然這原是一個非常嚴重的事件，但在此時竟不能引起大衆的注意。

在神志清醒的期間，赫克把話題引到旅館上面，最後他向道格勒斯詢問自他病後可有甚麼東西在那禁酒旅館中發見。

「有的，」道格勒斯寡婦回答。

赫克在牀上坐起，眼睛張開，問道：

「甚麼東西？發見甚麼東西？」

「酒！那旅館已給封閉了。躺下去，孩子——你這麼坐起來大聲叫喊，使我大大地喫一驚！」

「祇要再告訴我一件事情——祇要一件——請求你！那可是湯姆·莎耶發見的！」

道格勒斯寡婦流淚了。

「靜默，靜默，孩子，靜默！我早對你說過，你不准講話。你病得很利害哩！」

發見的不是別的，祇是酒；如果發見的是那寶匣，他就該聽到一番熱鬧的議論。這樣那寶匣便永遠不見了——永遠不見了。可是她究竟爲甚麼哭的？她的哭眞稀奇。

這樣的念頭在赫克的胸中朦朧地盤旋着，他終於想得疲倦而睡着了。道格勒斯寡婦自語道：

「啊——他睡着了，可憐的孩子。湯姆。莎耶發見的！別人正在困於發見湯姆·莎耶哩！唉！大家搜尋得筋疲力盡了，還有希望和筋力再去搜尋的人怕不多了吧。」

第三十二章

現在再回轉來講湯姆和裴基二人在山洞中的情形吧。二孩子和他們的同伴沿着朦朧的狹路走去，隨地賞玩他們所稔熟的山洞中的奇蹟——這些奇蹟各有一個「言過其實」的名號，例如：「應接室，」「大會堂，」「阿拉定宮」及其他。不久，他們開始作「捉迷藏」的遊戲，湯姆和裴基二人玩得很起勁，一直等到給疲倦征服了纔罷休；於是他們沿下一條蜿蜒的小路，蠟燭擎得高高的，讀着巖壁上用蠟燭烟火燻成的彎彎曲曲的壁畫，有人名，有日子，有地名，又有種種的格言。二人一直沿過去，且走且談，不覺走到了巖壁上不見壁畫的區域。他們把自己的名字用蠟燭火燻在巖壁上，又走過去。不久，他們走到一處地方，那里有一股拖帶石灰石沈渣的水在巖頂上面滴瀉着，因經過了久遠的年代而變成夾在光亮而堅牢的石頭中間的一股起縐紋的瀑布。湯姆把他的小小的身體擠到瀑布後面，使裴基隔着瀑布看到他的亮晶晶的身體而感覺愉快。他發見在這瀑布的後面有一段峻峭的天然的夾在狹隘的石壁間的階梯，登時要探察究竟這一個野心襲住他。裴基贊同他的主意，於是他們用蠟燭火做了一個記號，當作後來的標識，然後開始他們的探檢。他們彎彎曲曲地走下去，深入山洞中祕奧的底層，又做了一個記號，又彎過去。他們想搜尋新奇的事物，以便報告在上層的他們的同伴。在一處地方，他們發見一個寬曠的巖穴，從這穴頂懸垂着許許多多的亮晶晶的鐘乳石，長和粗和一隻人腿相彷彿。他們把這巖穴全部察勘過了，又驚異又誇傲，然後離開這巖穴，從和這巖穴連貫的許多條路中的一條走出。不久，他們走到一個豔麗的泉池，池中塡着如霜花一般的發亮光的水晶。這一個泉的位置正在一個巖穴的中央，周圍有許多由鐘乳石和石筍接連而成的奇形的柱子，這是幾百年來不斷的水滴所構成的。穴頂下面，無數的蝙蝠堆集一團；燭光驚散了牠們，數百隻蝙蝠飛下來，啾啾地叫着，向燭火飛撲。湯姆懂得牠們的行爲及其危險。他急忙拉住裴基的手，奔入最近的狹路；已經太遲了，當她穿過巖穴時一隻蝙蝠把她的燭火撲滅了。成羣的蝙蝠追逐二孩子，追逐了許多路；他們奔逃着，每逢一條新路便彎入，終於逃出了危險。湯姆不久發見一個地中的湖，這是一個狹長的湖，牠的另一端的邊際埋沒在黑暗中，看不清楚。湯姆立意探檢這個湖的境界，可是他決定還是先坐下來休息一會的好。這纔二孩子的靈魂開始感覺到他們所在的地方的異樣的靜穆。裴基說道：

「哪哪，我不曾注意，我們不是已經長久沒有聽到別人的聲音嗎？」

「你想，裴基，我們到了他們的下層了，我不知道我們離開他們多遠，又不知道他們是在我們的東面，南面，北面，或別的甚麼方向。」

裴基開始懸慮。

「我們走得很遠了吧，湯姆。我們應該趕快走回去。」

「是的，我想我們應該趕快走回去。我們當然應該趕快走回去。」

「你認識路嗎，湯姆？在我是完全茫無頭緒。」

「我料想我是認識的，但是有那討厭的蝙蝠。要是牠們把我們的兩支燭火都撲滅了，那可不是一個可怕的難關？我們不要經過有蝙蝠的地方，還是另外找一條路吧。」

「好的，但是我希望我們不至於迷失。這是怪可怕的！」

二孩子一想到這可怕的迷失的可能性，不覺震顫了。

他們動身穿越一條通路，靜默着走了許多路，每逢一條新的叉路，便詳細考察可有甚麼似曾相識的形象；不幸得很，牠們都是陌生的。每當湯姆詳細考察着的時候，裴基輒注視他的臉，希望從這上面找到前途有望的記號，而他輒欣欣然說：

「啊，一點不錯。這一條路不是的，可是我們快找到了！」每逢一次失敗，他感覺一次希望的減少。到了後來，他們躥入許多分岐的支路的交叉中，完全瞎奔着，蓄意要找出一條正當的道路，而湯姆的口中仍然說着「一點不錯，一點不錯，」可是這麼一個嚴重的恐怖佔住他的心中，至於他的言詞失去了精神，聽去倒像是說，「我們迷失了！」裴基在恐怖的悲痛中蜷伏在湯姆的身邊，她的眼淚不顧她的竭力的抑制而湧出來了。

「喂，湯姆，不管那些蝙蝠吧；我們走原路囘去吧！我們愈走愈不對哩。」

湯姆停下來。

「聽着！」他說。

深綿的寂靜；在深綿的寂靜中，他們可以聽見自己的呼吸。湯姆叫喊一聲。囘聲向空洞的通路傳過去，到了遠處變成一陣低微的宛如在嘲弄着的笑聲。

「啊，別再叫喊，湯姆，這太可怕了，」裴基說。

「這個固然可怕，但我還得叫喊；裴基他們『或者』會聽到我們哩，你懂嗎？」他又叫喊了。

這「或者」二字比鬼怪的哭聲更可怕，這二字就是希望的絕滅的自白。兩孩子靜悄悄地站着聽着；可是始終不見效果。湯姆立即踏上來時的原路，而且加速他的脚步。可是他的舉止的躊躇，立即使裴基感到又是一重恐怖；原來他連來時的原路都找不到了！

「喂，湯姆，你不會做記號！」

「裴基，我眞是一個蠢夫！我眞是一個蠢夫！我委實沒有想到我們還要囘去的！不，我找不到。眞是茫無頭緒。

「湯姆，湯姆，我們迷失了！我們迷失了！我們永遠，永遠不能走出這可怕的環境了！唉，我們爲甚麼離開別人呢？」

她坐倒在地上，這麼激狂地號哭着，至於使湯姆躭憂她會得哭死的，或者會得昏暈的。他坐在她的身傍，用兩臂圍抱她；她把頭俯伏在他的胸前，她緊抱着他，她傾訴她的危懼，她的無益的悔恨，而遠處的回聲把她的言詞化成嘲弄的笑聲。湯姆懇求她重振希望，她回答說她不能。於是他開始埋怨自己，咒駡自己，說不該把她帶入這淒慘的境地；這樣的埋怨與咒駡倒比較有效果。她說她肯試圖重振希望，她說她肯立起身來跟從他向任何地方走，祇求他別再這麼埋怨與咒駡自己了。因爲這不是湯姆單獨的過失，她說。

於是他們起身再走——無目的地——祇是瞎奔着——他們能力所及的祇是走着，繼續走着。一會兒他們表示似乎前途有望的神氣。這希望的復活，不是因爲有復活的眞實的理由，卻是在失望中過得麻木了的反動。

過了一會，湯姆吹滅了裴基手中的燭火，這是一個意味深遠的節儉。這事情沒有解說的必要。裴基理會這事情，她的希望又消失了。她知道湯姆的袋中還留着一整枝和三四段蠟燭，——而他竟還求節省！

不久，他們覺得太疲倦了；他們竭力支持，不去理會，因爲在這麼寶貴的時間他們是不應該閒坐着；祇要走着，無論向那一方向，至少會有一點進步，或者會有效果；要是閒坐着，那就無異於待死，無異於縮短死的追逐的距離。

終於，裴基的脆弱的四肢再也支持不下去了。她坐下來。湯姆也坐下來。他們談論他們的家庭，他們的朋友，舒適的眠牀，以及那超越一切的光明！裴基號哭了，湯姆竭力設法用種種的言詞安慰她，可是這些言詞用得太陳腐了，聽去倒成了諷刺。裴基終於倦極而睡着。湯姆纔安了心。他注視她的起皺的苦臉，看到臉色漸漸平滑了，漸漸自然了，大概是藉了愉快的夢境的勢力吧。過了一會，一絲的微笑顯現而且逗留在她的臉上。這和平的臉色把和平與興奮反射到湯姆的心中，於是他的心開始飄蕩開去，回憶過去的如夢一般的種種事蹟。他正在深思默慮的當兒，裴基發出一聲活潑的輕輕的笑聲而醒過來；可是這笑聲剛離開她的嘴唇便消滅了，接着的是一聲呻呼。

「啊，我怎麽會睡着的！我希望我永遠，永遠不醒！不，不不說了，不說了，湯姆！別這麽扮苦相！我決不再說這樣的話了。」

「我慶幸你睡着；你現在覺得舒暢了些吧，我們可以再動手尋覓走出山洞的道路了。」

「我們姑且試試看吧，湯姆！我已夢見非常美麗的天國。我想我們快到了天國吧。」

「不見得吧，不見得吧。高興些，裴基，我們繼續試試看吧。」

他們立起來繼續前進，手兒攜着手兒，祇是無可奈何地前進着。他們試着計算自走入洞中以至現在已經過了若干時間，他們覺得似乎已過了數日，又似乎已過了數星期，但他們立刻明白這是不可能的，因爲他們的蠟燭還沒有點完。

過了一段長久的時間——他們不知道是怎樣的長久——湯姆說，他們必須靜靜地走着，聽水滴聲——他們必須找到一個泉池。他們不久找到了一個，湯姆說他們應得再休憩一回。二人俱覺非常疲倦，可是裴基說，她還能再走一段路。使她驚奇的是湯姆居然反對她的意見，她不解其中的道理。他們坐下來，湯姆用泥土把蠟燭附着在他們前面的壁上。他們坐定後，立卽思慮紛繁，誰也不說話。過了一段靜默的時間，裴基開口說道：

「湯姆，我餓得很！」

湯姆從衣袋中拿出一件東西來。

「你記得這個東西嗎？」他說。

裴基忍不住微笑。

「這是我們的喜餅，湯姆。」

「是的——我願望牠如桶一般大，因爲我們衹有這一個。」

「這一個餅是我在野宴的時候省下來預備賞玩的，湯姆，如同成人們賞玩他們的喜餅——不料竟作了我們的——」

她沒有把全句說完。湯姆把餅平分爲二，裴基頃刻間把她的一半吞下了，湯姆卻細細咀嚼着他的一半。近旁冷水很多，足供他們下餐。過了一會，裴基提議再繼續走。湯姆半晌不說話。後來他說道：

「裴基，我要告訴你一句話，不知道會不會使你喫驚？」

裴基的臉變色了，可是她口上卻說她想來她不至於喫驚。

「那麼我說，裴基，我們非留在這里不可，這里還有水可喝。我們留剩的蠟燭祇有這一小段了！」

於是裴基眼淚滂沱，放聲大哭。湯姆竭力安慰她，仍然沒有效果。後來裴基說道：

「湯姆！」

「甚麼，裴基？」

「他們不見了我們要來探尋我們吧！」

「是的，他們要來探尋的！他們當然要來探尋的！」

「也許現在他們正在探尋我們，湯姆？」

「哪哪，我料想他們正在探尋！我希望他們正在探尋！」

「甚麼時候他們纔發見我們失蹤呢，湯姆？」

「當他們回到船上的時候，我料想。」

「湯姆，也許那時候天色已暗——說不定他們不曾注意到我們還未上船？」

「那我不知道。可是無論如何，當他們回到家中的時候，你的嬷嬷一定發見你失蹤了。」

湯姆看到裴基臉上張皇的神色，纔領悟自己犯了一個錯誤。那天晚上裴基和她的嬷嬷預約不一定回家去的啊！兩個孩子靜默着，思量着。不久，從裴基口中吐露出來的憂慮，使他明白裴基正在和他思量同樣的心事——她說，也許禮拜日的上午已過了一半，法官夫人纔發見她的女兒不曾到過哈褒夫人的家中。二孩子把眼睛釘住在他們僅有的一段蠟燭上面看着牠緩緩地無情地消融；看着到了後來只剩半吋長的燭心；看着微弱的火焰一伸一縮，一伸一縮；看着一縷薄薄的青烟上昇；看着火焰的頂點微微一跳，於是完全的黑暗的恐怖占領了一切。

這以後，不知道過了多久，裴基慢慢清醒過來，發見自己在湯姆的手臂中啜泣着。誰也不能明白地記憶。他們所知道的，祇是過了長期間的昏睡以後，二人俱醒過來，再回到他們的憂難中。湯姆說，現在大概是星期日——也許是星期一。他慫恿裴基說話，可是裴基的憂愁太難堪，她的勇氣與希望全消失了。湯姆說，他們必已失蹤多時，探尋必正在進行。他說他應得叫喊，也許有人會聽到他的聲音而追尋過來。他叫喊一聲，但在黑暗中發自遠處的可怕的回聲嚇得他不敢再試。

時間耗費着，飢餓重又磨難他們。湯姆的半塊餅還沒有喫完，二人又平分喫下了。可是他們的飢餓反覺更甚。微薄的食物徒然促進了食慾。

過了一會，湯姆說道：

「嘶！你聽見沒有？」

二人屏息靜聽。他們似乎聽到一聲低微的遙遠的叫喊。湯姆立卽應和一聲，攜了裴基的手，向着叫喊的方向暗中摸索着走下通路。他們又靜聽；又聽到一聲，顯然接近了一點。

「這是他們！」湯姆說；「他們來了！走過來，裴基——如今我們得救了！」

二孩子的喜悅幾乎不能自制。他們仍然緩緩地走，因爲陷阱到處皆是，不得不謹愼提防。他們不久遇到了一個，祇得停下來。這個陷阱也許是三呎深，也許是一百呎深——無論如何是不能跨越的。湯姆躺下來，伸手去探察究竟多麼深。他摸不到底。他們必須停留在那里，等候探尋者到來。他們聽着；遙遠的叫喊顯得愈益遙遠了！再過一會，完全聽不見了！眞是傷心的苦難！湯姆叫喊着，直到力竭聲嘶，終於不見效果。他用種種的話激勵裴基；可是過了一會焦急的期待仍然聽不到聲音。

二孩子又暗中摸索着囘到泉池邊。沈滯的時間繼續着；他們又睡着一囘醒來時又餓又恐怖。湯姆認定這時已到了星期二。

於是他突然有了一個意見。近旁有幾條叉路。與其靜坐着挨度艱難的光陰，倒不如冒險向叉路探檢。他從衣袋中拿出一團紙鳶繩索，把牠縛在突出的巖石上，於是他們動身走，湯姆前引，裴基後隨，一路把繩索放鬆。他們走了約摸二十步路，又遇到一個「裂縫」。湯姆跪倒在地上，伸手向那「裂縫」探摸；他正在用一個勁兒伸手向右方探察究竟的當兒，突然看到，不過二十碼以外，一隻握持蠟燭的人手從一塊巖石後面顯現出來。——湯姆提高喉嚨喜悅地叫喊了一聲，登時隨着人手走出一個人身——屬於印瓊·霞的！湯姆呆住了，一動也不能動。幸而第二瞬間這個「西班牙人」移身他處，看不見了，這纔他安了心。湯姆詫異着印瓊·霞爲甚麼沒有認淸他的聲音而過來把他殺死，以報復他日前到庭質證之仇。大概是回聲掩沒了他的聲音吧，一定是的，他這麼解釋。湯姆的恐怖使他的筋力疲憊。他自己想，要是他肎回到泉池旁的筋力，他一定老停留在那里，決不再去冒遇見印瓊·霞的危險。他留心不使裴基知道他遇見的事情。他告訴她，他的叫喊祇是爲了「求救」。

可是飢餓與困苦終於超越了恐怖。他們回到泉池邊，又是一回厭倦的期待，又是一回長久的睡眠。二孩子醒過來，迫切的飢餓磨難着他們。湯姆相信這時已到了星期三或星期四，也許已到了星期五或星期六，而且對於他們的探尋一定已經完畢了。他提議冒險向無論那一條路走。他覺得就是去冒遇見印瓊·霞和其他恐怖的險也願意。可是裴基太頹唐了。她已陷入淒涼的麻木的境地，任怎樣也不能振作了。她說她寧願等候在那里，一直到死——死已不遠了。她告訴湯姆，叫他帶了紙鳶繩索，歡喜向那一條路走就向那里走；祇哀求他頻頻回來和她講話；她要求他應許：當可怕的瞬間到來時，他一定站在她身旁，握住她的手，直到一切完結。他吻了她，喉頭哽噎着，又對她表示有能夠會遇探尋者或逃出山洞的自信；然後他帶了紙鳶繩索，向近旁一條路摸索着爬行，又飢餓，又苦於將到臨的可怕的劫數的懸慮。

第三十三章

星期二的白晝已過，黃昏到來了。聖彼得堡村莊仍在悲悼的境況中。失踪的兩個孩子依然沒有找到。公衆的祈禱，以及許多專心誠意的私人祈禱，都已爲他們舉行；可是終於沒有好消息從山洞中傳來。大多數的搜尋者已經中止他們的工作，囘來幹他們的日常事務；據他們說，這兩個孩子決不能找得了。法官夫人病得很利害，常常神志昏迷。人們說，最淒涼的是聽她叫喚她的女兒的名字，而且擡起她的頭來靜聽一囘，然後懶洋洋地帶着一聲呻呼又把頭放下。坡萊姨母陷入不可挽囘的憂傷，她的灰白的頭髮幾乎變成了全白。星期二晚上，村中的大衆都懷着悲傷而枯寂的心情赴他們的睡眠。

到了半夜，忽然鐘聲狂鳴，頃刻間街上蜂擁着如發了狂一般的披着寢衣的羣衆，祇聽見一片「起來！起來！他們找到了！他們找到了！」的叫喊。鐵鍋和號筒加入湊熱鬧，羣衆蜂擁着向河前進，接到了乘在一輛露風的被衆人推挽的馬車上迎面駛來的兩個失踪的孩子，於是他們擠集在馬車的週圍，如凱旋的行列一般的通過了大街，一路上狂聲歡呼。

村中重又燈火煇煌；誰也不再上牀就睡；在這個小小的村落，這是一個從來未見的盛大的晚上。不到半小時，村人齊集在薩邱法官的家中，抓住了得慶更生的兩個孩子和他們接吻，緊握着法官夫人的手，想說幾句慶賀的話而又說不出話——終於揮淚退出了。

坡萊姨母的欣喜是圓滿的，法官夫人的欣喜也近於圓滿。當她的使者把這個重大的消息傳給留在山洞中的她的丈夫的時候，她的欣喜該是圓滿了吧。

湯姆躺在沙發上，一羣切迫的聽衆環繞在他的周圍；他講述那驚奇的冒險故事的始末，隨時添上一段動人的杜撰的描述；最後他描述如何丟棄了裴基而獨自探尋；如何沿着紙鳶繩束走過兩條狹路；如何走到了第三條狹路上，他的紙鳶繩束已經完結了，他正待返身走回，突然看到遠遠的一小點光明；他丟了紙鳶繩束向那一小點摸索過去，把頭和肩部穿過一個小洞，便看到浩闊的密士失必河在洞外奔流。要是這一回事情發生在夜間，那就他決不會看到那一小點光明，也就決不會再向那一條路探尋！他敍述如何回到裴基那里把這好消息報告給她聽，她說請他別再以這樣的胡說戲弄她，她說她困憊得快死去了，而且她願意死。他敍述如何對她解說，如何使她信服，當她摸索過去而當眞看到那一小點光明的時候，她如何欣喜得幾乎昏暈；如何他穿出洞口，又把她拉出；如何他們坐在洞外，爲欣喜而號哭；如何有人乘在小舟上向他們駛來，湯姆招呼他們，對他們說明他和裴基二人的窘境與飢餓；如何那些小舟上的人起初不相信他的侈談，「因爲，」他們說，「你們是在離山洞下流五哩的地方；」於是他們把二孩帶到船上，駛到一所房屋，給他們喫晚飯，叫他們休憩一會，等到黃昏後二三小時纔把他們送回家中。天明以前，薩邱法官和有限的幾個搜尋者從法官夫人的使者接到了二童子回來的消息。

山洞中三日三夜的困憊與飢餓不是頃刻間可以恢復的，這是湯姆和裴基不久感到的情形。星期三和星期四，他們奄臥牀上，覺得愈睡愈倦。星期四，湯姆好了一些，星期五他走到鎮上，星期六他幾乎恢復了；可是裴基直到星期日纔離開臥室，而她的神色宛如患了一場重病。

湯姆聞知赫克臥病，星期五那一天他過去訪候，可是不能得到走入臥室的許可，星期六和星期日也都不能得到許可。從星期一起他被准許每天和赫克會面一次，但同時接受了不准對赫克談及他的山洞中的冒險及其他任何帶刺激性的話題的警告。道格勒斯寡婦在旁監視他是否遵命。湯姆從家中聞知卡迭甫小山上的傷害未遂事件；他又聞知那個襤褸的人的屍體已在渡船埠頭附近的河中撈獲；大概是他在奔逃的時候溺斃了的。

約摸在湯姆自山洞遇救後二星期，他動身去訪候赫克。他想現在他總該囘復到可以聽帶刺激性的談話的健康了吧，他正有許多話要對他講，使他聽了有味。他路上走過薩邱法官的家，便停下來入內訪候裴基。法官和幾個友人引動湯姆說話，有人嘲弄似地問他可願意再走到山洞中去。湯姆說願意去，這在他想來原是滿不在乎的。

法官說道：

「對啦，正有許多人和你一樣意思，湯姆，我十分相信。可是我們已經顧慮到這一層。此後再不會有人迷失在那山洞中了。」

「怎麼的？」

「因爲二星期前我用鐵板把洞門堵塞，又加上三重的鎖；而我執管了這些鑰匙。」

湯姆的臉色變成紙一般慘白。

「爲甚麼，孩子？喂，快跑，隨便那一個！快去拿一杯水來！」

水拿到了，灑在湯姆的臉上。

「喂，你好了。究竟爲了甚麼，湯姆？」

「啊，法官，印璦·霞是在山洞中呀！」

第三十四章

不到數分鐘，消息傳遍全鎮，十餘隻載人的小艇向麥道格爾山洞駛去，一隻滿載乘客的小汽船跟在後面。湯姆莎耶被載在薩邱法官的小艇上。山洞的門一開，一個悲慘的景象立卽在朦朧中呈露。印瓊·霞伸臥地上，已死了，他的臉孔緊靠着門的裂縫，似乎他的一雙慕戀的眼睛一直注視洞外的自由世界的光明與歡樂以至於死。湯姆被這個景象感動了，他從自身的經驗知道這個兇漢所受的磨難。湯姆動了憐憫，同時他感覺到寬慰與安全的豐富的意識，這意識啓示他：自從那一天他在法庭上提高喉嚨和這個殺人不怕血腥的兇漢爲難以後，怎樣的一個嚴重的恐怖一直壓迫在他身上，這在以前他沒有如現在這般淸楚地理會。

印瓊·霞的彎刀放在身傍，刀片折成二段。他在洞門的粗大的底木上面曾費一番工夫用彎刀斫割；這顯然是無用的工作，因爲底木外面有一條天然的巖石門檻，對於這個堅固的材料彎刀是沒有功用的；唯一的結果祇毀損了彎刀自己。即使底木外面沒有岩石的障礙，工作也是徒勞的，因爲即使印瓊・霞把整個底木挖去，他的身體也不能從門下擠出。這原是印瓊・霞所知道的，他的這麼斫割，祇是一個應用他的困苦的官能而消磨沉悶的時間的辦法而已。平常，在通路兩旁的巖石的裂縫中間可以找到許多遊人所遺留的蠟燭的殘枝；可是現在卻一枝也沒有。那囚人已經搜集了牠們當作充飢的食物而喫下了。他也曾設法捕獲幾隻蝙蝠，又把牠們吞食，祇留剩牠們的殘肢。原來這個可憐的不幸人是餓死的。近傍有一枝由頭頂的鐘乳石的水滴逐漸長積在地面上的石筍。那不幸的囚人已把這石筍折斷，又把一塊上面挖成一個淺凹的岩石放在這石筍的斷幹上面，以承受如時計的嘀嗒聲一般規則地每二十分鐘滴下一次的寶貴的水滴——每二十四小時只能積受一小匙的水滴。這水滴是從一直以前就滴落着的；當金字塔新造的時候，當特洛伊陷落的時候，當羅馬奠基的時候，當耶穌被釘於十字架的時候，當不列顛帝國創始的時候；當哥侖布航行的時候，當列克星敦的屠戮成爲「新聞」的時候，這水滴已在滴落着。現在這水滴仍在滴落着，牠將永遠滴落着，等到將來那些事蹟在歷史與傳說中變成湮沒無聞的時候牠還在滴落着。究竟是否凡事都有目的與使命？這五千年來一直慢慢地滴落着的水滴是否爲了供這個藐小的印瓊·霞的需要，抑或在渺遠的將來還有其他重大的用途？姑且不管吧。自從那不幸的雜種兒把岩石挖空以承受莫無價的水滴，距今已許多年了，可是一直到如今，凡是往觀麥道格爾山洞的奇蹟的遊人不費一會工夫惘然注視那傷感的一塊岩石與迂緩地點滴着的水滴。在山洞的奇蹟的名單上，印瓊·霞的石杯名列第一；就是那「阿拉定宮」也不及牠。

他們把印瓊·霞的屍體埋葬在山洞口。人們乘了船，乘了車，從周圍七哩的鎮上，田野及村落，趕到這裏來參觀這兇漢的葬儀。他們率領孩子，攜帶食物；他們說：看這葬儀比看殺頭更滿意。

印瓊·霞的葬儀結束了另外一件事情的進行——就是向政府請求赦免印瓊·

霞的罪。請願書上已有許多人簽名；眼淚滂沱的會已開過幾次，一羣慈悲而懦弱的婦女代表已被舉出，要她們穿着喪服環繞在地方官的周圍，哀懇他大發慈悲，放棄他的責任。印瓊·霞在鎮上前後殺害五個公民，這是她們所知道的，但她們爲甚麼要這麼幹呢？如果他是魔鬼，那就請願書上的簽名將更多，爲他流落的眼淚亦將更多了吧。

印瓊·霞葬儀的次日早晨，湯姆邀同赫克走到一處僻靜的地方，預備作一番重要的談話。赫克已從威爾斯老人及道格勒斯寡婦那里聞知湯姆在山洞中遇險的情形，但是湯姆說，據他猜想，還有一件事情他們不會告訴他，這一件事情正是現在他要講談的。赫克面有憂色。他說道：

「我知道你要說的是甚麼事情。你走入那第二號室，除酒以外找不到任何東西。誰也沒有告訴我，我發見那禁酒旅館藏酒的就是你，可是我知道這一定是你；而且我知道你找不到那財寶，因爲如果給你找到了，你一定設法走到我這里來通知我，雖然你對於其他任何人都嚴守祕密。湯姆，我似乎覺得我們將永遠不能獲得那財寶了。」

「哪哪，赫克，我決不是講那禁酒旅館的事情。你知道，那旅館在星期六我赴野遊會那天不是完全無恙的嗎？你記得那天晚上你曾在那旅館旁守候的罷？」

「啊，是的！哪哪，這似乎在一年以前了。正是那晚上我尾隨着印瓊・霞走到道格勒斯寡婦的宅前。」

「你尾隨他們嗎？」

「是的——但是你須守祕密。我料想印瓊・霞還有遺留的朋友。我不願意受他們的揶揄。要是不爲了我，他早已平安地到了德克薩斯哩。」

於是赫克把那天晚上的故事盡情告訴湯姆，他從威爾斯老人那里聽到的祇是這故事的一部分。

「那麼，」赫克講完了故事便說，他囘到主要的問題上面來了，「誰在第二號室中發見藏酒，便是誰把財寶拿去了，我這樣猜想——無論如何我們沒有希望了，湯姆。」

「赫克，那財寶不是在那第二號室中啦！」

「甚麼話？」赫克仔細端詳他的同伴的臉孔。「湯姆，可是你又看見過那財寶？」

「赫克，這是在山洞中。」

赫克的眼睛閃耀。

「再說一遍，湯姆。」

「那財寶是在那山洞中。」

「湯姆——說眞話——是戲言還是眞話？」

「眞話，赫克——這是眞話，正和我是一個活着的人一樣眞。你可願意和我同入那山洞把財寶取出？」

「我發誓我願意去。祇要我們不至於迷失，我就願意去。」

「赫克，我們可以毫無困難的走到財寶所在的地方。」

「好極了！你怎麼知道財寶是在——」

「赫克，等到我們走到那里再說罷。要是我們找不到牠，我願意把我的鼓和我所有的一切東西都送給你。我願意，一定願意。」

「很好——眞是我們的幸運。我們甚麼時候動身呢？」

「就是現在。你的身體復原了嗎？」

「那地方離山洞口多遠？我剛復原了四五天，可是我還不能走一哩以上的路——至少我這樣想。」

「除我以外，別人都得經過五哩多路才走到那里，赫克，但我卻知道別人都不知道的一條捷徑。赫克，我把你載在一隻小船上。把小船駛過去，又把牠駛回來，全由我一個人幹。你儘坐着不必動手。」

「我們就動身吧，湯姆。」

「很好。我們應得攜帶麵包和肉，還有我們的煙管，還有一二隻布袋，還有二三束紙鳶繩索，還有一種叫做黃燐火柴的新東西。我常常對你說起：我想望帶了這一種東西走到山洞中去。」

過午後片刻，二童子從一個不在家的主人那里借了一隻小船，立卽動身。他們駛到山洞口下流數里，湯姆說道：

「從山洞口一直到這裏，你看到一帶形式完全一樣的高岸——沒有房屋，沒有樹林，全是一帶的草叢。現在你可有看到那邊發白的一個斷岸嗎？啊，那就是我的一個標記。現在我們可以上岸了」。

他們上岸。

「喂，赫克，你立着的地方，有個小洞，我就是從這小洞爬出來的，你可以用釣竿探摸。你試試看吧。」

赫克到處搜尋，終於尋不到。湯姆得意地步入鹽膚木叢中，說道：

「你看這里！看這個，赫克；這是村中最隱密的一個洞口。你須得保守祕密。我一直想望做一個強盜，可是我覺得應該有這樣的一件不容易被人發見的東西才好。我們現在終於得到了。我們應得保守祕密，祇讓霞·哈褒和辨·羅格斯加入——因爲我們總得組織一個隊伍，不是這樣不成樣。湯姆·莎耶的隊伍——這名字多麼堂皇，赫克？」

「啊，正是，湯姆。我們向誰搶劫呢？」

「啊，幾乎誰都可以給我們搶劫。擄架——這是通行的方法。」

「而且殺死他們。」

「不——不一定。把他們藏在山洞中，等到他們拿出贖金來！」

「贖金是甚麼？」

「是錢。叫他們的朋友替他們拿出錢來，如果等候一年還不把錢交來，然後殺死他們。這是通常的方法。但婦女是不殺的。祇把她們幽禁，不把她們殺死。她們大概是美麗而且富有，又非常怯懦。你拿了她們的錶和別的東西，可是你得對她們脫帽行禮，說話也得文雅。強盜是最有禮貌的人——書上都這麼說。那麼她們終於愛上你；她們在山洞中過一兩個禮拜，不但停止啼哭，甚至不忍離開。你就是把她們逐出，她們也立即回來。書上都這麼說。」

「哪哪，眞有趣，湯姆。我覺得做強盜比做海盜更好。」

「是的，做強盜確有幾點更好的地方，因爲離家近，離馬戲場和其他一切都近。」

說到這里，一切都預備停當，兩童子走入山洞中，湯姆當先。他們摸索到通路的另一端，便把紙鳶繩索的一端牢牢縛住岩石的尖突，沿着牠前行。不到幾步路，他們走到一個泉池旁，湯姆覺得全身震顫。他把附着在貼着岩壁的一堆泥土上面的一枝蠟燭心指點給赫克看，而且述敍他和裴基當時眼看火焰掙扎而終於熄滅的情形。

兩童子的話聲漸低，因爲當地的寂靜和幽暗壓迫着他們的靈魂。他們走上去，轉了一個彎，終於走到有「裂縫」的地方。藉燭火的映照，他們知道那地方當眞不是一個岩崖，卻是一個峻峭的小土山，約摸二三丈高。湯姆低語道：

「現在我給你看一件東西，赫克。」

他高擎手中的蠟燭，說道：

「向這個角落一直看，你看到了沒有？在那邊——在那邊一塊大石頭上邊——用燭火熏成的。」

「湯姆，那是一個十字架！」

「現在你明白了所謂第二號是在甚麼地方吧？『在十字架下面，』你記得嗎？正在那邊，我看到印瓊·霞擎出他的蠟燭，赫克！」

赫克注視一會那神祕的標記，然後帶着震顫的音調說道：

「湯姆，我們離開這里吧！」

「甚麼話！捨棄那寶匣？」

「是的——捨棄牠。因爲印瓊·霞的精靈附着在那邊，一定。」

「不是的，赫克，不是的。他死在那里他的精靈便附着在那里山洞口——離這里五哩——才有他的精靈。」

「不，湯姆，不是的。精靈老是附着在財寶的近傍。我知道精靈的情形，你也知道的吧。

湯姆開始疑慮赫克的話或許不錯。懸慮湧上他的心頭。可是不久他有了一個主意。

「你看，赫克，我們眞是蠢夫！印瓊·霞的精靈決不附着在有十字架的地方！」問題解決了。

「湯姆，我沒有想到那個。當眞是的。那十字架眞是給我們幸運。我們爬下去搜尋那寶匣吧。」

湯姆先行，大踏步走下小山。赫克後隨，他們走到一個接連着四條通路的小岩穴中，當中矗立着那一塊大岩石。三條通路都給搜尋過了，沒有找到。在和岩石的底脚最接近的一條路上，他們發見一個小小的僻隅，地面鋪着毯子；他們更發見一條破舊的吊襪帶，幾塊經過細嚼的骨頭。兩童子重覆搜尋，仍然不見那寶匣。湯姆說道：

「他說在十字架下面。啊，這里正是在十字架下面，決不至於放在石頭的下面吧，因爲石頭是牢附在地上的。」

他們重又到處搜尋，然後沮喪地坐在地上。赫克沒有話說。過了一會，湯姆說道：

「你看，赫克；在這塊石頭的一面，泥土上有足迹和蠟燭油，其他方面都沒有。這是爲了甚麼？我相信寶匣正是藏在這石頭下面。讓我掘泥土。」

「眞是一個好主意，湯姆！」赫克慫恿地說。

湯姆立卽拿出他的「眞巴洛刀」，他掘了四寸光景深，他的刀碰在木頭上面。

「呀，赫克！你聽見那聲音沒有？」

赫克也動手挖掘。不久他們發見幾塊木板，把牠們移開。被這些木板掩蓋着的，是一條通入石頭下面的天然的裂罅。湯姆走入這裂罅，用燭火遠照，但裂縫的盡頭仍然不能照見。於是他提議走下去探尋。他俯身走下；狹路逐漸降低。他沿着彎曲的狹路前進，忽而向右，忽而向左，赫克跟在他的後面。過了一會，湯姆轉了一個小彎，喊道：

「啊唷，赫克，你看！」

在一個狹小而隱祕的岩穴中，果然發見了那寶匣，此外還有一隻空的火藥桶，一對盛在皮袋內的槍，兩三雙破舊的鹿皮套鞋，一條皮帶，以及其他幾件被水滴浸淫的零星東西。

「終於得到了！」赫克一壁用手摸索着發銹的銀幣一壁說。「啊唷，我們發財了，湯姆！」

「赫克，我常常料想我們總有一日獲得財寶的。這幾乎是不可相信的事，可是我們居然獲得了，畢竟！喂，我們別呆停在這里，我們應得把這寶匣曳出洞外。讓我來試試看拿不拿得牠動。」

寶匣重約五十磅。湯姆用了一番氣力，然後把牠提起，可是他不能把牠輕易帶走。

「我早想到這樣，」他說，「那一天在鬼屋中我看到他們帶着牠走的時候我知道。這就是我把幾隻小布袋帶來的緣故。」

他們立卽把銀幣分盛在二隻小布袋中，帶到有十字架的石頭上面。

「現在我們再去把那一對槍及別的東西拿來，」赫克說。

「不，赫克，讓牠們留在那里。那些東西正是我們將來做強盜的時候所需要的。我們須得把牠們一直放在岩穴中，還得在那里舉行我們的祕密節宴飲。那岩穴眞是一個適合祕密節宴飲的隱祕的地方。」

「甚麼叫祕密節宴飲？」

「我不知道。可是強盜們都有祕密節宴飲這一回事，我們當然也非有不可。走吧，赫克，我們已經在這里過了許多時候。時候不早了，我想。我又肚餓。我們到了小船上再去喫東西抽煙吧。」

他們急忙爬出洞口，回到鹽膚木叢中，又走出鹽膚木叢，回到他們的小船上。他們坐在小船上，喫東西，抽煙。太陽開始西沉，他們才動手依原路駛回。在沉長的黃昏中，湯姆一壁把小船靠岸掠進，一壁和赫克快活地談天。天色暗後不久，他們走到岸上。

「喂，赫克，今天晚上我們姑且把財寶藏在道格勒斯寡婦家的木棚的頂閣中，明天早晨，我們再把牠們平分，然後到森林中去找一個安全的藏放的地方。現在你在這里靜臥一會，看管這東西，讓我跑去把辨尼·秦婁的小車偷了來。不到十分鐘我就回來。」

他走了。不久他帶着一輛小車回來。二人把兩隻小布袋放入小車中，上面又放些破舊的東西，便拉着小車動身走。走到威爾斯老人的宅旁，他們停下來休息。他們剛待再動身走，威爾斯老人從門口走出來，說道：

「喂，是誰？」

「赫克和湯姆莎耶。」

「好極了！隨我來，孩子們，大家都等候你們。這邊，趕快，向前走；我替你們拉車子。哪哪，重得很。放在當中的是甎瓦，還是舊鐵？」

「舊鐵，」湯姆說。

「我的猜想不錯；村中的孩子們常常空費了許多工夫，把不値六十仙的舊鐵賣給造幣廠，倒不去做可以賺得加倍的錢的正當的工作。但這正是人類的天性。快跑，快跑！」

兩童子詢問這般急迫究竟爲了甚麼。

「不用管；到了道格勒斯寡婦家中你們就會明白。

屢被誤責的赫克帶着一點疑慮的神氣說道：

「瓊士先生，我們不曾幹了甚麼事。」

威廉斯老人笑了。

「啊，我不知道，赫克，我的孩子。那我可不知道。你和道格勒斯寡婦不是好朋友嗎？」

「是的她待我很好，無論如何。」

「對啦。那麼你還怕甚麼？」

這個問題在赫克的笨拙的心中還未得到圓滿的解答，他和湯姆二人已走入道格勒斯夫人的客室中。瓊士先生把小車放在門口，跟着他們進去。

室中燈火輝煌，村中的重要人物都已齊集在那里。薩邱一家人，哈褒一家人，羅格斯一家人，坡萊姨母，雪特，瑪麗，牧師，報館主筆，還有別的許多人，都穿着最講究的衣服。道格勒斯寡婦熱誠地招接他們，對於這般模樣的兩個孩子，委實可以說是熱誠了。他們滿身是泥土和蠟燭油。坡萊姨母紅着臉，對湯姆搖頭怒視。兩童子這時眞難受。瓊士先生說道：

「湯姆不在家中，我已不想找到他了，後來我在我家的門口無意中碰見了他和赫克」二人，我就邀了他們匆忙地過來。」

「你幹得正好，」寡婦說。「隨我來，孩子們。」

她把二童子帶入臥室，說道：

「你們自己洗濯並且打扮吧。這里有兩套新衣——襯衫，襪子，一切齊全。這兩套衣服是赫克的——不，別客氣，赫克——瓊士先生買了一套，我也買了一套。你們二人都合身把新衣服穿上吧。我們等候着——你們打扮舒齊了就下來。」

她走出。

第三十五章

赫克說道：

「湯姆，要是我們能夠找到一根繩索，我們還可以逃走啦。窗口離地面不十分高。」

「懦夫！你為甚麼要逃走？」

「喂，像這樣的聚着一大羣人，我是不慣的。我受不住。我不願意走下去，湯姆。」

「啊，討厭！這有甚麼要緊。我毫不躭心。我會照顧你的。」

雪特進來。

「湯姆，」他說，「姨母等候你整下半天。瑪麗預備好你的星期日衣服，大家都為了你焦急。喂，你的衣上不是沾汚着蠟燭油和泥土嗎？」

「喂，雪特先生，管你自己的事情吧。這般熱鬧，到底為了甚麼？」

「這是她常常舉行的一個茶話會。這一次是爲了威爾斯老人和他的兩個兒子而舉行的，爲了那一天晚上他們替她趕走了兇漢。喂——我還要告訴你一件事，如果你願意聽。」

「好的，甚麼事？」

「哪，瓊斯老先生要在今天晚上對大衆報告一件祕密的事情，可是我已經預先聽到他今天對姨母說起這事情，而且在我想來這已經不是一件祕密的事情了。大家都知道——道格勒斯寡婦也知道，雖然她竭力裝做不知道。啊，瓊斯先生一定要赫克到場——非赫克到場他便不能說明這祕密，你知道！」

「甚麼祕密的事情？」

「就是赫克追踪兇漢到道格勒斯寡婦家的事情。我料想瓊士先生打算博得大衆的驚異，可是我相信這事情已變得平淡了。」

雪特得意地咯咯地笑。

「雪特，是你洩漏這祕密的嗎？」

「啊，不用管是誰洩漏的。有人洩漏，這就是了。」

「雪特，在這個鎭上祇有一個人會存心幹這樣的事，這一個人就是你。要是你做了赫克，你早就逃下小山，決不向誰報告有強盜。你祇會幹卑鄙的事情，而且不願意看人家爲了幹了好的事情而受稱譽。你來——別客氣，正如道格勒斯寡婦說的。」湯姆說着，拳擊雪特的耳朵，又用脚把他踢出門外。「如果你敢，你去告訴姨母吧，明天再打你！」

數分鐘後，道格勒斯寡婦家的來賓就席晚餐，幾個孩子坐在同室的側席旁，這是當時那地方的風俗。到了適當的時間，瓊斯先生起立演說，先感謝主人對於他和他的兒子的盛情，然後聲明另外還有一個人，他的謙遜——

他這般這般講下去。他以他所擅長的演劇一般的神氣描述他當作祕密的當時赫克在場的情形，可是因此引起的大衆的驚異大體似乎是勉強的，不如他所期望的噪鬧而熱烈。可是，道格勒斯寡婦卻裝出非常喫驚的神氣，對赫克說了許多表示感謝的話。於是赫克成爲衆人注視和讚譽的鵠的，這當兒他的完全難受的不安使他幾乎忘記了他的新衣服給予他的近於難受的不安。

道格勒斯寡婦說，她打算把赫克養在她的家中給他受教育；她又說，她打算將來給他一點資本，叫他幹通常的營業。湯姆的機會來了。他說道：

「赫克不需要資本。赫克自己有錢啦！」

如果不是爲了禮貌的拘束，大衆一定破口大笑了。寂靜終究是勉強的。湯姆又說道：

「赫克有錢了。也許你們不相信，可是他實在很有錢了。啊，你們別笑；我可以拿來給你們看。你們祇等候一會。」

湯姆跑出門外。大衆惘然地面面相覷，帶着質問的神氣注視瞠目結舌的赫克的臉孔。

「雪特，湯姆爲了甚麼？」坡萊姨母說。「他——啊，沒有人叫他出去。我絕對沒有——」

坡萊姨母的話還沒有完畢，湯姆已經用着勁兒把兩隻小布袋扛進來了。他把黃色的錢幣倒在桌子上說道：

「這里——我已對你們說過！其中一半是赫克的，一半是我的！」

大衆看得呆住了。大家看着，誰也不說話。過了一會，大家異口同聲的要求湯姆解釋錢幣的來源。湯姆說他能夠解釋，他就開始講述。故事是長的，又是趣味濃郁的。誰也不願打斷他的動聽的話。他講畢了，瓊斯先生說道：

「今晚我原想藉我的報告博得大衆小小的驚異，可是現在卻變得平淡無奇了。和湯姆剛才所陳述的比較，我的報告眞是藐小得很，我願意承認。」

錢幣給點過了。總數超出一萬二千元以上。這麼多的錢幣聚在一起，委實是在場的任何人所不會看到過，雖然有幾個在場的人在財產上比這着實富有得多。

第三十六章

讀者可以相信，湯姆和赫克的發了橫財，在貧陋的聖彼得堡小村引起巨大的風波。這應浩大的一個數目又全是現貨幾乎是不可信的。大家談論，羨覩，稱譽；終於在不健全的興奮的緊張之下竟有許多人們失去了理性。在聖彼得堡以及鄰近的村莊的所有的「鬼屋」都給挖掘搜尋過了——尋寶藏，不僅是孩子們，還有那些成人們，有幾個竟是像模像樣的成人。湯姆和赫克到處受人稱譽，讚嘆，注視。二童子不能記憶在以前他們的言辭是否這般有力；可是現在，他們無論怎樣說，都被人注視，被人申述；他們無論怎樣幹，都被人注意；他們顯然已失去了說平常的話和幹平常的事的能力了；不但如此，他們的過去的歷史也被人舊事重提，被人揭發具有超羣的卓識。地方報紙登載二童子過去的行狀。

道格勒斯寡婦把赫克的金錢以百分之六的利率出貸，薩邱法官遵坡萊姨母的請求同樣的處置湯姆的金錢。從此兩童子都有了豐富的收入——每人每日得一元，每星期日加得一元。這收入和牧師的收入相同——不，牧師實際的收入還不及他們。在那樣簡樸的時代，一元又四分之一足供一個孩子一星期的膳宿費和學費——連衣服費和洗濯費都可以在內。

薩邱法官對於湯姆很佩服。他說，一個尋常的孩子決不能把他的女兒從山洞救出。當裴基祕密地告訴他湯姆曾經在學校中代她受責的時候，法官大大地感動了；當她對父親說明湯姆爲要把鞭打從她的肩上移到自己的肩上而說的一句誑語的時候，法官大聲稱譽這是高尚豪俠的誑語——在歷史上可以與華盛頓承認砍櫻的誠實並傳的誑語！裴基看着他在地板上頓足而言，覺得她的父親從來沒有這般魁梧和華美。她立即跑到湯姆那里把這事情告訴他。

薩邱法官希望湯姆將來當一個有名的律師或有名的軍官。他說他預備把湯姆送入國立武備學校受軍事教育；以後又入全國最有名的法政學校學習法律，預備他將來當軍官或當律師，或兼當二者。

赫克·芬的財富和他受道格勒斯寡婦的保護這事實，把他引入交際社會——不，是把他拖入，是把他投入——使他幾乎受不住苦難。道格勒斯寡婦家的僕人爲他洗滌，爲他打扮，爲他梳刷，晚上爲他整理牀鋪，那些絲毫沒有汚斑的被單在他看來覺得是無情的不可親近的東西。他須得用刀叉喫東西；他須得用杯和碟；他須得讀書；他須得上禮拜堂；他須得講沒有風味的正經話；他無論走到那里，文化的扃鍵禁閉他，文化的桎梏束縛他的手足。

他忍受了三星期的苦難，終於在一天突然失蹤了。道格勒斯寡婦着了忙，費四十八小時的工夫到處追尋他。大衆也都深切地關心；他們到處搜尋，甚至在河中打撈他的屍體。第三天清晨，湯姆·莎耶有把握地跑到那破落的宰牲房後面，向橫在地上的許多老舊的空桶間探摸，居然在一個空桶中找到了避難者。赫克躺在那里；他剛喫了些偷來的零星食物當作早餐，現在他平安地躺着抽菸。他頭髮蓬鬆，穿着他在從前自由而愉快的時候所穿的一套襤褸的衣服。湯姆叫他走出桶外，告訴他因他的出走而起的不安，勸他回家。赫克的平安的臉色立卽變成愁色。他說道：

「別說這樣的話，湯姆。我已經試過了，可是不行；那不行，湯姆。那不合於我；我不慣。寡婦待我很好；可是我受不住我的生活。她叫我每天早晨在一定的時間起身；她叫我沐浴，叫我梳刷；她不許我睡在木棚中；我須得穿那些怪討厭的不舒服的衣服，湯姆；我覺得穿了那些衣服沒有甚麼好看；牠們又是這麼講究，使我坐立行走都不安；我長久沒有走入地窖的門，似乎有幾年了；我須得上禮拜堂，這眞討厭——我憎恨那沒有價值的說教！在教堂中我不能捉蠅，不能喫東西。整個星期日須得穿鞋子。那寡婦聽鐘聲起身，聽鐘聲喫飯，聽鐘聲就寢——甚麼事情都有規則，我當眞受不住。」

「啊，任何人都是這樣的呢，赫克。」

「湯姆，我不管。我不是任何人，我受不住。這樣的受拘束眞是可怕。而且食物到手太容易——我喫了毫無興味。我要釣魚必須請求；我要游泳必須請求——無論甚麼事要是不經過請求便不許做。哪，我不會講那些優雅而不暢快的話，我每天必須跑到頂閣上去叫喊一會，我的嘴纔舒服，否則我眞悶死了，湯姆。寡婦不許我抽煙，不許我叫喊，不許我在人前欠伸。」於是他異常激昂地說：「最討厭的是她終日祈禱！這樣的婦人我從來沒有見過！我非逃走不可，湯姆，所以我逃走了。而且，那學校快開學了，我必須入校讀書；哪，我最怕讀書，湯姆。你看，湯姆，發財不是這般值得羨慕的事情。這祇是討厭，祇是難受，祇是毫無生氣。現在，這些衣服合於我，這個空桶合於我我不打算再離開牠們了。湯姆，要是沒有那財寶，我決不至於受這些苦難的；現在我把我所有的錢送給你，祇求你間或給我一個小銀幣——不必常常給我，因爲我難得需要用錢買來的東西——你回去替我向寡婦說情吧。」

「喂，赫克，你知道我不能那麼幹。這是不公平的；而且，要是你再試一會，你會覺得慣常的。

「慣常！是的——有如我坐在一個熱的火爐旁，過久了會覺得慣常的。可是，不，湯姆，我決不願意有錢，我決不願意住在那怪討厭的不舒服的屋中。我歡喜森林，歡喜河，歡喜空桶，我要親近牠們。我們可不是已有了槍，有了山洞嗎？要是叫我去做強盜，我纔離開這里！」

湯姆的機會來了。他說道：

「喂，赫克，有了錢不是不許再做強盜啦？」

「不！好運氣你說的是真話，湯姆？」

「確是真話，正如我在這里坐着一般真。可是，赫克，如果你不是一個有體面的人，我們不能讓你加入隊伍，你知道。」

赫克的高興減少了一大半。

「不能讓我加入，湯姆？你不是讓我同去做海盜的嗎？」

「是的，但那是兩樣的。強盜比海盜更高貴——就大體說。在多數國家，他們和貴族

——如公爵之類——並列」

「喂，湯姆，你不是一直待我很好的嗎？千萬別拒絕我，湯姆！千萬別拒絕我，湯姆！」

「赫克，我不願意拒絕你，可是人們將怎樣說？哪哪，他們會說，『哼！湯姆·莎耶的隊伍！有這樣的下流人物在裏面！』他們指的就是你，赫克。你千萬別做下流人物，我也就決不拒絕你—

赫克半晌不說話，顯然是在思量着甚麼。後來他說道：

「那麼，我就回到寡婦那里去再試一個月，祇要你准許我加入隊伍，湯姆。」

「可以，赫克，那就好了！來吧，老朋友，我還願意請求寡婦少許放鬆你一點，赫克。」

「你願意，湯姆，你當眞願意？那好極了。祇要她肯少許放鬆些，我就願意私下抽菸，私下咒罵，甚麼事情都私下幹。甚麼時候你動手組織了隊伍去做強盜呢？」

「啊，就是現在。也許就在今天晚上，我們把孩子們邀集攏來舉行簽盟。」

「舉行甚麼？」

「舉行簽盟。」

「簽盟是甚麼?」

「那就是大家宣誓彼此互助；寧可捨身，決不洩漏隊伍的祕密；有人傷害隊伍中的一員，使大家殺戮他和他的全家。」

「那是有趣的——那是很有趣的，湯姆，不是嗎?」

「是的，我擔保是有趣的。而且簽盟須在半夜舉行，在最冷僻最陰慘的地方舉行——最好在鬼屋中，可惜所有的鬼屋都給翻掘得不成樣子了。」

「是的，可是總得在半夜舉行，無論如何，湯姆。」

「是的，不錯。而且須得在棺材上面宣誓；又滴血簽名。」

「這纔有意思。這比做海盜有趣一百萬倍。現在我決計依附道格勒斯寡婦，不再打算逃走了，湯姆。有一天我成了一個顯赫的強盜，大家都談論我的事情，那時候我料想她纔值得以從前收容了我自豪哩。」

尾聲

這一篇傳紀便這樣完畢。因爲這是嚴格的一個兒童的故事，所以必須就此擱筆。爲避免牽涉成人的領域起見，兒童的故事是不能寫得過長的。當一個作家寫一篇關於成人的小說的時候，他確切地知道寫到那里爲止——那就是，寫到結婚爲止；可是當他寫着關於少年的小說的時候，他須得選擇寫到那里最適宜於擱筆便在那里擱筆。

這書上大多數的人物現在仍在世上，而且享着繁榮幸福的生活。有一天，也許值得再寫一篇關於比他們更年輕的人物的故事，而且看這一班人物到了將來究竟成爲怎樣的男子和婦人；所以關於這書上的人物的以後的情形，最好是一字也不提。

湯姆莎耶

民國二十一年四月初版
民國卅五年十一月三版

每冊定價國幣三元四角

著作者　馬克吐温
翻譯者　月祺
發行者　開明書店　代表人范洗人
印刷者　開明書店

(190P.) W　　湯 D 246